건축가의

집

건축가의 집

오수연
장편소설

차례

홍수

물 사태가 났는데 수도가 제일 먼저 끊겼다. 전기도 나갔고 전화 수화기를 들면 소음이 들끓었다. 여름방학이 보름쯤 남아 학교를 결석할 필요는 없어서 그나마 다행이었다.

라디오를 밥상 위에 모셔놓고 어머니와 세 남매가 귀기울였다. 인명 피해, 가옥 침수, 전답 유실, 어려운 말들이 절로 터득되었다. 한강 옆에 사는 입장에서 가장 신경 쓰이는 것은 위험수위 초과이며 그 뒤에 따라붙는 숫자였다. 연거푸 기록이 갱신되었다. 관상대가 생긴 이후로 최대의 폭우가 퍼부었다. 일시적 소강 국면에도 한강이 계속 불어나는 이유는 강원도 산간 상류에서 산사태를 일으킨 물이 합류하여 몰려오기 때문이었다.

서울특별시는 어제 17일 06시를 기해 상습 침수 지역에 긴급 대피 명령을 발동하였다. 아직 대피하지 않은 주민들은 강제 대피될 수 있으니 속히 자진 대피하라고, 라디오가 끈질기게 반복하는 경고는 도리어 위안이 되었다. 아직도 대피하지 않고 버티는 사람들이 이 축대 위 말고 다른 데도 있다는 보증인 셈이었다.

진작 대피가 이루어진 축대 아래 집들은 싯누런 흙탕물에 잠겨갔다. 유리창 안쪽 장롱이 물에 떠들려 기우뚱하고, 부엌에서 안방까지 떠온 바가지와 함께 장난감, 조화 다발 따위가 물 위에서 맴돌다 이윽고 창틀 위로 사라졌다.

"이거 안 되겠는데."

옆집 선생님 댁 사모님이 한숨과 함께 토해낸 말을 어머니는 반복했다.

"이거 안 되겠죠?"

그리고 자식들을 돌아보았다. 눈동자가 몹시 반짝거렸다.

출발에 앞서 막내는 변소로 뛰어갔다. 이 판국에 빗물 흥건한 마당에 볼일을 봐도 뭐랄 사람 없겠으나 그러기는 싫었다. 그런다면 집을 버리는 느낌이 들고 말 것 같았다. 제가 메고 갈 책가방에 챙겨둔 물건들이 다 꼭 필요한지 마지막으로 한 번 더 고민됐다. 이제라도 잠옷 용도인 낡은 티셔츠를 덜어내어, 오빠가 가방이 차서 포기한 『소년과학』 잡지를 넣어줄까 싶었다.

목욕탕에서 쓰고 버린 물이 내려와 오물을 쓸고 가게끔 되어 있는 반수세식 변소에도 흙탕물이 꽤 올라와 있었다. 막내는 엉거주춤 엉덩이를 쳐든 채 오줌을 싸려다 솟구쳐 일어났다. 흙탕물에서 머리를 내밀었던 쥐도 도로 물속으로 들어가버렸다.

막내가 비명 지를 겨를마저 없는 순식간이었지만 둘은 직통으로 눈이 마주치고 말았다. 쥐의 두 눈에 인간으로 인한 경악이 떠오르기 전에 가득 차 있던 공포를, 막내는 보았다. 쥐도 인간의 두 눈에서 쥐로 인한 경악 이전에 같은 것을 보았으리라는 생각이 들었다. 몸집이 작으면 작은 대로 크면 큰 대로 공포의 세기는 양쪽 다 최대였다. 미처 숨도 돌리지 못한 채 다시 잠수해야 했던 쥐가 막내는 안쓰러웠다. 그런 자신이 낯설어도 이상하지는 않았다. 이 상황에서는 이상하지 않았다.

변소 문 앞에서 흰색 발바리 쎈이 기다리고 있었다. 쎈은 분주히 움직이는 식구들을 초조하게 쫓아다녔고, 자기를 잊지 말라고 애원하듯 마루턱에 두 앞발을 올려놓곤 했다. 막내는 쪼그려 쎈을 끌어안았다. 축축한 털 밑에서 뜨끈한 몸뚱이가 전기 오른 듯 떨렸다. 둘은 함께 떨었다.

고물상 아저씨가 미군 고무보트를 저어 오는 동안 어머니는 갑자기 다급해져서 색색거렸다. 다가오는 보트를 향해 상체를 점점 더 수그리더니 허벅지에 양손을 짚고 머리가 땅에 닿을 지경이었다. 축대에 가볍게 부딪친 충격만으로 보트가 뒤로 쑥 밀리자 그걸 잡으려는 듯 양팔을 허우적댔고, 그러면서도 뇌까렸다. 고마워서, 고마워서.

"이따 택시 타라! 버스 말고 택시!"

막 축대로부터 멀어지는 보트에 대고 어머니는 쓸데없이 우렁차게 외쳤다. 그 옆에서 어머니를 올려다보고 또 보트에 실린 세 남매를 건너다보는 쎈의 눈에는 타는 듯한 질문이 담겨 있었다.

귀밑 2센티, 중학교의 엄격한 규정에 맞춘 깡동한 단발머리에 닿으려면 언니의 어깨가 좀더 들먹여야 했다. 오빠 쪽이야 말할 나위도 없었다. 막내는 찢어지게 울었다. 어머니는 쎈을 데리고 곧 뒤따라올 거였다. 하지만 곧 따라온다던 가족이 삼팔선이 갈려 못 와서 이산가족이 됐다는 말을, 세 남매는 태어나면서부터 들어왔다.

번들거리는 보트 표면에 물방울이 끊임없이 달려들어 미끄러졌다. 단단하지 못한 것, 출렁이고 흔들리는 것에 얹혀 있자니 몸 어디에 힘을 주어야 할지 알 수가 없었다. 손으로 잡을 데라고는 도대체 없는 원통형 뱃전과 수면은 고작 두어 뼘, 밤색 실타래 같은 물살이 왕성하게 땋이고 꼬였다.

전혀 들여다보이지 않는 그 속은 골목길이었다. 한달음에 주파할 수도 있었던 골목을 보트에 실려 속 터지게 가야 했다. 아저씨가 샛노란 플라스틱 노를 저을 때마다 보트는 기껏 앞으로 가놓고 꼭 절반쯤은 뒤로 밀리는데, 물에 떠다니는 쓰레기가 노를 잡을 듯, 잡을 듯 따라왔다. 턱밑까지 물에 잠긴 지붕들이 고집스럽게 지켜보았다.

귀가 먹먹해졌다. 한없이 늘어지는 고요 속에 물소리만 찰싹 댔다. 보트가 뒤집힌다면 거기까지 꼬르륵 가라앉아야 할 길바닥이 아직도 그 자리에 있는지 의문이었다. 막내는 어느새 울기를 잊었다.

눈을 감았다 떴더니 물을 다 건너가 있었으면.

보트 타고 탈출했다고, 학교 아이들에게 자랑할 보름 뒤가 당겨져 지금 이 순간이었으면.

큰길로 올라가는 가파른 계단도 물 위로 고작 몇 단만 남아 있었다. 길가에 늘어선 구경꾼들이 오므라들며 팔을 뻗쳐 왔다. 마침내 보트에서 크게 떼어 디딘 발을 땅이 튕겨내리만치 굳건하게 받쳐주었다. 당연히 그래야 하는 법대로.

고물상 아저씨는 오히려 약간 찌푸리고 노를 거꾸로 저어 배를 돌렸다. 어머니를 비롯해서 남은 수재민들을 구할 사람은 아저씨뿐이었다. 땀에 젖은 러닝셔츠 밖으로 드러난 살이 뜻밖에 희었다. 전교에서 수위를 다투는 오빠를 동네에서 마주치면 모른 체하는 그 집 아들을, 오늘 오빠가 백번 용서했음이 틀림없었다. 무겁게 드리운 먹구름 아래 아저씨는 희부옇게 빛나며 멀어져갔다.

"택시."

큼직한 배낭을 우스꽝스럽게 앞으로 메면서 언니가 동생들에게 어머니의 당부대로 택시를 잡으라고 명령했으나, 자기부터 절망적인 눈빛이었다. 택시는커녕 버스조차 보이지 않았다. 차들이 증발한 차도는 무지 넓고 황량했다. 어쩌면 언니의 배낭 속 집문서와 금반지를 노릴지도 모를 행인들도 드물고, 태풍에 날려 온 간판 조각들이 신발 밑에서 부서졌다.

아버지는 비상근무조로 회사를 지키고 있었다. 첫딸만 있던 결혼 초기의 물난리에도 아버지는 남들 다 제치고 비상근무조였다는 것이다. 당시 안집 노부부가 소달구지에 똥장군까지 챙겨다 얹으면서 혼자 절절매는 셋방 아낙은 돌아보지도 않더라고, 어머니는 입때껏 원망했다. 셋방 아낙은 딸내미 들쳐 업고 짐을 이고 지고 빗속에 임시 대피소인 학교 강당으로 걸어가는데 개천이 넘쳐서……

이번에는 두 동생이 늘어난데다 막내도 제법 머리가 굵었다. 왕왕대고 어수선하면서도 꾸준히 암담해지는 이 모든 과정을, 아버지의 빈자리와 함께 자식들은 잊으려야 잊을 수 없을 거였다. 다시 흩뿌리는 비를 맞으며 세 남매는 이모네 집 방향으로 걷기 시작했다.

땀 빼는 수제비, 흰 설탕이 피라미드처럼 얹힌 차가운 토마토, TV의 화면조정용 방패 무늬와 단독으로 끝없이 연주되는 파#. 수돗물은 역시 안 나오지만 전기가 들어오는 것만으로도 이모네는 자랑스러운 문명의 보루였다.

"디리리릭."

짐짓 무표정한 막내의 명치에 사촌동생이 주먹을 대고 돌리면서 입으로는 스위치 돌아가는 소리를 냈다.

"난 속았어요! 빨갱이들한테 속은 것뿐이라구요."

막내는 겁에 질려 변명하고, 굵직한 목소리로 바꾸어 윽박질렀다.

"간첩이 따로 있는 줄 알아? 간첩한테 동조하는 사람이 바로 간첩이야!"

라디오 드라마 「특별 수사본부」. 막내는 라디오였다.

"난 동조한 적 없다니까요!"

"당신은 분명 동조했어. 눈치를 채놓고도 신고하지 않았잖아!"

"아따, 입에다 발동기 달았냐. 그걸 어찌 다 외웠어?"

선 채로 손에 로션을 바르던 이모가 무릎으로 슬쩍 떠밀었다. 막내는 발랑 나자빠졌다.

"안 외워도 그냥 되는데요?"

"나도!"

부엌에서 설거지를 마친 춘희가 젖은 손 털며 들어와 옆에 앉았다. 사촌동생은 마지못해 춘희를 건드리는 둥 마는 둥 했다.

"거짓말이야. 거짓말이야, 거짓말이야, 거짓말이야, 거짓말이야아. 사랑도 거짓말, 웃음도 거짓말. 거짓말이야. 거짓말이야, 거짓말이야, 거짓말이야……"

춘희는 라디오를 넘어 TV였다. 앉은 채로라도 엉덩이를 들썩대며 두 팔을 앞으로 뻗어 꼬는, 가수 김추자 특유의 동작을 해 보였다. 기회만 되면 하는 짓이라 호응은 없었다.

"이모, 나 속이 좀 이상해요. 체했나 봐요."

군불 땐 아랫목에 누운 언니가 홑이불을 들추고 말했다. 얼굴이 노랬다.

"집에 물난리가 났으니 네가 맏이라고 애를 태워갖고 먹은 게
없힌 게지. 춘희야, 반짇고리."

이모의 처치는 어머니랑 순서가 같았다. 환자의 팔뚝을 탁탁
두드리면서 오르내린 다음 엄지손톱 밑에 무명실을 몇 바퀴 돌
리고, 바늘 끝으로 자신의 머리 밑을 긁어 기름을 묻혔다. 설 찔
렀다가는 다시 찔러야 하므로 환자의 손톱 밑 얕은 살 속에 바늘
을 꽂아 넣었고, 모두의 어깨가 들썩했다.

"이거 봐라. 시커멓지."

탁하게 부풀어 오르는 핏방울을 이모는 휴지로 훔쳐 손에 꼭
쥐었다 떨어뜨렸으며, 환자의 엄지와 검지 사이를 무지막지하
게 주물렀다. 집에서라면 소리 지르다 화내고 말았을 언니가 사
촌들에 둘러싸여 짜내는 인내심이 가상했다. 본격적으로 환자를
돌려 앉히고 등줄기의 척추마디를 하나씩 지그시 눌러나가는 단
계에 돌입하여, 막내는 이모가 비워둔 바깥채의 가게 때문에 마
음이 졸였다.

이모, 아기를 울려요.

왜?

엄마가 나 데리러 왔는데 깜깜해서 이모네 집을 못 찾으면 어
떻게 해요. 아기 울음소리 듣고 찾아오게요.

엄마 아까 갔잖아. 다섯 밤 자고 온다니까.

엄마가 가다가 맘이 변했을지도 모르잖아요.

엄마 맘 안 변해. 이모랑 다 얘기했어. 어서 자자.

네.

오빠의 볼거리에 옮을까 봐 이모한테 맡겨진 어린것이, 글쎄 밤에 잠 안 자고 뒤척이면서 젖먹이 사촌동생을 울리라고 애걸하는 게 아닌가. (겨우 말문 튼 어린것이 영특하게도!) 장난기 많은 이모가 막내와 눈 맞추며 비죽 웃음을 깨물면, 또 그 얘기가 1인 2역으로 재연되리라는 조짐이었다.

아녜요!

막내는 미리 강력한 부인으로 장단 맞추기 마련이었다. 그따위 어린것과 자기는 관련이 없다는 뜻인지, 아니면 관련은 있겠으나 아무리 어린것이라도 그런 터무니없는 요구를 했을 리는 없다는 뜻인지, 어쨌든 중요하지 않았다. 자기인 것도 같고 아닌 것도 같은 어린 주인공의 등장을 심장이 두두두두 재촉했다.

이모, 아기 좀 깨워봐요. 울게. 엄마 맘이 변할지 안 변할지 이모가 어떻게 알아요. 엄마 맘인데.

으응. 밤에 나다니면 몽둥이 든 경찰 아저씨가 막 호루라기 불고, 응? 잡아다가 혼구녕을 내갖고 아무도 못 다녀.―내가 야간 통금 설명하느라고 얼마나 애를 먹었는지!―그래서 엄마는 집에서 코 자고 있어. 우리도 코 자야 되는 거야. 자장자장 해줄게.

네.

이모, 꼬집어요. 아기 꼬집어요. 우리 엄마는 나 데리러 올라면 경찰 아저씨보다 더 빨리 뛰어서 온단 말예요.―느이 엄마가 학생 때 육상 선수로 날리기는 했지. 하루짱, 이찌방!

옜다, 이거나 먹어라.

네.

쪽쪽 잘만 빨던데? 너도 이 젖 먹여 키운 거야. 또 먹어볼래?

드디어 TV 저녁 방송, 애국가가 끝나자마자 세찬 바람 소리와 모터 소리가 휘몰아쳤다. 만화영화가 생략되었어도 불만은 없었다. 화면 오른쪽에 바삐 돌아가는 헬리콥터 날개의 그림자가 어른대고, 헬리콥터에서 위태롭게 상체를 내민 카메라맨의 그림자도 작지만 또렷했다. 재난 특별방송에 걸맞은 최첨단 항공 촬영! 화면 하단의 사망자와 실종자 숫자는 부지런히 올라갔다.

한강은 펑퍼짐해져버렸다. 강이 불었다기보다 강변이 내려앉아 자잘한 시가지 틈으로 물이 배어 나온 듯싶었다. 수몰 지역의 흙탕물과 마찬가지로 싯누럴 물색이 흑백 TV로는 싸늘한 회색인데다, 수면에 이지러진 무늬들이 이전 것을 지우며 떠올라 다음 것에 지워지기를 반복했다. 아무 의도가 없어서 무서웠다. 저토록 거대하고 기이하게 돌변할 수 있는 것이 시내 한가운데 늘 있었다는 사실이 믿기지 않았다.

분명히 서울시의 대피 명령이 내려졌을 강둑에서 사람들이 껑충껑충 뛰어다니고 있었다. 강둑을 파고들어 손아귀 벌리듯 뻗어가는 물줄기와 시합을 하는 것 같았다. 몇 줄의 흰 띠를 이루어 밀려드는 부유물이 그들의 목표였다. 양동이에 주위 담고, 그물을 던지고, 그 와중에 헬리콥터에게 손 흔들기도 잊지 않고, 마침 큰 것을 낚아 그물을 당기면서 물로 걸어 들어가기도 했다.

아, 그것이 네 발굽을 하늘로 쳐든 채 둥둥 떠내려오던 돼지나 염소일 수도 있건만, 카메라는 아깝게 지나쳐버렸다. 금방 죽은 거라 낚기만 하면 정육점에서 파는 고기보다 낫다고들 했다. 쌀 뒤주를 건졌더니 오동나무에 나비경첩, 안에 든 쌀도 거의 젖지 않았으며, 손수건으로 고이 싸인 금붙이까지 쌀 속에 묻혀 있더라는 소문도 돌았다.

좌우로 강물을 볼록하게 부풀리며 떠 있는 가느다란 한강 다리 또한 인파가 그득했다. 차량통행이 금지되어 비어 있어야 할 차도까지 점령했고, 단 한 대 서 있는 방송국 차를 두껍게 포위하고 있었다. 헬리콥터를 향해 일제히 하얗게 젖혀진 손바닥들은 운동회의 카드섹션 못잖았다.

화답하듯 다리 위 방송국 차가 하늘의 헬리콥터를 비춰주었다. 강물은 경사져 보였다. 멀수록 가팔라져 꼭대기는 암만 봐도 직각을 넘어 안쪽으로 살짝 기울어서, 빙빙 도는 헬리콥터를 위로부터 덮치기 직전이었다.

이걸 어쩌나 쯔쯧. 어떡하면 좋아 쯔쯔쯧.

카메라 가까이에서 끈질기게 혀를 차는 어떤 아주머니는 목소리만이라도 TV에 출연하려고 일부러 그러는 느낌이었다. 그 밖에도 일행을 부르거나 잡담하는 소리로 떠들썩하고, 경쟁적으로 화면을 덮치는 살색 기둥은 장난꾸러기들의 손가락이었다. 자기도 슬그머니 저기 가보고 싶은 생각이 드는 시청자가 한둘이 아닐 성싶었다.

"이모! 이모!"

어느새 아랫목에 없는 언니가 어디선가 가녀리게 우는소리를 했다. 언니는 겁도 많긴 하지만 오늘 단단히 얹힌 모양이었다. 바깥채의 가게에서 안채로 들어오는 이모의 슬리퍼 소리가 이어졌다.

"춘희야!"

춘희도 이모한테 불려 나갔다. 아픈 언니에게 정작 가봐야 할 막내는 도무지 TV 화면에서 눈이 떨어지지가 않았다.

용케 살아서 헤엄치는 소가 과연 저 얼룩인지 확신할 수는 없었다. 소를 비추려고 극도로 확대된 화면은 흐릿하고 미세하게 떨려서 더욱 답답하기만 했다. 몽롱하게 물살이 넘실거렸다. 수천 가닥의 잿빛 베일이 흩날렸다. 이런 상황만 아니라면 아름답겠다는 생각이 스쳐 가자, 이 모두가 너무나 말이 안 된다는 실감이 났다.

강둑에서 사람들이 고꾸라질 듯 수그리고 물로 뛰어들기까지 하면서 가리키는 방향에 소는 있을 거였다. 소가 떠내려가는 속도 또한 소더러 자기 쪽으로 오라고 손짓하면서 내달리는 사람들로 인해 짐작되었다. 아무리 발을 허우적거려도 발굽 밑을 받쳐주는 것이 없는 소의 고독이 저릿저릿 전해져왔다.

한강 다리에서도 난간 틈으로 사람들의 팔이 촘촘히 뻗어 내려왔다. 그러나 너무 짧았다. 곧 물에 잠길 것만 같은 다리와 수면 사이에 아직은 인간의 팔 길이보다 몇 배의 거리가 남아 있음이, 덕분에 확인되었다. 소를 구할 가능성은 전혀 없었다. 그런 줄 알면서 다들 괜히 해보는 짓이었다.

대통령 각하께서 수해 현장을 시찰하셨다. 아까와 똑같은 장면이었다. 소가 다리의 교각들 사이로 빠져나갔다는 소식은 없었다. 요행히 빠져나가지 못하고 교각에 부딪혔다면 소용돌이에 휘말려서, 오빠 말로는, 뼈도 추릴 수 없었다.

"와악!"

통째로 떠내려온 초가지붕이 다리 밑을 지나는 순간, TV의 화면 안과 화면 밖 이모네 안방에서 동시에 비명이 터졌다. 그런데 바로 화면이 휙 바뀌었다. 초가지붕이 교각 사이로 빠져나갔는지, 떠내려오는 지붕 위에 사람이 올라타고 있더라는 소문처럼 이번에도 그런지 어떤지, 아나운서도 방송국의 다른 사람들도 궁금하지 않은가 보았다. 아까와 똑같은 장면이 되풀이되었다. 대통령 각하께서 수해 현장을 시찰하셨다.

"이렇게 했잖아. 못 봤어?"

춘희가 양팔을 들어 가위표로 겹쳤다 풀었다 했다.

"아저씨 하나가 지붕 위에 이렇게, 앉아서 이렇게, 이렇게. 못 봤어?"

춘희는 일어나서 다리를 어중간하게 벌린 자세를 취하고, 두 눈을 부릅뜬 채 이쪽저쪽 상체를 돌리면서 양팔을 엇갈아 흔들었다. 초가지붕을 타고 앉은 아저씨가 살려달라고 애타게, 애타게.

심부름하느라 들락거린 춘희는 그 결정적인 장면을 보았건만,

TV 앞에 내내 앉아 있었던 막내는 막상 제 손으로 눈을 가려버렸다.

"쟨 입만 열면 거짓말이야."

사촌오빠가 콧방귀 뀌었다. 사촌오빠는 자기보다 두 살 위인 춘희를 누나라 부르는 법이 없으며 사촌동생마저 따라서 그랬다. 춘희는 고아나 다름없어서 이모가 거두었다는 양딸이었다.

"너네 친척인지 뭔지 맹장이 터져서 죽었다는 것도 그래. 아무리 시골이라도 요즘 그렇게 죽는 사람이 어딨어?"

막내도 춘희에게 웬만하면 언니라는 호칭을 빼먹었고, 이처럼 심사가 꼬일 때는 더군다나 그랬다.

"물러가라, 귀신아!"

사촌동생은 뭔가 던지는 시늉을 했다. 사람이어든 가까이 오고 귀신이어든 썩 물러가거라! 막내의 레퍼토리 중 하나인 「전설 따라 삼천리」.

"너, 너어, 너네들!"

가늘게 째진 눈을 흘겨 눈동자가 아주 사라져버린 춘희는 실로 라디오에서 튀어나온 귀신이었다. 그러나 조용해진 것은 그와 전혀 상관없이, 춘희와 동갑인 오빠가 위엄 있는 눈살 찌푸림으로 동생들을 제압했기 때문이다. 춘희의 눈동자가 눈꼬리에 선인장 가시만큼 나와 오빠를 곁눈질하고는 가운데로 얌전히 돌아왔다.

"근데? 근데? 근데 뭐 할라고 거기 있어요! 그 꼴난 집에 지킬 게 뭐가 있다구!"

손님도 없는 터에 가게를 일찍 닫고 들어온 이모는 통화량 폭주로 마비된 전화기와 씨름하다, 어쩌다 통화가 되면 고래고래 소리를 질렀다.

서울시의 대피 명령은 물론, 대통령 각하의 지시 말씀조차 징그럽도록 안 듣는 사람들 중에 적어도 한 명의 신원은 세부 사실까지 명백히 파악된 바였다. 북괴의 전쟁 준비가 극에 달하여 6·25 전야에 버금가는 국가 비상사태에다 재난 상황, 전 국민의 일사불란한 대응 체제에서 어머니는 이탈하였다. 침수 위기의 집이라는 사적 이익을 추구하고 있었다.

"걔는 어떻게 됐느녜요, 애들이.—쎈은 마루에 들여놨댄다.—언니, 나와요! 나, 오, 라, 구!"

어둠은 내려오고 물은 올라왔다. 어머니에 따르면, 물은 축대를 넘어 손바닥만 한 마당을 쉽사리 채우고 마루턱에 찰랑댔다.

"다락으로 가면 어떡해요? 언니, 지붕! 올라갈 거면 지붕으로 가야지 다락이 뭐유? 나 못살아! 하루짱!"

하루짱, 어머니의 어릴 적 일본 이름을 부르짖은 데 이어 이모는 일본말로 뭐라 했다. 어른들의 입에서 나오는 일본말은 아이들이 들어서는 안 될 정도로 나쁜 말이거나 괴로운 내용이겠고, 지금은 후자일 수밖에 없었다.

하늘에 계신 우리 아버지.

어머니의 기도 소리가 귓가에 울렸다.

나무아미타불.

옆집 선생님 댁 사모님은 초파일에 절에 가므로 부처님께 빌 거였다. 차이점은 또 있었다. 중학생 아들을 피난 보내고도 그 사모님은 선생님과 함께 남아 집을 지키는데, 어머니는 혼자였다. 어머니에게는 발바리 쎈밖에 없었다.

용서하이소. 아아들이 무신 철이 있십니꺼.

시골집에서 할머니도 조상님께 빌고 계실 거였다.

이건 경고잖아요. 이 물난리도 징벌은 아니고 경고잖아요. 제가 오빠의 『소년과학』 잡지를 가방에 넣어주지 않고 제 물건만 챙긴 거 잘못했어요. 아까 춘희 언니한테 너무 심한 말 한 것도 잘못했어요. 다 잘못했으니까, 이쯤 하고 제발 그만해주세요.

막내는 교회 주일학교의 하나님께 속으로 기도했다.

그만, 그만, 여기서 그만.

이모, 아기를 울려요.

검은 아스팔트에 홍시가 떨어져 터져버렸다. 주위에 온통 물감 같은 속을 왈칵 쏟아낸 홍시였다. 그것은 어머니가 인생의 중요한 고비마다 받는 하나님의 경고의 일환이었으며, 막내로서는 첫번째 경고였다. 막내가 스스로 떠올릴 수 있는 기억은 경고로부터 시작되었다.

자신과 어머니는 마주보며 엎어져 있고, 한껏 벌어진 어머니의 입은 짙은 그늘과 분홍빛 혀가 반반인 태극이었다. 시끄러워서 알아들을 수는 없어도 어머니가 외치는 소리가 제 이름임을 자신은 알았다.

어머니의 한 팔은 앞으로 뻗었고 한 팔은 쳐들려 아래위로 퍼덕였다. 어머니는 아스팔트 위에서 헤엄을 치는 꼴이었다. 그래도 자신은 그 몸짓을 이해했다. 그쪽으로 오라는 뜻이었다.

안타깝게도 자신은 갈 형편이 아니었다. 납작하게 짜부라져 있었다. 절대로 닿으면 안 되는 것이 몸 위에 바로 있어, 등에 닿을락 말락 했다. 어머니를 향해 뻣뻣하게 뻗은 두 팔의 끝에서 손가락들만이 바르르 떨었다. 그러는 동안 어머니는 시커먼 것에 차차 가려졌다. 커다란 검정 물체가 유유히 떠와 어머니와 자신 사이를 막았다.

그러나 어머니의 얘기는 달랐다. 막내가 다섯 살 때 버스에 치여 작은 몸이 그 밑으로 말려 들어갈 뻔한 적이 있긴 한데, 직전에 하나님께서 손을 뻗쳐 버스를 막으셨다는 거였다. 막내가 엎어져 있던 곳은 버스 밑이 아니고 앞이었다니, 차 바닥이 등에 닿을락 말락 했을 수가 없었다. 어머니가 막내를 옆에 끼고 주일 성인 예배를 보고 나서 홍시 한 봉지를 사 들고 귀가하던 길이었다.

당연히 어머니는 찻길에 내려설 때부터 막내의 손을 꼭 잡고 있었고, 버스가 다가와도 속도로 보아 길을 마저 건너도 되겠다고 판단하여 걸음을 재촉했다. 그런데 막내는 그게 안 될 것 같았는지 돌연 제 고사리 손을 어머니의 손아귀에서 쏙 빼내고 뒷걸음쳤다. 돌아보자 버스가 급정거하여 어머니는 일이 난 줄 알

았다. 막내를 빼내겠다고 버스 밑으로 기어들려 해서 사실 막내
보다 어머니가 더 위험했다.

오지 마! 거기 있어!

버스의 앞과 옆에서 버스 밑을 통해 둘이 마주보는 장면은 막
내의 기억과 정반대였다. 어머니는 막내를 부르기는커녕, 움직
이지 말고 엎어진 그 자리에 그대로 있으라고 외치고 있었다. 아
니나 다를까 관성으로 밀리는 버스의 앞바퀴가 이내 둘 사이로
끼어들었다.

결과적으로 막내가 무르팍이 깨졌을 뿐 멀쩡했으므로 그 사건
은 경고였다. 어머니가 안식일에는 상거래를 하지 말라는 계명
을 어긴, 그것도 열렬한 간증에 감동하여 온 교인과 함께 손 쳐
들고 "주여!"를 연달아 부르짖고 나온 직후에 어긴, 막중한데다
뻔뻔스럽기까지 한 죄의 값을 제대로 치러야 했다면 자식의 무
르팍 정도로 됐을 리가 없었다. 하나님께서는 살짝 경고만 하시
고, 대신 홍시들로 하여금 상거래된 제 몸을 아스팔트에 던져 제
대로 된 징벌의 경우를 확실히 보여주게 하셨다. 질퍽하게 퍼져
버린 발그레한 점액으로, 행인들의 구두 밑창에 묻어 차도와 인
도에 산만하게 찍힌 인장으로, 버스 타이어의 옆구리에 피어난
부챗살 무늬로.

경고는 일찍이 어머니의 여학생 시절로 거슬러 올라갔다. 한
달에도 두어 번씩 들입다 제사 지내던 친정 본가에서 또 누구신
가의 제사 끝난 밤, 씻어서 가지런히 엎어놓은 놋그릇에 천장으

로부터 팔뚝만치 굵은 구렁이가 털썩 떨어졌다. 뒤집힌 놋그릇의 밑굽에 제풀에 찍혀 그 흉측한 몸뚱어리에서 피도 나왔는데, 피가 생각처럼 파랗지 않고 빨갰다. 오만잡신을 믿는 어른들이 그것도 집 지켜주는 업님이라며 못 나가게 하려고 부지깽이로 막고 냄비를 두드려댔으나, 구렁이는 그럴수록 필사적으로 요리조리 누비면서 제기마다 빨간 피를 묻혀놓고 사라져버렸다.

제사에 정성이 모자라 조상님께서 노하셨다는 소문이 걷잡을 수 없이 담장을 넘어가는 가운데, 교회 청년부에 갓 입회한 여학생 하나만은 한쪽에서 조용히 전율과 함께 깨달았다. 리승만 박사께서 진정 하나님이 한반도에 내려보내신 그리스도이심을!

조상이 그리 한 달에 두어 번씩 후손들 등골을 빼먹을 리 없었다. 그때까지 조상이랍시고 제삿밥을 꼬박꼬박 받아먹은 것은 사탄이었다. 창세기에서 아담과 하와를 타락시켜 대대로 노동과 출산의 징벌에 처하게 한 사탄, 인간의 철천지원수도 뱀의 형상이었다.

흰 칼라의 여학생 하나에 임한 성령의 광휘를 못 견뎌 시조 이래 그 집안에 군림해온 사탄이 급기야 추락하니, 사탄아 물러가라! 그 자리에서 여학생은 사탄의 대가리를 발뒤꿈치로 짓이겨야 했을 것을, 고리타분하고 탐욕스럽기 그지없는 노친네들을 주님의 권능 앞에 기어이 무릎 꿇려야 했을 것을! 젊은 나이에 먼저 세상 뜬 아들이 고향에 사둔 땅을 차지하려고 그들은 며느리를 내쫓다시피 하였으며, 사시사철 탕건 쓰고 앉아 한문책을

펼친 할아버지란 자가 별거 아닌 일로,

계집애가 딸 호박, 안 딸 호박도 모르느냐?

도회지에서 자라 그따위 알 리 없는 손녀의 맨 종아리를 담뱃불 담긴 곰방대로 때리기도 하였고. 손녀는 종내 본가와 절연하고 난리통에 속도 모르는 남자와 결혼하여 세 자녀의 어미 되도록, 그 흉터가 여기 이렇게.

주께서 자기들이 섬기는 것의 실체를 뚜렷이 보여주고 경고하셨음에도 불구하고 그들이 강퍅하게 그 짓을 그치지 않다가, 결국 그 집안은 징벌을 받아 주춧돌 위에 먼지 한 톨 남지 않았더이다. 아멘!

이 나라가 맷돌에 갈리듯 톱질에 오르락내리락 썰리듯 환난이 그치지 않는 것은 수천 년 케케묵은 악습과 미신과 우상숭배에 젖어 살아온 죗값이매, 화 있을진저! 오죽 못났으면 나라를 빼앗겼고, 또 두 동강이 났을까? 오늘날의 헌심한 꼬라지가 과거 패악했음의 증거로다. 씨가 마르기 전에 이제라도 회개하라, 온 국민이 머리에 재를 뒤집어쓰고 통곡하며 회개하라! 휴전선 이북에 전도의 핵폭탄을 투하하라!

여학생의 아버지가 단신으로 도회에 나가 비상한 머리로 자수성가하셨으며, 재차 말하지만 본가의 도움이라곤 없었을뿐더러 있을 것도 없었고, 아내에게 부드럽고 낭만도 있고 딸들 교육에도 아낌이 없는 신사 중의 신사이셨음이여. 너무나 아깝게 요절하지만 않으셨더라면 그 아내와 딸들의 팔자가 180도 달랐을 것

임이여! 다만 복음에 접하지 못하여 이날 이때까지 지옥에서 신음하고 계실 아버지를 생각하면 이 딸, 목이 메어요.

목마른 사슴이 물을 찾듯 불신자 집안에서 스스로 신앙을 찾은, 최초의 기독교인에게 이를 갈던 사탄은 끝내 그 자녀들의 앞길에 함정을 파놓고 소름 끼치게 웃사옵니다. 맏딸이 뺑뺑이로 추첨된 중학교가 하필 이름에 '용'자 들어가는 '용산여중'이 아니옵니까? 용이라면 뱀의 우두머리, 적그리스도가 아니옵니까? 어미의 전심 기도에도 불구하고 맏딸은 성적이 오르지 않고 잦은 병에 시달리오니, 이 눈물의 골짜기를 어찌 다 지나오리까. 주여, 두 날개를 펼쳐 감싸오소서! 나라의 장래와 자라나는 새 세대를 위해 서울시는 용산구를 하루빨리 개명해야 할 것이다!

"만으로 네 살짜리가 저만이라도 살려고 손을 쏙 빼더라구요."

본론으로 돌아온 어머니가 난데없이 사랑스러운 미소 머금고 손님에게 되뇌곤 하는 그 말이, 적당한 거리에서 안 듣는 척 듣고 있던 막내는 제일 듣기 싫었다. 버스 밑에 엎어져 있던 적이 없다 하건만 매연이 비로드처럼 입혀진 차 바닥과 바퀴 축, 네 바퀴로 막힌 좁은 공간에 울리는 엄청난 기계음이 여전히 생생했다.

물은 빠르게 줄어들었다. 집들이 휑한 눈 뜨며 일어섰다. 축대 위는 아이들의 낚시터가 되었다.

오빠도 철사 끊어 낚싯바늘을 만들었다. 아버지의 라이터로 투명해지도록 달궈서 구부려 숫돌에 정교하게 갈았다. 막내가 화단에서 꽃삽으로 파내 바친 지렁이가 반으로 잘렸고, 그런 채로도 양쪽이 각기 꿈틀댔으며, 한쪽이 시범적으로 낚싯바늘에 꿰이면서 비비 꼬였다. 마음과는 반대로 막내의 목으로 침이 꿀떡 넘어갔다.

똥물도 햇살에 눈부시게 반짝였다. 누군가 잡았다는 팔뚝만한 잉어니 메기니, 오빠가 낚은들 어머니가 반찬을 해줄 리는 없었다. 어머니는 축대 아래 일부 판잣집들이, 물난리 때 미군 군용 보트를 띄웠던 고물상 아저씨네라든가, 푸세식 변소라는 사실에 치를 떨었다. 동네에 고여 말라가면서 고동색을 지나 검붉어지는 물은 똥물이라고 했다.

정말 물속이 워낙 탁해서 물고기들이 미끼를 알아보지 못하는지, 매번 달린 것 없이 올라오는 낚싯바늘에서 지렁이만 퉁퉁 불어갔다. 오빠는 진지함을 넘어 심각한 표정이었다. 각목 낚싯대를 자기도 잡아보겠다고 칭얼대는 여동생에게 불똥이 튀었다.

"쉿, 어류는 소리에 민감하단 말이야."

소리라면 다른 낚시꾼들이 유감없이 질러대고 있었다. 자리싸움까지 벌인 적 있느냐 싶게 너나없이 낚싯대를 돌로 눌러놓고 말타기 놀이가 한창이었다. 오빠가 낚싯바늘을 정식으로 만드느라고 너무 늦게 나온 탓도 없지 않았다.

미끼를 갈면서도 오빠는 끼어들려는 여동생의 손을 제 팔의 각도를 약간 더 벌려 막았다. 이제껏 판명된 낚시라는 행위에서 흥미로운 일은 그뿐인데다, 살아 있는 지렁이를 철제 물음표로 관통시키는 잔인한 그 짓이야말로 여동생은 꼭 해보고 싶었다. 기회는 영 오지 않고, 깡통에서 기어 나온 애꿎은 지렁이들만 앞길이 족족 심술궂은 돌멩이에 막혀 흙에 버무려지며 말라갔다.

바구니를 던져 빛나는 수면을 깨뜨렸다. 강물이 파고드는 강둑에서 무모하게 펼쳐지던 그물을 안 보았으면 모를까, 막내는 TV 생중계로 그걸 본 인물이었다. 그리고 주변에서 그물과 가장 비슷한 물건은 연탄광의 감자 바구니였다. 막내는 오빠가 남긴 나일론실을 바구니의 양쪽에 묶어서 멀리 던지고 거둘 수 있게끔 개량하는, 절약 정신과 창의력을 발휘했다.

플라스틱 바구니는 떨어진 자리가 마음에 안 든 듯 후딱 밀려갔다. 보기보다 물살이 셌다. 막내가 손에 몰아 쥔 두 줄의 나일론실이 팽팽히 당겨지자 바구니는 원망스럽게 돌아보더니 꼬르륵, 검붉은 물속으로 사라졌다.

바로 나일론실에 가벼운 떨림이 전해져왔다. 물속에 뭔가 있었다. 매우 많았다. 물속에서 득시글대는 물고기들한테 바구니가 사정없이 차이고 밟혔다. 하지만 채 올린 바구니 안에 든 것은 없었다.

몇 번이고 그랬다. 평소 침착한 오빠가 왜 오늘따라 안달하여 미끼를 들었다 놨다 했는지 비로소 이해가 됐다. 막내는 바구니를 물에 푹 담가놓은 채 아무리 유혹이 와도 참고 숫자를 셌다.

마지막 숫자와 함께 올라온 바구니에는 소득이 있긴 있는데, 머릿속이 텅 비어버렸다. 시커멓고 진액이 번질거리는, 어른 손가락만 한 거머리가 세 마리나 안팎으로 들러붙어 있었다.

최악은 역시 빈데다 옆구리에 구멍까지 뻥 뚫린 바구니였다. 막내는 구멍의 오톨도톨한 테두리를 따라 손끝을 한 바퀴 돌렸다.

"이거 봐."

축대 끝에 홀로 등돌려 앉아 낚시를 고수하고 있는 오빠에게 가서, 바구니의 구멍에 주먹을 견주어 보였다. 주먹은 얼추 들어갈 만했다.

"잉어를 잡을 뻔했어!"

플라스틱 바구니를 그리 크게 물어뜯을 물고기라면 잉어이고 말고. 자신은 없었다. 오빠는 한때나마 보이스카우트라도 했지, 걸스카우트 못해본 막내가 실제로 목격한 민물고기라고는 어항 속의 금붕어가 다였다.

"어휴, 쓰레기에 부딪혀서 깨진 건데, 뭘."

오빠는 여동생의 정수리에 손을 얹고 비벼서 머리카락을 흩뜨려놓고 냉철하게 설명했다.

"여긴 물속에도 쓰레기가 아주 많이 흘러다니거든. 쓰레기밖에 없는 거야."

그게 오빠가 얼굴이 빨갛게 그을리도록 똥물만 쳐다보면서 내린 결론이었다. 여동생은 인정할 수 없었다.

"잉어가 바구니를 쑤욱 잡아당겼는데? 막 발버둥쳤는데?"

잡히지 않은 물고기는 뻘 속에 다 있었다. 물이 빠져나간 집 집이 어른 허리 높이로 차 있는 뻘 속에, 콩떡의 콩처럼 박혀 있었다. 정말 팔뚝만 한 것부터 손거스러미처럼 잔 것까지, 넓적한 것, 배만 불룩한 것, 버들잎 같은 것, 지느러미가 여기저기 붙은 것, 얼룩덜룩한 것…… 뻘과 함께 집 밖으로 밀려나 길가에 쌓여 갔다. 덕분에 막내가 처음으로 실물 관찰하게 된 민물 어류는 비늘이 지저분하게 해지고 고름 찬 눈알이 튀어나온 몰골이었다. 그리고 지독한 악취를 풍겼다. 파리가 새까맣게 들러붙었다.

큰길에서 내려다보면 세숫대야처럼 움푹 파인 동네, 한강 물이 불어 떠밀려 왔던 물고기들이 물이 줄자 갇혀버린 거였다. 한강에 떠내려갔던 소가 땅으로 돌아오지 못했듯, 땅으로 밀려온 물고기들은 한강으로 돌아갈 수가 없었다. 하나님은 그들을 구하려고 보이지 않는 손을 뻗치지 않으셨다. 그들에게 홍수는 경고를 훌쩍 넘어 징벌이었다. 도저히 용서받지 못할 소의 죄는 무엇이었을까. 물고기들의 죄는 무엇이었을까.

어디선가 발굴된 파충류, 거무튀튀한 뱀은 선홍빛 내장이 비어져 나온 채로 S자로 흔들리며 날아다녔다. 동네 여자애들이 도미노로 넘어갔다. 뱀은 꼬리 잡혀 바람개비처럼 돌고, 깃발로 막대기에 목매달려 다니고, 축구공 대용이 되기도 했다. 뱀이 너덜너덜해질수록 끌고 다니는 사내애들의 연령대가 낮아지더니, 코흘리개들마저 돌아보지 않을 지경이 되었다. 죄 많은 뱀은 종잇장처럼 납작해져서 지옥으로 흡수되어갔다.

"밀크캬라멜이라도 하나 사 오지!"

자연재해로 인한 비상근무를 마치고 며칠 만에 집에 들어서는 아버지를 본체만체, 어머니는 입속으로 웅얼거렸다. 마침 통장님이 세숫비누와 치약 하나씩 들고 왔다. 대통령 영부인이 보내 주신 수재민 위문품이었다. 옆 동네에는 대통령 영애의 위문품이 왔다고 했다.

수도꼭지에 호스 끼워 물살을 가차없이 집 안에 쏘아대면서 아주머니들은 이제 됐다, 이제 살았다, 노래를 불렀다. 뒤켠마다 물에 잠겼던 이부자리며 옷가지를 삶는 연탄 화덕의 열기에 공기가 일그러졌다. 담장에 역순으로 그어져 있는 물의 키 재기 선을 뒷목 꺾어 올려다보노라면, 어이없고도 씁쓸한 기분이 들었다.

멀리서부터 소음만으로 참을 수 없는 충동을 불러일으키는 소독차의 새하얀 연무에 아이들은 빨려 들어갔다.

출발 신호는 없었다. 소용돌이치다 중간을 건너뛰어 휙 다른데로 가 있곤 하는 하루살이떼같이, 그들은 벌써 동네를 벗어나 있었다. 맨 앞에서 달리는 고물상집 아들은 오빠를 힐끗 돌아보며 이마에 불량한 주름을 잡았으나 더 그럴 새 없고, 오빠도 인상 쓰고 여동생을 돌아보긴 하지만 역추격하여 쫓아내진 못했다. 다들 마음이 급했다.

신호등 없는 건널목을 한 번, 신호등 있는 건널목을 두 번 건넜다. 멀미기 도는 매연을 뒤집어쓰면서 끝도 없이 걸었다. 어른들의 엉덩이 사이로 가끔 오빠의 걱정스러운 얼굴이 표지판처럼 젖혀졌다. 이전에 가봤던 가장 먼 지점을 지난 순간부터 막내는 급격히 피로해졌으며 마음의 무게가 가중되었다. 굴다리 밑을 빠져나가기 전에 위에서 기차가 들이닥쳐 불호령했다.

황금 은하수. 무수한 햇살 알갱이가 출렁였다. 눈이 아팠다. TV에서 본 것과 같은 강인가 싶게 한강은 도도히 넓고 찬란했다. 흉측한 촉수들을 양쪽 시가지로 뻗친 잿빛 강이 TV에 나오는 동안에도 여기는 이대로 환히 빛나고 있었을 것만 같았다. 다른 세상, 다른 강, 다른 뉴스.

형광이 섞여 들뜬 빨강, 노랑, 초록, 파랑 깃발이 나부끼는 지점을 향해 아이들은 행진했다. 가장 자극적인 것은 푸르스름한 흰 깃발이었다. 뜨거운 모래밭에 두 발을 교대로 잡혀 흔들리면서 아이들은 나아갔다. 귀지처럼 불편하게 타악기 소리가 자그락댔다.

호기심과 참을성이 다한 후에, 웃는 돼지머리와 그릇마다 위태롭게 쌓인 음식들에 대장균이 증식할 대로 증식한 뒤에, 해가 다 넘어갈 즈음에야 구경꾼들의 머리 위로 하얀 배구공 같은 것이 폴싹 떠올랐다. 땅바닥에 주저앉아 있던 막내는 튀어 일어났다.

"영식아! 영식아아!"

그래봤자 구경꾼들이 조밀해져 막내는 나이 많은 아주머니의 탁한 고함 소리만 들었다. 핑 눈앞이 돌았다.

"어여 와! 엄마하고 누나 여 있어!"

먼저 왔던 아이들이 봤다는, 강물로 기다랗게 뻗어간 흰 천은 머릿속을 가로지르다가 돌아와 막내를 나선형으로 휘감았다.

영식이는 물에 빠지지 않았느니라. 영식이는 한강에 떠내려가지 않았느니라. 강물은 불지 않았고 관상대가 생긴 이후로 최대의 폭우는 내리지 않았더라. 여름방학은 시작되지 않았고, 학교도 생기지 않았더라. 아이들은 아예 태어나지 않았더라. 날고 기고 헤엄치는 것들이 생육하여 번성하는 일은 일어나지 않았고, 물이 한곳으로 모여 뭍이 드러나는 일도 없었으며, 하늘이라 칭해진 궁창부터 만들어지지 않았고, 빛과 어둠도 나뉘지 않았느니라. 태초에 아무 일도 없었더니라.

강이 솟아올랐다. 수평저울 기울듯 노을에 붉게 물든 강이 올라가고 침침한 모래밭이 내려앉았다.

달아오른 연탄집게 같은 것이 팔뚝을 조였다. 오빠의 손이었다. 오빠는 기우뚱한 막내를 잡아당겨 똑바로 세웠다. 막내는 반대로 기우뚱했다. 강이 내려가고 모래밭이 솟아올랐다.

낮에 먹은 더위는 밤에 열이 되었다. 막내는 이불 덮고 땀을 흘리면서 떨었다. 그런데 실은 개학날까지 도저히 못다 할 방학숙제가 가슴을 짓누르기 때문이기도 했다. 어느 방향에서나 꽂혀오는 오빠의 비밀스런 눈길을 모른 척 즐기며 누워 있었다.

"그럼 그렇지. 물난리통에 내갈려뒀으니 이제 애들이 병치레할 차례지. 하튼 애들은 계산서라니까."

믿어 마지않는 아들이 오늘 동생까지 끌고 어떤 사악한 곳에 갔었는지 알 리 없는 어머니는 이모에게 홍수 탓을 했다. 전화를 끊고 나서 이 병 저 병 덜고 낱개 포장은 툭 툭 터트려, 약을 한 줌이나 막내에게 먹였다.

"엄마, 아까부터 애기가 울어."

막내는 창밖을 가리켰다. 어느 집에선가 아기가 계속 울었다.

"응, 저거 고양이야."

어머니는 건성인데 오빠의 눈빛이 일렁였다.

"애기잖아. 엄마는 왜 고양이라 그래?"

오빠의 눈빛이 일렁였다.

"애는, 고양이라구! 고양이가 저렇게 울 때도 있는 거야. 얼른 눈 감고 자."

아기가 줄기차게 울어댔다.

검은 강물에서 소가 솟아올랐다. 부푼 베일을 디디듯 오르락 내리락하며 땅으로 헤엄쳐 왔다. 검은 모래밭에서 희게 빛나는 인간의 두 팔이 가위표로 겹쳐졌다 풀렸다 하면서 춤을 추었다. 두 눈이 마름모로 뚫린 갓 쓰고 도포 입은 종이 장식이 밤하늘을 어지럽게 날아다녔다.

물에서 뭍으로, 영식이는 기다란 흰 천에 묶인 밥그릇을 타고 돌아왔을까?

왼쪽 눈에 다래끼가 나면 동쪽 벽에, 오른쪽 눈에 다래끼가 나면 서쪽 벽에, 달력 뒷장을 4절로 잘라 붕어를 그려서 눈에다 바늘을 꽂아 붙이는 거였다. 어머니는 자식들의 다래끼가 혹시 낫는지 실험적으로 그런 미신을 딱 한두 번만 해보고 집어치웠다고 주장하지만, 막내는 여러 번이나 그걸 본 적 있었다. 리본처럼 간단하게 붕어가 그려진 그 그림에 누군가의 손이 작은 동그라미 세 개를 더했다. 바늘이 꽂힌 붕어의 눈에서 똑똑 떨어지는 눈물방울이었다.

이모, 아기를 울려요.

김치 한 통 들고 춘희가 왔다. 기운 쓰느라 붉어진 얼굴에 흐뭇한 웃음 담고 맷돌 앞에 불쑥 나타나, 마루에 엎드려 방학 숙제 하던 막내는 조금 놀랐다. 발바리 쎈은 춘희를 신통히 알아보아 짖지 않고 꼬리를 흔들고 있었다.

"에구, 이 무거운 걸. 요샌 열무도 금값이지?"

어머니는 김치통의 크기부터 흡족해하면서 뚜껑을 열었다. 고등학교 입시를 앞둔 맏딸은 방학 중에도 보충 수업에 점심 도시락을 싸 가야 했으며, 낼모레 개학하면 저녁까지 도시락이 두 개였다.

"설탕 더 넣으려면 넣으시래요."

"니네나 달게 먹지 우리가 달게 먹냐."

어머니는 손끝으로 열무김치를 눌러 볼그족족한 국물을 혀에 적시고 마뜩잖게 입맛을 다셨다.

"엄마가 이 통의 것만 따로 설탕을 반만 넣었거든요."

춘희는 손에 꼭 쥐고 있던 손수건으로 입을 가리고 웃었다. 두

런대는 말소리에 오빠가 건넌방에서 나왔다.

"춘희 왔구나!"

"잘 있었어?"

어린이 드라마의 대사 같은 말을 주고받으며 춘희는 작게 접힌 손수건으로 뺨에 부채질을 해댔다. 그러나 여럿 둘러앉은 자리에 마실 걸 내와야 할 사람이 늘 그렇듯이 자기인지, 아니면 손님처럼 가만히 있어도 되는지 고민하느라고 눈동자가 흔들렸다.

"앉아 있어."

어머니가 손짓을 더해 춘희를 안심시키고 일어났다.

"넌 이거 안 치워? 정신없으니까 방에 들어가서 하랬지!"

마루에 널린 공책이며 필통을 넘어가면서 막내에게는 눈을 부라렸다. 물난리로 느슨해졌던 자식 단속의 끈을 개학을 앞두고 죄느라고 매사에 으르딱딱이었다. 불퉁하게 필기구를 끌어모으는 막내를 춘희가 전에 없이 몹시 귀엽다는 표정으로 쳐다보았다.

"언니 오늘 머리 감았어?"

막내는 짓궂게 물었다. 반바지에 약간 크다 싶은 티셔츠 차림이야 별다를 것도 없지만, 춘희가 나들이 기분을 냈다는 숨길 수 없는 증거로 머리카락이 반드르르했다.

"아니, 어제. 그젠가?"

춘희는 얼핏 미간을 구기며 얼버무리고 말을 돌렸다.

"전에 엄마랑 왔을 때는 차를 꽤 탄 것 같았는데 오늘은 금방

이더라."

작년 초겨울 이모가 춘희를 데리고 오긴 했는데, 그때도 놀러 온 게 아니라 김장을 해주러 왔다.

"버스 정류장 안 놓쳤어?"

오빠가 커다랗게 하품을 하고는 물었다.

"놓치긴! 넌 신학기에도 일등 할 거지? 전교 일등 해, 응?"

춘희의 가느다란 두 눈이 초승달로 굽어졌다. 두 집을 통틀어 혼자만 쌍꺼풀 없는 게 한이라 춘희는 두툼한 눈꺼풀을 실핀으로 긁어서 더 부풀려놓고는 하더니, 스카치테이프를 얇게 오려 속눈썹 위에 붙여서 기어코 쌍꺼풀을 만든 날도 있었다. 어어, 오빠의 떨떠름한 한마디에 방으로 뛰어 들어가 테이프를 떼고 다시는 붙이지 않았다.

"에이, 무슨……"

"왜? 전교 일등 해야지! 사내애가 욕심이 너무 없어."

어머니가 주스를 받쳐 온 쟁반을 단호하게 내려놓았다. 전교 회장이 되고도 남을 아들이 부모의 뒷받침 없는 탓에 학급 회장에 머무른다는 것이, 어머니의 원통함이자 자책이었다.

"착해서 그래요."

춘희는 동갑인 오빠보다 몇 살 위나 되는 것처럼 자상하게 말했다. 실제로 몸집은 오빠보다 컸다. 쟁반의 유리컵에도 어른스럽게 가장 늦게 손을 뻗쳐, 입가를 손수건으로 꼼꼼히 닦아가면서 오렌지 가루를 물에 갠 주스를 마셨다.

"천천히 저녁도 먹고 가라. 밤에 차 탈 줄 알지?"

손님 대접은 이만하면 됐고, 지금부터 시작해서 저녁때까지 일하자는 어머니의 말뜻을 누구나 알아들었다. 물에 잠기진 않았어도 날아다니는 곰팡이 홀씨에, 또는 물이라는 단어에라도 닿았던 모든 것이 끌어내어져 세척과 소독을 기다리고 있었다. 막내는 진심으로 춘희가 부러웠다. 다 하기 불가능한 방학 숙제를 붙들고 좌절하느니 춘희 쪽에 붙어 수돗물을 좍좍 붓다 발등도 적시고 싶었다. 이참에 춘희처럼 아예 학교를 때려치우고 싶었다.

"네, 그럼요."

춘희는 자기 컵에만 주스가 남아 있음을 깨닫고 급히 들이켰다. 남은 손으로는 김치통 위에 얹어 왔던 빛바랜 고무장갑을 이미 그러쥐고 있었다.

"오늘은 내 집 앞 쓸기 하는 날이었다. 아침에 눈을 뜨자마자 나는 빗자루를 들고 달려 나갔다. 그런데 옆집 태섭이 오빠가 먼저 골목을 쓸고 있었다. 나는 우리 언니와 오빠가 늦잠을 자서 창피했다. 우리나라가 망하면 암만 예쁘고 똑똑해봤자 무슨 소용이 있겠는가! 태섭이 오빠는 밤에 공부하다 잠이 와서 마당에서 줄넘기를 하려고 했는데, 잠결에 마루 유리문을 뚫고 나온 적이 있다. 우리 집까지 놀랐다. 진정한 애국이란 저마다 맡은 바 소임을 다하는……"

건넌방에 하나뿐인 책상은 오빠 차지라 막내가 도로 바닥에 배 깔고 한 달 전쯤 날짜의 가짜 방학 일기를 쥐어짤 때였다. 쎈이 요란하게 짖었다. 막내는 제꺽 연필을 놓고 일어나 창문으로 내다보았다.

"이 집에 뚱뚱한 여자애 있지? 너보다 큰."

동네에서 본 것도 같은 아주머니가 작은 사내애의 손을 잡고 대문간에 서서 물었다. 곱상한 얼굴인데 집 안쪽을 예리하게 훑어보느라 눈이 희번덕였다.

"왜 그러세요? 우리 집에 뚱뚱한 사람 없는데요?"

춘희임을 직감했지만 막내는 둘러댔다. 책상에서 돌아앉은 오빠도 그렇게 답해야 한다고 끄덕였다.

"어른 안 계시니?"

"무슨 일이신데요?"

마루에서 응대한 어머니가 뒤늦게 고개를 까딱했다.

"저 누나 맞지?"

답례할 새 없이 아주머니가 손을 들어 어머니를 가리키자 사내애가 옴팍 찡그렸다. 아주머니의 입술은 얄팍하게 다물렸다. 열려 있는 방문을 통해 두 남매에게 보이기로, 마루의 어머니 뒤에는 춘희가 우두커니 서 있었다. 홀쭉하진 않지만 그리 뚱뚱하다고도 할 수 없었다.

"개 묶어!"

낯빛이 변한 어머니가 슬리퍼를 발에 꿰고 대문으로 내달으며 아무나에게 명령했다.

"어휴……"

오빠는 까딱 않고 천장을 향해 눈만 끔벅였다. 사납게 짖어대는 쎈을 묶으러 막내가 방에서 뛰어나갔다. 대문간 아주머니의 말소리가 낮아서 창가에서는 잘 들리지 않기 때문이기도 했다.

좀 전에 아주머니는 침수로 얼룩진 벽지를 바꾸기 위해 도배집에 가보려던 참이었다. 나가는 김에 기한을 놓쳐버린 전기세를 내려고 고지서를 가지러 도로 들어갔고, 일이 분이나 걸렸을까, 다시 나와 보니 현관 계단 난간에 올려둔 손지갑이 사라졌다. 그 집도 다른 집들처럼 못 쓰게 된 살림살이를 수시로 내다 버리느라고 대문 한쪽이 열려 있었는데, 그새 누군가 들어와 지갑을 가져가버린 것이었다. 이웃들은 한 뚱뚱한 여자애가 남의 집에 말도 없이 들어갔다 금방 나오는 게 수상쩍었다고 증언했다. 물이 물러간 후 돌아와 보니 물보다 무서운 사람 도둑이 문고리까지 뜯어 갔다는 집들이 한둘이 아니라, 이웃들이 눈여겨볼 수밖에 없었다.

"근데 걔는 가게에 하이타이 사러 갔었는데요? 목욕탕 청소한다고 들어가서 글쎄 타일 바닥에 하이타이 들이부어갖고…… 바로 왔는데, 한 15분도 안 걸렸는데요?"

어머니는 말해놓고 나서 변명이 되는지 생각해보는 눈치였다.

목격자는 또 있었다. 마당에 있던 그 집 어린 아들이었다. 아주머니가 현관으로 도로 들어간 틈을 타서 또 철대문에 붙어 손톱으로 녹을 긁고 있었으므로, 바깥에서는 아이가 보이지 않았다. 뚱뚱한 누나는 들어와서 난간 위의 지갑을 집어 들고 나가려다 아이와 마주쳤고, 허리 굽혀 아이의 눈을 똑바로 쳐다보면서 협박했다.

너 이 말 누구한테 하면 죽어! 내가 너 딱 기억하고 있다가 몰래 죽여버릴 거야!

"죽여요?"

어머니는 자기가 겁먹은 듯이 보였다.

"친척이에요? 이 댁 따님은 아니라면서요?"

아주머니는 역겹게 처지는 어머니의 입꼬리를 보고 질문을 바꿨다.

"일하는 애예요?"

"저기, 머언 친척이에요."

"니가 본 그 누나가 나 맞아? 너 나 정말로 본 적 있어?"

소리 없이 곁에 와 있던 춘희가 당당히 반대 심문에 임했다.

"내 얼굴 자세히 보고 똑똑히 말해!"

춘희는 허리 굽혀 아이의 얼굴에 제 얼굴을 바짝 들이댔는데, 마치 아이가 증언했던 뚱뚱한 누나의 협박 자세를 직접 실연해 보이겠다는 듯이, 그 얼굴은 달아오를 대로 달아올라 고추장 색깔이고 눈에서는 불꽃이 뿜어져 나왔다. 아이의 움츠린 목과 치켜올린 어깨 사이를 제 벌벌 떨리는 두 손으로 집요하게 벌려서, 몰래가 아니라 만인의 눈앞에서, 숨통을 꼬옥 눌러버릴 것만 같았다.

"어멋!"

"얘가!"

아주머니는 아이를, 어머니는 춘희를 끌어당겼다. 그리고 둘의 역할이 뒤바뀌었다.

"우리 애가 잘못 봤나 봐요. 너무 어려서."

"아니에요. 제가 다 물어드릴게요. 돈이랑, 지갑이랑."

"아니에요, 아니에요. 소란을 피워 죄송합니다."

아주머니는 춘희를 외면한 채 어금니를 질근대면서 덧붙였다.

"너한테도 미안하구나."

"물어드린다구요!"

"아니라구요!"

아주머니는 어머니가 내미는 손에 소스라쳤고, 아이의 등을 떠밀면서 도망치듯 가버렸다. 축대를 메운 구경꾼들이 갈라졌다 봉합되었다.

춘희가 청소하던 목욕탕의 수납장이 벌컥 열리고 안의 물건들이 마구 쓰러졌다. 춘희가 가게에서 받아온 거스름돈이 고이 놓여 있는 현관의 신장도 같은 꼴을 면치 못했다. 어머니는 신발을 일일이 엎어 털어보았다.

"이모, 전 정말 안 그랬어요! 하늘에 계신 하나님께 맹세드려요."

춘희는 마루에 꿇어앉아 두 손을 모으고 맹세했다. 무릎 앞에는 이모네 집에 돌아갈 차비일 동전 한 닢과 때 탄 손수건이 나란히 놓여 있었다. 어머니의 몸수색으로 춘희에게서 나온 것은 그게 다였다.

"니가 하나님의 이름을 더럽혀?"

어머니는 신발을 팽개치고 뛰어 들어와 춘희의 입을 때리려 했으나 쉽지 않자 어깨를 갈겼다.

"아야!"

춘희는 어깨를 감싸며 움쩍하고는 자동적으로 원래 자세를 회복했다. 허리를 똑바로 세우고 눈물에 젖은 얼굴 밑에 두 손을 마주친 옆모습은, 흡사 버스 운전석 앞 액자의 기도하는 소녀였다. 천장 한 귀퉁이가 열리고 흰 빛줄기가 내리쬘지도 몰랐다.

"하나님은 암만 큰 죄도 용서를 빌기만 하면 다 용서하시지만, 거룩하신 하나님의 이름을 걸고 거짓 맹세를 하는 것만큼은 절대! 용서하지 않으셔. 단 한 번만 거짓 맹세를 해도 지옥행이야! 오직 믿습니다, 해야지 제아무리 인간적인 선행으로 창조주를 겁박해봤자 소용없어. 활활 타는 유황불에 영원히 타는 거야!"

"아야! 거짓말로 맹세한 거 아니에요. 아야! 진짜로 했어요."

"하지 마, 하지 말라구!"

기왕 한 번 거짓 맹세를 해버린 춘희는 지옥 불에 타는 걸로 결론은 났건만, 어머니는 춘희의 머리카락을 움켜잡고 왼쪽으로 쓰러졌다, 오른쪽으로 쓰러졌다 했다. 머리카락을 잡힌 춘희는 더불어 그러는 수밖에 없었다.

"아욱! 정말 가짜 아니에요. 아욱!"

"오오냐!"

어머니는 마룻바닥을 두 손으로 치고 일어나 안방으로 뛰어들어갔다. 돌돌 말린 전화 줄을 당기면서 수화기를 제우스의 삼지창처럼 높이 치켜들고, 분노와 승리감에 실룩대는 얼굴로 비스듬히 춘희를 내려다보았다.

"잘못했어요."

춘희는 마주댄 두 손바닥을 싹싹 비비기 시작했다. 서양식 기도하는 소녀가 동양식으로 바뀌었다.

"지갑 어딨어?"

"네? 몰라요. 제가 안 그랬어요."

어머니는 대꾸 없이 전화기 다이얼에 손가락을 꽂아 세게 돌렸다. 구멍을 바꾸는 손가락이 가늘게 떨렸으며, 실룩임이 가신 뺨은 홀쭉했다.

"하나님한테 맹세 안 한다구요. 죽을 때까지 안 한다구요! 이모!"

"얘, 난데……"

수화기를 입에 누르며 돌아서서 이모에게 고자질하는 어머니의 뒷모습은 초라했다. 일찍이 부모님을 잃은 자매는 언니가 어머니처럼 동생을 길러냈고 동생은 늦돼도 너무 늦돼서 언니의 속을 태웠다던데, 언제인지는 몰라도 서열이 뒤집힌 듯싶었다.

끅, 끅, 끄윽, 둔하게 딸꾹질하는 듯한 신음과 함께 춘희의 윗몸이 서서히 수그러졌다. 배가 허벅지에 포개지고 이마가 마루에 닿자, 으허허허, 판소리 못잖은 통곡이 쏟아져 나왔다.

춘희를 감당할 사람은 이모뿐이었다. 이모네 다락문 안쪽에는 춘희 전용으로 쓰이는 빨랫방망이가 서 있었다. 이모 말로는 춘희의 도둑질이 본인도 어쩔 수 없는 미친 지랄이며, 들통나서 두들겨 맞는 것까지 포함해서 주기적으로 벌여야 속이 풀리는 푸닥거리였다.

"잘 가."

이 더위에 건넌방 문을 처닫고 방학 숙제에 열중한 체하던 오빠가 창가에서 어색하게 작별 인사를 했다.

"잘 있어!"

대문을 나서려다 창문을 돌아보고 춘희는 환히 웃었다. 그 많은 눈물로 씻어낸 듯 얼굴이 맑고, 오빠의 배려에 대한 고마움과 맘속에 가꿔온 축복이 담뿍 어려 있었다.

"너도 잘살아."

춘희는 개집 앞에 묶인 채로 꼬리 흔드는 쎈에게도 오른손에 말아 쥔 황금색 보자기를 흔들어 보였다. 김치통을 싸 왔던 그 보자기 안에는 이제 빛바랜 고무장갑만 들어 있었다.

"저쪽으로 가도 버스 정류장 있는데."

막내는 따라 나가서 큰길로 곧장 올라가는 가파른 계단 쪽 말고 완만한 우회로를 가리켰다. 그리로 가면 지갑을 잃어버렸다고 따지러 왔던 아주머니의 집 부근을 지나지 않고도 큰길로 나갈 수 있었다.

"응. 고마워."

말과는 달리 춘희의 얼굴에는 휴전선의 철조망 같은 것이 쳐져 있었다. 막내는 조금씩 뒤처지다 멈춰 섰다. 작별 인사조차 철조망에 막혀버렸다.

가게 근처 공터에서 빈 지갑이 발견되어 주인에게로 돌아갔다는 말이 들려왔다. 춘희가 이모네에 도착했다는 소식은 좀처럼 오지 않았다.

"흥, 지가 가면 어딜 가겠어?"

어머니는 이모랑 통화할 때마다 야멸차게 내뱉었지만 눈 밑이 점점 꺼져갔다. 언니는 밤샘 핑계로 독서실로 내뺐고 두 동생은 묵묵히 숙제를 붙들고 있었다. 전화기는 좀처럼 울리지 않았다.

여자가 되는 건 힘든 거야.

홍수로 세 남매가 이모네로 도망갔던 날, 이모가 언니를 작은 방에 따로 눕히면서 속닥였다고 한다. 그런데 힘든 건 여자가 되는 것만이 아닌 듯했다.

졸음의 폭포 너머에서 시간이 째깍째깍 갔다. 통행금지 시간이 째깍째깍 다가왔다. 야간 통행금지 시간의 캄캄한 실외는 인간이 있어서는 안 되는 공간이었다. 들어갈 집이 없든지 있더라도 갈 수 없는 사람들이 빈 사과 궤짝 따위에 기대 웅크리고 있었다. 날카로운 호루라기 소리가 그들을 거듭 베고, 공기는 살균제였다. 끝내 조용히, 심판의 불이 붙었다. 뭉클한 몸뚱어리들을 향해 불길이 화르륵 번져왔다.

민물에 살며 잡식성. 겨울에 겨울잠을 자고, 여름에 모래에 구덩이를 파서 4~11개의 알을 낳는다.

—『소년과학 동물도감』

남생이는 등딱지에 도드라진 선이 세 개 있다. 목이 노란색으로 얼룩졌으며 눈은 염소의 눈과 비슷하다. 길쭉한 솔방울 같은 네 다리에 자잘한 발톱이 박혀 있다.

혼탁한 물속에서 플라스틱 바구니를 만나면 일단 주둥이로 물어보지만, 빈 바구니는 뒤로 튕겨 나가기 마련이라 두 앞발의 발톱으로 붙들고 다시 문다. 잉어 같은 큰 물고기라도 지느러미로는 바구니를 고정시킬 수 없으므로 물기가 불가능하다. 남생이만이 할 수 있다. 바구니가 물 밖으로 나올 때 남생이는 주둥이와 두 앞발로 바구니를 단단히 붙들고 매달려 올라와, 진득하게 말라가는 웅덩이를 탈출한다.

만약에 바구니가 허무하게 뜯겨버린다면, 웅덩이에서 큰길로 올라가는 가파른 계단을 오를 수 없는 남생이는 완만한 우회로로 돌아서 가야 한다. 큰 차이는 없다.

신호등 없는 건널목을 한 번, 신호등 있는 건널목을 두 번 건너야 한다. 멀미기를 일으키는 매연을 뒤집어쓰면서 큰길을 따라 네 발로 천천히 걷는다. 차에 치이거나 사람 발길에 채지 않으려면 차도와 인도 사이로 아슬아슬하게 가야 한다. 그리고 지난 홍수에 지붕까지 완전히 잠겼던 철둑길 옆 판자촌을 통과해야 하는데, 양아치 같은 사내애들의 눈을 피하는 것이 관건이다. 마지막으로 철둑길 밑에 뚫려 있는 굴다리를 찾아야 한다.

여름이 끝나가 더 이상 시간이 없을 경우에는, 홍수로 떠밀려 온 남생이가 갇혀 있는 웅덩이로부터 원래의 서식지인 한강까지 기다란 흰 천이 반원형으로 펼쳐진다. 남생이는 흰 천을 걸어서 이 모든 길들을 타넘어 간다.

가야 할 곳으로. 물로, 아니면 땅으로. 또는 어디든. 숨 막히는 타지에서 자기가 마땅히 있어야 할 데로.

매끄러운 천에서 남생이가 미끄러질 것 같으면, 수많은 손들이 뻗어와 양쪽 가장자리를 촘촘히 잡는다.

주여!

통성기도 소리가 보글보글 끓어올라 밤하늘을 때리고 가라앉았다가, 다시 끓어오른다.

간간이 남생이는 멈추어 목을 늘인다. 검정 선 한 줄 가로로 그어진 노란 눈으로 저 멀리 어둠 속에서 기다리는 한강을 확인한다. 비로소 또 한 발 짚는다. 푸르스름하도록 흰 천에 발자국이 찍힌다. 한 발도 건너뛸 수 없다. 남생이가 네 발을 교대로 착실히 걸어간 발자국이 흰 천에 하나도 빠짐없이 찍힌다.

그리고 남는다. 담장과 축대에 역순으로 그어진 물의 키 재기 눈금이 절로 사라진 뒤에도, 그것은 지워지지 않는다.

이모, 아기를 울려요.

건축가의 집

1

집 보러 사람이 왔다.

오빠는 건넌방으로 튀고 언니는 옷가지들을 걷어치우면서 부엌으로 달려갔다. 막내 정아가 문고리를 지그시 받쳐 올리며 현관문 열고 나갔다. 경첩이 늘어진 현관문은 모서리로 계단참을 부채꼴로 파놓고도 자칫 끔찍한 소리를 낼 위험이 있었다. 대문간에서 짖어대던 발바리 쎈이 뛰어와 앞장섰다. 정아는 쎈을 안아 개집 앞에 묶어놓고 대문을 열었다.

복덕방 아저씨와 집 보러 온 아주머니는 나란히 뒷모습을 보이며 서 있었다. 김일성 동상처럼 한 팔을 들어 앞으로 뻗친 아저씨는 일이 년 안에 동네 앞으로 뚫린다는 도로 얘기를 했을 것이다.

"어른 안 계시니?"

아저씨의 물음에 정아는 입술을 달싹이며 물러섰다. 손님을 이 집에 데려와서 어른을 만난 적이 한 번도 없건만 아저씨는 낙망한 표정으로 들어서다 멈칫했다.

"여기. 대문하고 똑같은 원목을 붙여놨죠? 공대 나온 건축가가 지은 집이라. 집장사 집은 이렇게 눈에 잘 안 보이는 데는 그냥 쎄멘으로 놔두잖아요."

흘깃하고 말던 이전 사람들과 달리 이번 아주머니는 아저씨가 가리킨 대문 위 비막이를 고개 꺾어 올려다보았고, 대문의 원목과 비교하느라 눈길을 오르내렸다.

"저 곡면에 맞추어 일일이 나무를 깎아 이으려면 시간이 얼마나 많이 걸리고, 손은 또 얼마나 많이 갔겠습니까!"

마루 천장을 빙 둘러 부드럽게 굽어진 벽과의 이음매는 매번 아저씨를 괴롭혔다. 직각으로 맞닿을 부분을 굳이 곡선으로 변형시키는 납득 못할 노동을 해야 했던 목수의 입장이 되어 아저씨는 작게 몸서리쳤고, 아주머니에게 감탄할 시간을 주기 위해 슬그머니 뒷짐을 졌다.

그 아치형 이음매는 이 집이 건축가의 작품이라는 두번째 증거였다. 대문의 비막이 지붕 따위는 순위에도 낄 수 없으며, 첫번째 증거야 물론 지나가는 사람마저 눈을 들어 우러르지 않을 수 없는 초록색 비대칭 지붕이었다. 비-대칭, 지붕의 한쪽은 눈썰매를 타도 될 만치 널찍하고 완만한 반면, 다른 쪽은 긴장감 있게 꼿꼿하고 짤막했다. 어중이떠중이 집장사들은 발상조차 불가능한 고급스런 디자인이었다. 복덕방 아저씨가 충분히 강조했기를 정아는 빌었다.

오빠가 불기도 없는 건넌방에서 책상에 앉아 교과서 읽는 시늉을 하고 있었다. 눈가림으로 책이 어질러져 있음에도 아주머니가 방구들의 함몰을 알아채고 아저씨를 쏘아보자, 아저씨는 흥정에 톡톡히 반영하겠다는 뜻으로 보일 듯 말 듯 끄덕였다.

부엌의 언니는 수돗물을 세게 틀어놓고 설거지를 하면서 물소리 탓인 양 등뒤의 인기척을 철저히 무시했다. 원래 물이 탁해뿌연 물빛이 물줄기가 세서 그런 것처럼 보였다. 잉잉잉, 우물에서 물을 끌어 올리는 모터가 돌아가는 소리에 아주머니는 신경을 팔고 있었으며, 그 작은 단서로 모터의 전반적인 상태를 판별했노라는 영악한 미소를 떠올렸다.

"어른이 안 계셔갖고……"

그러나 마룻바닥이 검게 썩어가는 욕실 앞에 이르러, 아저씨는 힘없이 중얼거렸다. 집값 떨어지는 소리가 정아의 귀에 쿵쿵울렸다. 마룻바닥의 한기를 못 이겨 아저씨의 한 발이 다른 발의 발등에 올라 비비적대고 있었다. 더군다나 아주머니가 신은 것은 양말도 아닌 스타킹이었다.

다음 순서인 지하실이야말로 고비였다. 현관을 나가 집을 반바퀴 돌아서 올 두 양반보다 먼저 지하실에 가 있으려고 정아는 부엌 뒷문으로 잽싸게 빠져나갔다. 덜 닫힌 문을 안에서 언니가 부서져라 잡아당겼다.

"야야, 선인장이 물 지다린데이. 인자 주면 되겠네."

마지막으로 마당 한가운데 서서 집을 그윽이 올려다본 아주머니는 끌리듯이 다가들며 말했다. 베란다 밑 온실을 허리 굽혀 들여다보기도 이 아주머니가 처음이었다. 그 안에 있는 선인장들이 아직 살아 있는 줄도 정아는 몰랐다.

"인자, 인자 딱 마침인 기라, 어잉?"

수돗가에 엉망으로 꼬여 있는 호스를 당장 풀어다가 목마른 선인장에게 물을 활활 주고 싶은 것을 간신히 참고, 아주머니는 수도꼭지로부터 온실까지를 손짓으로 연신 이었다. 하지만 미안하게도 그 수도꼭지는 겨우내 얼어 있었다. 지긋한 나이에도 긴 머리를 틀어 뒤통수에 반짝이 핀으로 붙인 이 아주머니가 어쩌면 집을 살 것도 같았다. 제발, 제발, 정아의 심장이 외쳤다. 지난밤 이 경상도 아주머니의 꿈자리가 예사롭지 않았기를, 대문을 나가기 전에 아주머니에게 가슴이 찌르르한 신호가 오기를! 한편으로는 아주머니가 안됐다는 생각이 들었다.

"쭈쭈쭈. 쟈는 몇 살이고?"

귀 따갑게 짖어대는 발바리 쎈에게도 아주머니는 너그러이 손바닥을 내보였다. 정아는 쎈의 아홉 살 나이를 즉각 낮추었다.

"세 살이요."

언니는 라면을 먹지 않았다. 교복을 다 입은 채 책상 앞에 앉더니 공책 맨 뒷장을 부욱 잡아 뜯었다. 종잇장은 위로 절반쯤만

58

뜯겨 수평으로 갈라지다 밑을 향해 사선으로 찢어졌다. 길게 꼬리가 달린 그 종잇장을 언니는 정아에게 내밀었다. 이사 갈 집의 주소가 적혀 있었다. 가뜩이나 큰 언니의 눈이 오늘은 눈꺼풀을 밀치고 튀어나오려 하고, 만화에서처럼 빛의 방울마저 어려 있었다. 실제로 빛이 아롱대니 눈이 따가울 듯싶었다. 막내에게 무지 화난 것 같기도 했다. 고3인 언니가 아침을 거르고 학교에 가는데도 어머니는 잔소리하지 않았다.

언니가 손도 대지 않은 라면을 오빠도 갖다 먹지 않았다. 제 그릇만 비우고 책가방을 든 채로 돌아와서 밥상 위에 만년필을 놓고 갔다. 정아는 집어 들고 뒤쫓았다. 오빠의 동물, 식물, 곤충 도감 세트를 이미 챙긴데다, 올해부터 중학생이 된 오빠가 학교에서 필기하는 데 써야 할 만년필까지 차지할 수는 없었다. 오빠는 손사래 치며 현관문을 나가버렸다. 그 손짓에 바이바이도 섞여 있음을 여동생은 이해했다.

이사 트럭이 들이닥쳤다. 목장갑 낀 인부들이 신발을 신은 채로 들어와서 창문을 모조리 열어젖혀 찬바람이 밀려들었다. 그릇 싸던 신문지들이 활강하여 벽에 달라붙고, 벽에 걸려 있던 달력은 떨어졌다. 어머니가 밥상을 걷는 사이 정아는 가방 메고 조용히 나왔다. 약수터를 지나 나지막한 언덕의 꼭대기까지 단숨에 뛰어올라갔다.

꼭대기에서 돌아서서 오른쪽 비탈은 변색된 슬레이트와 칙칙한 방수포가 뒤얽힌 판자촌이었다. 어머니가 발길을 절대로 금한 곳이자, 학교 가는 지름길이기도 했다.

정면으로는 건축가의 집이 훤히 내려다보였다. 인부들이 흰 입김을 내뿜으면서 베란다로 장롱을 끌어내는 중이었다. 어머니는 마당의 징검돌에 서서 가위와 노끈을 든 양손을 늘어뜨린 채 지켜보고 있었다.

"애들 아버지가 아시면 노발대발하세요!"

오늘은 어머니가 그 말 못하겠지. 큰 트럭은 멀리 시내로 가고 작은 트럭은 가까운 학교 근처로 간다고, 인부들에게는 실토하지 않을 수가 없었을 테니까. 이사 트럭은 큰 것과 작은 것 두 대였다. 짐은 둘로 갈라져야 했다. 좀 전에 언니가 공책 맨 뒷장에 적어준 주소는 엊그제 어머니가 알려준 주소와 달랐다.

한때 저 집에는 미래의 고고학자가 살았다. 약수터 근처 덤불 속에서 국내 최초로 북경원인의 화석을 발견했으며 발견 즉시 직업을 확정하였다. 일이란 순서가 있어서 일단 귀가하여 담장 그늘에 턱을 괴고 앉았는데, 갓난쟁이 때문에 밤잠을 못 잔다며 입술에 물집을 달고 사는 여자 담임 선생님은 건너뛰기로 했다. 막내의 말이라면 으레 귓등으로 흘리는 언니와 오빠는 나중에 크게 후회할 거였다.

대학교는 멀다. 버스 타고 멀미를 하면서 하염없이 간다. 한강 다리는 어쨌든 건너야 한다. 중간에 차를 갈아타면서 잘못 탄다면 헤매지 말고 반드시 같은 자리로 돌아와 재출발해야 한다. 대학교의 정문은 국군의 날 행진 대열이 지나갈 수 있을 만큼 넓다. 그 한가운데로 외롭고도 당당하게 들어선다.

학계에 보고합니다!

무더위에 굳이 고고학자에게 옆구리를 붙이고 앉아 할딱대는 쎈의 혀로 공기 방울 섞인 침이 흘러내렸다. 할딱, 할딱, 가쁜 숨결과 길고 얇게 늘어진 혀의 달싹임, 침의 단계적 하강이 다 박자가 맞았다. 똑 떨어지는 침방울을 말아 올리면서 콧등까지 재빨리 핥고 도로 늘어진 혀와 입가의 검정 살 사이, 하얀 어금니는 송곳니와 달랐다. 개도 송곳니만 뾰족하지 어금니는 사람처럼 납작했다. 고고학자는 북경원인의 화석에 새삼 시선을 꽂았으며 쎈의 어금니로 옮겼다.

만약에 쎈의 아래턱 절반에서 이빨들이 몽창 빠져서, 만약이니까, 어금니만 남는다면, 손에 들린 표본과 일치하는가? 한다/안 한다. 한다.

미래의 고고학자는 손에서 뼛조각을 떨어뜨리고 평생을 따라다닐 오명과 수치로부터 자신을 구해준 쎈을 끌어안았다. 고고학자라는 미래의 직업에 대해 다시 생각해보기로 했다.

큰 트럭에 짐이 빠르게 차갔다. 대문을 사이에 두고 아직 빈 채로 서 있는 작은 트럭은 귀엽도록 아주 작았다. 그리고 개집 앞에 묶여 펄쩍대는 쎈의 밥그릇에는 불어터진 라면이 수북했다. 등교 시간은 아직 많이 남아 있지만 정아는 돌아섰다. 어머니가 일부러 평일에 이사 가는 까닭을 모르지 않았다. 보지 마, 마음 한구석에서 누군가 말했다.

보지 마. 큰 트럭이 먼저 출발하고 작은 트럭이 남는 걸.

누군가 말했다.

보지 마. 엄마도 작은 트럭에 올라타고 떠난 다음, 쎈만 불어 터진 라면하고 마당에 남는 걸.

2년 전쯤, 어머니의 결단에는 두 가지 이유가 있었다.

첫째, 자식들과 옹송그리고 살던 작은 한옥에 홍수로 정이 뚝 떨어진 탓이었다. 한강이 지척인 그 동네는 상습 침수 지역이었다. 언제라도 다시 똥물에 잠기고야 말리라는 상당히 합리적인 의심을 어머니는 떨쳐버릴 수가 없었다. 물이 축대를 넘어 손바닥만 한 마당을 금세 채우고 마루턱에 찰랑대기까지, 마루에 혼자 앉아 쳐다만 보고 있어야 했던 어머니로서는 무리도 아니었다.

둘째, 아버지의 직장 동료네 집에 오랜만에 갔다가 희한한 것을 목격했기 때문이다. 그 부인과 어머니는 젊은 시절 사택에 이웃하여 살았던 인연이 있었다.

저게 뭐야?

같은 직장, 같은 직급의 남편을 둔 부인의 살림이 그간 눈부시게 피어난 데 속으로 충격을 받은 어머니가, 문득 말을 끊고 물었다. 둘은 나이도 비슷했다.

뭐? 이거? 그 집도 월급봉투 이런 거 아냐?

그렇지.

대답과 달리 손님의 얼굴이 풀리지 않자 부인은 문갑 위의 월급봉투를 집어 건넸다. 물자 절약을 위해 몇 달 전부터 월급봉투를 생략했다던 회사가 부인의 남편에게만은 특별히 그것을 발급해준 모양이었다. 봉투의 왼쪽에는 공제 비용의 항목이 인쇄되어 있고 오른쪽에는 항목별 금액이 수기로 적혀 있으며, 그 달의 경조사비도 두어 줄 수기로 추가되어 있었다.

　그런데 신혼으로부터 자식 셋 낳고 맏이가 고등학교에 올라갈 판인 그날까지, 아니 회사에서 물자 절약 운동에 박차를 가하기 전까지, 어머니의 남편이란 작자가 매달 집으로 가져왔던 월급봉투는 그와 너무 달랐다. 회사 경리의 글씨체로 적힌 두어 줄 경조사비 밑으로 본인의 글씨체로 바뀐 경조사비가 열 줄쯤 더 있고, 업무교육비, 업무연구비, 현장조사비, 부서활동비 등등 앞면을 가득 채우고도 뒷면에까지 이어져 있기 마련이었다. 당연히 공제를 제한 잔액은 본인의 글씨체라고는 없이 깨끗한 동료의 월급봉투와 천지 차이, 매달 차액이 누적되기 무려 십오여 년이었다. 어머니가 입안이 타서 다시 든 찻잔의 차이 또한 지극히 당연했다. 설사 자신의 살림 역량이 부족할지언정 미미한 변수에 불과했다.

　자신의 진정한 과오는 그와 차원이 달랐다. 안이한 믿음으로 하늘 같은 지아비를 도둑으로 타락시킨 것이었다. 자식들에게 갈 몫을 중간에서 가로챘다는 의미에서 도둑이었다. 뒤늦게 내조를 제대로 하기로 어머니는 이를 악물었고, 남편을 옴짝달싹

못하도록 몰아넣고 쥐어짤 형틀 같은 것을 필요로 했다. 이왕 어머니의 머릿속에서 뭉글대던 불확실한 구상과 그 형틀 비슷한 것이 맞아떨어졌다. 아무리 가계부를 써봤자 꽉 막혔던 자식들의 대학 교육을 향해 그렇게 비상구가 삐끗 열렸다.

실은 이유가 또 한 가지 있었다. 어머니는 언젠가부터 결과로 생각해버렸지만 순서로 보자면 그 일이 가장 먼저였다. 등한했던 여학교 동창 모임에 어머니가 열의를 갖게 된 거였다. 어머니에게 밥을 얻어먹는 자식들은 알았다. 전기밥통에 밥을 가득 채워놓고 빈 손바닥은 꼭 쥐어 감추고, 어머니는 경제적으로 자신과 비교될 수 없는 동창들과 쏘다녔다.

그 동창들은 옷 갈아입듯 집을 쉽사리 바꾸었다. 서로 정보를 주고받고 집을 보러 같이 다녀주기도 하는 게 동창 모임의 주요 활동이었다. 덕분에 견문이 늘수록 어머니는 비참하고 절박해졌다. 어느 누구는 남의 남편들처럼 손발을 척척 맞춰주기는커녕 말만 꺼내도 눈을 부라렸으므로, 머리 터지는 고민과 가슴이 해지는 걱정, 창자에서 끌어 올리는 용기마저 어머니 혼자 몫이었다. 맞닥뜨려주는 손바닥 없이 외짝으로 어머니는 서울을 종횡으로 가로질렀다.

전국이 한파로 얼어붙은 겨울밤, 유달리 늦은 시각에 센베이 과자를 사 들고 귀가한 어머니는 마셨을 리 없는 술에 취한 것 같았다.

"전화가 영 안 와. 안 되나 보다, 안 되나 보다, 하면서도 나는 어쩐지 될 거 같애. 주여, 이것이 당신의 뜻이오니까, 내가 그 집 마당에서 발을 떼기 전에 기도했는데 가슴이 찌리리했다고 그랬잖아. 어, 그런데 정말 다방 레지가, 문 여사님 전화 받으세요, 하는 거야. ─두 손 들고─여호와 이레!─박수 치며─여호와 이레, 여호와 이레! 다방에서 복덕방까지 뛰어가도 되는데 그새 그쪽 마음이 변할까 봐 택시 탔지. 택시! 아저씨, 전속력으로 가 주세요. 미터기가 찰칵, 찰칵……"

그날로부터 세 남매는 주택매수계약을 겨냥한 어머니의 007 못잖았던 활약상을 질리도록 들어야 했다.

우선 어머니는 복덕방에 제시된 가격을 낯 두껍게 절반 뚝 잘라 반값에 '후려치기'부터 시작했다. 복덕방이 그 반값으로 집주인과 이루어질 수 없는 홍정을 시도하는 동안 다방에서 핸드백 속에 손 넣어 얄팍한 계약금을 움켜쥔 채 기다렸고, 홍정이 관철됐다는 연락을 받자마자 택시를 타고 달려갔으며, 그래놓고 한 푼이라도 더 깎으려고 마치 의향이 별로인 듯 '뻗대기' 하면서 온갖 트집을 잡았다.

말과 함께 동반되던 어머니의 연기는 그 국면에서 절정에 이르렀다. 어머니는 매수인인 자신과 매도인 양쪽을 상세히 오갔다. 매수인은 트릿한 표정으로 이죽거리면서 문 쪽이라든가 꼬고 앉은 다리의 신발 끝을 쳐다보곤 했으며, 매도인은 이마에 손을 짚고 고민하거나 탁자 위의 성냥 통을 끌어당겨 성냥개비를 부러뜨리기나 했다. 결국 어머니의 '낚아채기'에 당하고 만 그어리숙한 매도인이 정식으로 공대 건축과를 나온 건축가임을 필히 강조함으로써, 어머니는 자신이 소싯적에 형편상 학업을 중단할 수밖에 없었던 묵은 한을 야비하게 풀었다. 추임새도 넣어주는 어른들 앞에서는 더욱 명연을 펼쳤고, 전화 수화기에 대고 말할지라도 연기는 줄지 않았다.

"저기 저 집!"

그럼에도 어머니의 검지 끝과 일직선으로 이어지는 차창 밖 초록색 지붕은 기대 이상이었다. 당연히 또 단연코, 앞으로 살아가야 할 새 동네에서 그 집이 가장 근사했다. 객관적으로는 다른 집들도 그렇게 형편없지는 않았는데, 바로 뒷집의 동그란 환기창은 떼어서 간직할 만했다. 샹들리에가 문밖에 나와 있는 듯 호화로운 현관 등, 지붕 위에 또 솟아오른 새끼 지붕, 처마에서 늘어진 용도 모를 쇠사슬…… 저마다 '주말의 영화'에 나올 법했다. 이사 트럭의 운전석과 조수석 사이에 끼어 앉아 막내는 외국으로 이민 오는 기분이었다. 하차가 임박할수록 빠르게 젖어드는 불안감이야 어쩌면 자연스러울 수도 있었고.

대문이 보이지 않았다. 대문이 있어야 할 자리가 텅 비어서 두 개의 문기둥만 멋쩍게 마주보고 있었다. 담장 또한 웬일인지 커다란 사각의 홈들이 규칙적인 간격으로 파여, 온전히 막힌 면은 빈 공간들 사이에 가느다란 칸막이로 남아 있었다. 무엇보다 지붕의 초록색 아래로 죄다 회색이었다. 타일 없이 시멘트 블록이 노출된 벽들, 아무래도 어떤 과정이 더 필요해 보이는 우툴두툴

하고 뭉툭한 콘크리트 계단.

"아!"

아, 아, 아아아, 컴컴한 지하실 안쪽에서 메아리가 우울하게 답했다. 탁, 타, 타, 타타타 발 구른 소리도 메아리쳤다. 인간을 반기지 않는 싸늘한 공기가 감돌았다. 벽에서 물기가 배어 나오는 미세한 균열에는 종유석의, 물이 흘러내려 바닥에 닿는 지점에는 석순의 깨알만 한 씨앗들이 의연하게 자라고 있었다.

"여기 서울 맞아? 얼마나 걸린 줄이나 알아?"

오빠를 데리고 버스 타고 온 언니는 새파란 낯빛이었다. 수세식 변기에 욕조마저 있는 욕실에 들어갔다가 빨개져서 나왔고, 우물을 팔 때까지 약수터에서 물을 길어 와야 한다는 말을 듣고는 거무죽죽해졌다.

"저거 하나 때문에라도 공사 기간은 얼마나 늘어나고, 인건비는 얼마나 더 들었겠니?"

2년쯤 뒤에 집 팔아줄 복덕방 아저씨가 고객들 앞에서 그랬듯, 자기가 집 사서 들어온 첫날 어머니도 자식들 앞에서 마루 천장의 아치형 이음매를 빙 둘러 가리켰다. 우아하게 호를 그린 그 이음매가 이오니아 양식이라고 막내는 이미 혼자 단정 지은 바 있었다. 근거는 없었다. 원시림에 뒤덮이려는 고대의 신전, 문명 세계로 되돌릴 사명을 지니고 방금 도착한 몇 인.

"그러니까 망하지! 도로만 나면……"

소신 하나를 위해 처자식을 단칸방에 처박은 건축가와 대비될

만한 능글맞은 웃음을 어머니는 머금었다. 건축가가 심혈을 기울인 그의 작품은 작품 이전에 보통 건축물만으로도 수습되기만 하면 평균가로, 일이 년 안에 동네 앞으로 도로가 나면 갑절로, 어머니가 들인 투자금의 4배 이상 상승할 것으로 확실히 예정되어 있었다. 빚에 몰린 건축가가 뻔히 알면서도 몸안에 남은 피눈물을 마저 쏟으며 포기해야 했던 그 '뻥튀기'를 어머니는 가뿐히 해먹은 다음, 마찬가지로 전망이 확실한 다른 집으로 '갈아타기' 할 계획이었다. 그런 식으로 한두 번 더 하면, 한참 앞서 시작한 동창들만큼 대성할 욕심은 없다만, 집에서 먹고 자고 하는 것만으로 요 밑에 자식 셋의 대학 학자금이 차곡차곡 쌓이게끔 되어 있었다.

이사 온 그날도 끼니는 라면이었다. 오빠랑 막내가 큰 주전자를 들고 약수터로 라면 물을 길러 갔다. 시멘트 벽에 꽂혀 있는 호스에서 물이 오줌 줄기마냥 가늘다 굵다 하며 나오는 동안, 동네 뒤편의 아득한 산줄기 너머로 해가 져갔다. 그 산줄기는 약수터가 있는 이쪽 산줄기와 서로 휘어지며 만나 남매의 일생에서 가장 높은 산이 되었다. 석양을 받은 오빠의 얼굴이 백열전구처럼 빛났다.

새 집을 찾기는 쉬웠다. 페인트를 흠씬 뒤집어쓴 철대문의 번지수를 확인한 후, 정아는 담 모퉁이로 되돌아갔다.

담은 원래의 붉은 벽돌 위에 회색 시멘트 블록이 몇 단 더해진 상태였다. 느슨하게 감긴 가시 철망이 거기에 또 얹혀 있는데, 정아가 뒤로 물러서서 보니 담 위에는 유리 조각들도 잔뜩 박혀 있었다. 철망이 유리 조각을 깔고 누웠으니 흉하게 녹슬고 담 밖으로 헤벌레 처질 만도 했다.

엊그제 어머니가 약도를 그리면서 내린 지령은 초인종을 누르지 말고 담 모퉁이에 붙어 서서 엄마, 엄마, 하고 부르라는 것이었다. 하지만 불러봤자 그 소리가 가시 철망과 유리 조각들까지 뚫고 담을 넘어갈 성싶지가 않았다.

초인종을 눌렀다. 다시 한 번.

"누구세요?"

조신한 여자 목소리가 답했다. 혹시 주인집에서 먼저 나오면, 저어, 오늘 이사 온 집인데요, 라고 말해야 했다. 몇 학년이니? 하면, 아, 저는 올해 오 학년이 됐어요. 어머니는 웃을 듯 말 듯 입꼬리에 힘주며 말하는 시범도 보여주었다.

발소리가 다가왔다. 대문 위에 늘어선 쇠화살들 사이의 간격이 두꺼운 페인트로 막혀버린데다 알사탕처럼 부푼 화살촉과 비막이 지붕이 거의 맞닿아 있어, 안팎에서 피차 상대의 머리꼭지나마 구경할 수가 없었다. 반면에 비막이 지붕은 페인트칠조차 없이 시멘트 골격을 고스란히 드러낸 초라한 몰골이었다.

철대문이 열리지 않고 일부가 열렸다. 대문 안에 작게 만들어진 쪽문이었다. 정아는 머릿속이 하얘지면서 고개를 푹 숙였다.

"응, 이쪽이야."

화장을 옅게 한 젊은 아주머니는 아무것도 묻지 않고 물러서서 길을 내주었다. 그쪽으로는 가는 게 아니라고, 어머니가 대문 안쪽의 약도도 대충 그리면서 가위표를 겹쳐 그었던 현관을 정아는 쳐다볼 새도 없었다. 쪽문을 들어서자마자 아주머니가 가리킨 오른쪽으로 꺾어져 처마와 담장 사이 좁은 통로로 내달렸다. 얼굴이 화끈거렸다.

"주인집 여자가 나왔니, 일하는 애가 나왔니?"

어색하게 몽땅한 나무 문을 열어놓고 걸레를 빨다 어머니는 고개를 들어 물었다. 쪼그려 앉은 문 안쪽 바닥이 깊어서 구덩이에 빠진 사람처럼 보였다. 딸의 대답을 표정에서 읽어낸 어머니는 마치 둘이 '주인집'을 상대로 장난을 치려다가 들켰다는 듯이, 씩 웃었다. 딸의 눈길은 미끄러져 어머니의 목을 타고 오르는 홍조를 더듬었다.

문턱을 넘어 계단 한 단 딛고 내려가니 연탄가스 찬 부엌이고, 한 걸음 떼어 다시 계단 한 단 딛고 올라가니 방이었다. 정아는 등에 멘 책가방부터 벗어 방에 들여놓았다. 난생처음으로 혼자 독점하게 될 새 책상과 책장이 먼저 눈에 들어왔다. 역시 처음 보는 비키니 옷장 옆에 어머니의 화장대가 있으며, 코티 분과 한복이 들어 있을 은색 트렁크 위에 이불이 쌓여 있었다. 그리고 방문 위로 다락문이 활짝 열려 있어 다락을 꽉 채운 짐이 보였다. 다락 때문에 부엌 천장이 낮아서 백열등 줄이 바짝 묶여 있고, 그 천장 높이에 맞추느라고 입구의 나무 문도 기형적으로 세로 길이가 짧을 수밖에 없었다. 방바닥에서는 아직 온기가 느껴지지 않았다.

어머니는 세숫대야에 새 물을 받아 비눗갑과 함께 밀어주었다. 이제부터 문간의 이 자리에서 빨래와 세면을 다 한다는 표시로 문설주에 박힌 못에 수건이 걸려 있었다.

"자식들 커가면서부터 주눅들까 봐 내가 아무리 쪼들려도 독채를 얻어서 살면 살았지, 셋방살이는 안 했다!"

어머니가 입을 찟 다시고 고성으로 내지르곤 하던 자랑이자 맹세는 이로써 끝이었다. 무엇을 예상했는지 정아 자신도 모르겠지만 하여튼 셋방만큼은 아니었던 듯했다.

일요일 아침에 주인아주머니가 처마 밑으로 빙 돌아와 부엌문을 두드렸다. 그동안 참았다면서, 밤중에는 TV 소리를 줄여달라는 부탁이었다. 어머니는 소리 없이 박수 치고 맞닿은 두 손을 떼지 않았다.

"아이고! 그때그때 방문에다 대고 말씀하시지 그랬어요. 애가 티비 켜놓고 잠드는 건데."

비키니 옷장 뒤에 있는 방문은 주인집의 마루로 통해, 그쪽의 소리도 이쪽에 고스란히 들렸다. 숙아! 식모 숙이언니를 부르거나 야단치는 소리는 귀에 대고 질러대는 듯했다.

"늦은 시간이라 어머니께서 방에 계시는 줄 알았죠. 어젯밤에는 애국가가 나올 때까지…… 윤애 아빠는 예민해서요, 시끄러우면 출근해야 될 사람이 잠을 못 자요."

취직한 어머니는 귀가가 자주 늦긴 하지만 그렇게 늦기도 하는 줄 딸은 비로소 알았다.

"애를 단단히 교육시킬게요, 애를!"

어머니는 만약에 그 아이가 옆에서 본다면 기분 나쁠 만큼 경멸 어린 표정으로 다짐했으나, 아주머니가 가버리니 TV 끄고 자라고 한마디 할 뿐이었다. 하필 교회가 코앞이라 새삼 딸더러 교회 나가라 닦달할까 염려스러웠는데 어머니는 그러지도 않았고, 자신도 안식일에 버젓이 장 봐다 밑반찬을 만들었다.

이부자리 두 개를 나란히 펴놓고 눕기 전에 정아는 TV를 껐다. 누우면 방금 끈 TV 연속극이 주인집 안방 TV에서 나오는 소리로 이어졌다. 여전히 부엌에서 헤어나지 못한 숙이언니는 수돗물을 한껏 줄여놓고 뭔가를 씻고, 주인아주머니가 오줌 누이려고 깨우자 어린 딸내미는 칭얼대며, 뿌악! 다른 사람이 저렇게 노골적으로 방귀 낄 리 없으니 주인아저씨. 비키니 옷장의 저쪽은 오밤중에도 분주하고, 이쪽은 천장 벽지의 마름모꼴 무늬들이 이렇게도 저렇게도 이어졌다.

똘똘똘, 땅속에서 하수도로 물이 흘러갔다.

주인집은 연탄 보일러로 전체 난방이 돼서 숙이언니가 연탄 갈기는 좀 수월하겠다. 셋방과 반대편 외벽에 연탄광을 겸한 보일러실이 따로 붙어 있었다. 건축가의 집에서는 지하실로 내려가 연탄을 가는 게 큰일이었다. 그 집 지하실은 유독 깊었다. 두 번이나 방수를 해도 물이 차는 이유를 이웃들은 지하실이 쓸데

없이 깊은 탓이라고 했다.

깜깜한 새벽 어머니가 연탄 갈러 일어나면 한 이불 속에 자던 막내도 종종 깼으나 눈꺼풀이 떨어지지 않았다. 찬바람과 함께 안방 문이 여닫히고, 딸깍! 부엌 뒷문이 열리고, 어머니가 가파른 계단을 옆걸음으로 하나씩 내려가는 기척, 지하실 아궁이의 양철 덮개가 열려 벽에 부딪치는 맑은 소리 창! 그리고 방구들 밑 연탄 화덕이 레일을 타고 끌려 나가는 소리 드르르르르. 아궁이가 길기도 해서 기다란 꼬챙이를 넣어 화덕을 끌어내야 했으며, 여섯 장의 연탄이 한꺼번에 들어가는 화덕은 화산처럼 불꽃과 연탄가스를 뿜어내며 튀어나오기 마련이었다.

연탄 간 화덕을 아궁이에 도로 밀어 넣는 소리 드르르르르, 양철 덮개를 닫는 소리 창! 이어서 가운뎃방 아궁이를 여는 소리 창! 또 드르르르르……

한 소리라도 놓치면 어머니가 지하실에서 돌아오지 못할 것만 같았다. 어머니가 부엌에 들어서서 문고리의 배꼽을 눌러 잠그는 딸깍! 소리를 끝으로 잠에 되빨려들곤 했다.

똘똘똘, 땅속에서 하수도로 물이 흘러갔다.

현재 시각 대한민국 전역에 화생방 공습경보가 발령되었다. 대공포와 기관단총을 숨 가쁘게 쏘아대는 우리 국군의 가열찬 항전에도 불구하고, 가스탄이 날카로운 휘파람 소리로 떨어져 굉음을 일으키면서 폭발했다.

세균탄이 폭발했다.

원자탄이 폭발했다.

학교 곳곳에서 색색의 연기가 피어올랐다.

신속히 교사 맨 위층으로부터 운동장까지 탈출 기구가 펼쳐졌다. 누워서 가슴에 두 팔을 엇갈려 모으고 고개는 뒤로 젖힌 자세로 남학생들이 기구를 타고 속속 미끄러져 내려왔다. 여학생들은 비닐을 뒤집어쓰고 현관으로 쏟아져 나왔다.

탈출 즉시 그들은 지정된 구역에서 폭발과 반대 방향으로 엎드리되, 배에 진동이 전해져 내장이 터지는 일이 없게끔 팔꿈치와 무릎으로 괴었다. 또한 눈알이 튀어나오거나 고막이 찢어지지 않도록 양손의 중지와 검지로 눈과 귀를 막으면서 입은 벌렸다.

대피가 늦어 독가스를 마셨거나 세균에 감염되었거나 방사능에 노출된 부상자들은 뺨에 두 줄씩 피를 흘리며 기어 나왔다. 다들 체육 시간의 포복과 똑같이 딱딱하게 기건만, 한 여자애만은 달랐다. 정말로 다친 듯이 한 팔꿈치, 또 한 팔꿈치 힘겹게 짚으면서 두 다리를 버르적거렸다. 전교생이 수업을 전폐하고 연습하던 보름 내내 그래서 눈길을 끌었는데, 오늘은 더욱이 살려달라고 한 손을 쳐들기까지 했다.

구조를 맡은 5학년 9반은 아직 구조할 수 없었다. 장학사를 모신 단상 앞에 그 여자애가 고통스럽게 다다르기까지 기다려야 했다. 드디어 노총각 담임 선생님이 영화감독처럼 손날로 허공을 긋자, 각기 완장에 구급 가방까지 완비한 유경이네 4인조가 들것을 들고 그 여자애한테로 직행했다. 그 뒤에서 다른 부상자들로 향하는 구조 대원들은 넷 중 하나만 구급 가방을 멨든지, 넷 다 완장조차 없든지 했다. 구조대에 끼지도 못한 나머지는 오늘도 마스크만 쓰고 땅바닥에 앉아 있었다.

"어서 와. 학교에서 공부 잘했니?"

대문의 쪽문을 열어준 식모 숙이언니는 정아의 체육복 차림을 보고도 여느 날처럼 물었다. 주인아주머니에게 교육 잘 받아 말투가 심지어 아주머니보다 더 고상했다. 정아는 죽어가는 사슴의 눈초리를 보내고 일부러 대꾸 없이 처마 밑으로 돌아섰다. 뒤통수에 안쓰러운 눈길을 느끼면서 비칠대며 걸었다.

손을 씻지도 않고 상부터 내려서 전기밥통에서 밥을 퍼 허겁지겁 먹었다. 오늘 학교에서 화생방 시범 훈련만 하면 된다고 도시락을 싸 갖고 오지 말라더니, 평소보다 오히려 더 늦게 끝났다. 집이 가깝다는 건 이럴 때 좋았다.

다 먹은 밥상을 발로 밀어놓고 서늘한 방바닥에 뻗어버렸다. 콩콩콩, 안집 부엌에서 숙이언니가 마늘을 찧었다. 토토토통, 다섯 살배기 윤애가 마루에서 뛰다 쿵, 뭔가를 던졌다. 주인아주머니는 계속 전화 통화 중이었다.

똘똘똘, 땅속에서 하수도로 물이 흘러갔다.

지난번 체력 검사 때 담임 선생님은 평소 잘 찾지 않던 학생을 찾아 영어 알파벳 에이, 비, 시, 디를 쓸 줄 아느냐고 물었다. 배운 적 없어도 그 정도는 상식이며 유경이네 4인조는 마스터하고도 남았을 터라, 학생은 검지로 공중에 급히 썼다. 선생님은 테니스 셔츠 호주머니에서 사인펜을 빼서 주었다.

높이뛰기, 멀리뛰기를 거치고 마지막으로 뜀틀을 넘은 아이들이 고꾸라질 듯 달려오고, 선생님은 오른손의 흰 깃발을 채며 "에이" 혹은 "씨"라고 외쳐댔다. 사인펜을 쥔 학생의 임무는 선생님이 외친 체력 등급을 해당 아이의 손바닥에 써주는 것이었다.

"이게 씨야?"

"응."

"얘도 씬데 왜 다르게 생겼어?"

"앗, 이쪽을 잘못 썼다."

"난 디라고 들었는데 왜 똑같아?"

아이들이 손바닥을 들이대며 항의했다.

"에이 써봐."

선생님은 손짓으로 그 학생을 불러 명령했다. 학생은 사인펜으로 제 손바닥에 썼다.

"비이."

학생은 에이 옆에 비도 썼다.

"씨이."

시는 가느다랗고 끄트머리가 흔들렸다. 선생님이 한숨 쉬는 걸 보니 시의 배가 뒤집어진 것 같았다.

"디이."

급기야 학생은 디의 배가 좌우 어느 쪽으로 나와야 하는지 모르게 되어버렸으며, 막대기가 붙은 게 시인지 디인지조차 헷갈렸다. 선생님은 학생의 손에서 사인펜을 빼내 뚜껑을 닫으면서 서글프게 눈을 깜박였다. 체력 검사를 처음부터 다시 해야 하건만 아무런 꾸지람도 하지 않았다. 학생은 그 서글픈 눈을 잊을 수가 없었다.

한반도의 붉은 세균, 승공통일 페니실린!

다가올 6·25 기념 표어 짓기, 5학년 9반 67번의 응모작은 괜찮지 않았나? 67번의 판단에 당선작은 너무 뻔했다.

국가혼란 북괴도발, 잊지 말자 6·25!

'전국 어린이 고전읽기 경시대회'에서는 운이 안 좋았다. 책이 쌓여 있던 순서대로 받은 것이 하필 『삼국사기』였다. 몇 년도에 왕이 어디로 행차했다는 둥, 개구리떼가 궁궐로 모여들었다는 둥, 도대체 그래서 어쨌다는 건지 알 수 없는 짤막한 문장들이 끝없이 나열되었다. 행사를 담당한 연구부장 선생님이 한자말이 나오면 질문하라고 했으나 온통 한자말이라 일일이 물을 수도 없고, 사람 이름도 너무 많아서 정신이 없었다. 『소공녀』『소공자』따위를 슬슬 넘기는, 5학년과 6학년 각 학급에서 한 명씩 나온 스물네 명의 대표들 속에서 5학년 9반 대표는 외롭고 진땀 나고, 토할 것 같기도 했다. 설마 끝까지 이러랴 싶어 맨 뒤를 펴니 거기도 그랬고, 중간을 펴도 그랬다.

아는 이름이 눈에 띄었다. 궁예. 궁예가 포악했다는 말이야 들었어도 그가 쇠몽둥이를 불에 달궈서 왕비의 음부를 찔러 죽였는지는 몰랐다. 다른 사람은 다 처형하면 그만인데 왕비라서 이렇게 복잡하게 죽였을까? 금전출납기처럼 단문을 쏟아내는 김부식이 어쩐 일인지 궁예에게만은 각별히 교육열을 느껴, 무슨 짓을 어떻게 했는지 행동발달 사항을 자세히 특기해놓았다.

그나저나 음부는 지옥이었다. 예전에 교회 주일학교에서 배우기로, 거지 나사로는 천국에 가고 부자는 음부, 곧 지옥에 떨어져 고통을 받았다. 그러나 뭘로건 지옥을 찌른다니 말이 안 되므로 한자로는 뜻이 다른가 본데.

"이게 뭐예요?"

선생님께 책을 들고 나가 그 단어를 짚었다. 혹시 할 수 있으면 성경에 나오는 음부라는 어려운 단어의 뜻은 알고 있다고 말씀드리고도 싶었다.

"에에……"

머리 희끗한 연구부장 선생님도 자신 없는지 찌푸리고 고심하다, 슬그머니 검지로 자신의 배꼽 부근을 가리켰다.

"아랫배 있잖아, 아랫배."

선생님은 5학년 9반 대표의 눈길이 자기가 가리키는 제 배꼽 부근에 꽂혀 있음을 보고, 고개 돌려 창밖을 바라보았다. 그리고 어깨를 애써 흔들어 손의 방향을 돌렸다.

"아랫배!"

검지로 대표의 배꼽쯤을 가리키면서, 선생님은 눈으로는 간절히 대표의 눈을 쳐다보았다.

"네."

대표는 그제야 눈치채고 책을 황급히 접어 자리로 돌아왔다. 연구부장 선생님은 그 단어가 어려워서 절절맨 게 아니고, 점잖고 남자라서 정확히 말씀하실 수가 없는 거였다. 궁예가 쇠몽둥이로 찌른 음부는 사람의 배꼽보다 훨씬 아래 부위, 똥배였다. 불에 달궈진 쇠몽둥이가 왕비의 똥배를 파고드는 장면을 상상하자 치가 떨렸다. 궁예는 정말로 포악했다! 책을 돌려본다더니 방과 후 학급 대표들의 책 읽기는 흐지부지되고, 6학년 두 명이 학교 대표로 전국대회에 나갔던가 했다. 별 소식이 없었다.

똘똘똘, 땅 밑의 하수도로 물이 흘러갔다.

일어나 어머니의 화장대 서랍을 열었다. 서랍의 흔들림에 과민하게 떨고 있는 립스틱들을 이리저리 밀어 납작한 곽을 집어 들고 흔들었다. 안에서 딸각대는 것은 검은 파우더를 묻혀 눈썹에 칠하는 용도인 앙증맞은 솔로, 막내가 소꿉놀이에 쓰려고 잔뜩 눈독 들이던 시절이 있었다. 눈 화장을 거의 않는 어머니가 파우더를 언제나 다 쓰려나 했건만, 막내가 먼저 소꿉놀이 할 나이를 훌쩍 지나버릴 줄이야 몰랐다.

꼬리 빗으로 가려운 머리 밑을 긁었다. 일주일 넘게 감지 않은 머리의 기름때가 빗살에 끼고 손도 번들거렸다. 미장원에서 하듯 빗의 뾰족한 꼬리로 머리카락을 한 줌 갈라 세워 끝을 잡고 중간을 빗어 내렸다. 거꾸로 빗겨 내려간 머리카락이 지푸라기처럼 뭉쳤다. 머리카락 전체를 그렇게 하니 거울에 비친 꼬락서니가 미친년 같았다.

이번에는 뭉친 머리카락을 브러시로 억지로 잡아 뜯어가며 빗었다. 머리카락이 뽑힐 듯 뿌리까지 불끈 일어서서 시원했다. 다시 꼬리 빗으로 머리카락을 거꾸로 빗어 내려 지푸라기로 만들고, 그걸 또 브러시로 잡아 뜯었다. 몇 차례 반복하자 머리 밑이 욱신거렸다. 한도 이상으로 늘어난 머리카락이 올올이 꼬불꼬불해져서 머리가 대야만 하게 부풀었다.

나.

거울 속에 대야만 한 머리를 인 얼굴이 있었다.

저게 나.

거울 속의 얼굴은 저게 나라는 생각을 하고 있었다.

저게 나라고 생각하는 나.

거울 속의 얼굴은 저게 나라고 생각하는 나를 생각하고 있었다.

나.

거울 깊숙이에서 누군가 말했다. 온몸의 피가 핏줄 속에서 스멀거리는 듯한, 참을 수 없는 느낌이 들었다. 정아는 브러시를 던지고 뛰쳐나갔다.

2

아버지.

저는 아버지께서 특단으로 설립해주신 방송통신고등학교 덕
분에 가난으로 중단했던 학업을 감격스럽게 재개한 이민철이라
고 합니다. 일전에 서면으로 인사드린 적 있기에 아버지께서 혹
시 기억하실지도 모르겠습니다. 자랑스런 조국 근대화의 사명과
학업을 병행할 수 있는 것이야말로 역사상 초유의 축복이라고
저는 늘 마음에 되새기고 있습니다.

막중한 국정에 몰두하고 계실 아버지께 이렇게 다시 펜을 들
게 된 것은, 이미 말씀드린 철거 건이 점점 더 심각해지고 있기
때문입니다. 수시로 전기가 끊기는데 철거계고장만큼은 꼬박꼬
박 날아옵니다. 한 달에 한 번씩이던 것이 얼마 전부터는 두 번

씩입니다. 이제껏 국유지에서 무허가로 살아온 것만으로도 송구스럽고 감사한 일입니다마는, 하다못해 쥐도 도망갈 길을 터놓고 쫓는다 하였읍니다.

혹자는 더 외곽으로 나가면 될 거 아니냐고 속 편한 소리를 할 것입니다. 그러나 바로 이 산동네가 농촌에서 일자리 찾아 쌀 몇 말 등에 지고 상경한 사람들이 서울이라고 간신히 발이라도 걸친 외곽입니다. 이 끄트머리에서마저 떨려나면 영등포 등지 마쯔꼬바를 다니면서 먹고살 수가 없읍니다. 게다가 남아 있는 주민들 중 상당수가 살 만하면 하꼬방에서 쫓겨나 이사 열 번이 보통인 어르신들입니다. 여기가 인생의 종착역인데 또 나가라면 어디로 갑니까? 100억 불 수출 초과 달성을 목전에 둔 이 나라에서 저희는 어디로 가야 합니까?

아버지.

다시 한 번 말씀드리지만, 병약한 어르신들을 무조건 나가라고만 하는 것은 전혀 현실적이지가 못합니다. 그냥 죽으라는 소리입니다. 시립 양로원에 가기를 원하시는 분들께는 형식적인 조건을 완화하여 받아들여주시기를 간곡히 부탁드립니다. 평소 죽을 끓이는지 냉방에서 앓는지 알 리 없는 동사무소가 호적에 자식이 등재되어 있는 것만큼은 알아갖고, 일절 자격이 안 된다고만 합니다. 자식이 연락을 끊은 지 수년인데도 말입니다.

특히 아들 며느리가 가출하여 조부모가 손주들을 거두시는 가구에게는 공적으로 소박한 보금자리와 생계 보조를 제공할 수 있는 방안이 시급히 강구되어야 할 것입니다. 제가 알기만도 이중 몇 가구는 손주가 지체부자유한 극히 절박한 상황입니다.

노동력 있는 주민들은 장기분할상환이 가능한 서민 아파트 입주가 꿈에라도 소원이나, 그것도 판자촌의 규모가 클 경우에야 가능성이라도 있지 고작 2백여 호인 저희 동네는 아예 해당되지 않는다고 합니다. 장기적으로 서울시에서 서민 아파트를 늘리겠다고는 하는데 당장 철거가 임박한 저희 입장에서는 남의 집 잔치에 불과합니다.

벼랑 끝에 서 있는 저희의 실정에 맞게 최소한도의 자립 기반을 마련하도록 제발 보상금을 현실화해주십시오. 몽매한 탓인지 저로서는 아무리 생각해도 이 비용이 가족이 집을 잃고 해체되어 부모는 타락하고 자식들은 고아원에서 자라게 되는 비용보다 결코 크지 않으리라 사료됩니다. 6·25 동란으로 민족 분단과 가족 이산의 아픔의 겪은 이 겨레에게 이런 비극이 다시 있어서야 되겠습니까!

마지막으로, 보상금이 현실화될 때까지만이라도 철거 기한을 연장하여주시기를 부탁드립니다. 갈 곳 없는 처지에 쫓겨날까 마음 졸이며 넘기는 하루하루가 가시방석입니다. 밤마다 어느 집에선가 술 취한 가장이 두드려 부수고 안주인의 악다구니에, 아이들은 겁에 질려 울어댑니다. 인간의 삶이 아닙니다.

아버지.

민족중흥의 이 역사적인 시기에 저희가 국가 발전과 경제 도약의 걸림돌이 되어서야 안 될 일입니다. 저희가 간구하는 바는 저희에게도 건전하게 살아남아 국력 배양에 이바지할 영광스런 기회를 허하여주시라는 것입니다. 공산 세력이 팽배한 이 세계사의 위기에서 조국을 수호하려면 저희 같은 못난 돌도 쓰임새가 있을 것입니다. 무릇 대의에 멸사봉공한다는 것은 잘나면 잘난 대로 못나면 못난 대로 자신을 통째로 바치는 것이 아니겠읍니까! 영세민도 애국심만큼은 절대로 영세하지 않읍니다. 태극기 앞에서 그들이 흘리는 눈물도 뜨겁디뜨겁읍니다.

아버지.

실은 이 글이 아버지께 드리는 세번째 편지입니다. 그간 앞서의 두 통이 아버지께 도달하기까지 복잡한 행정 절차를 수없이 상상해왔고, 절망의 한숨을 지은 적도 솔직히 없지 않았읍니다. 한편으로는 화면과 지상으로 국가 재건의 웅장한 현장들을 동분서주하시는 아버지의 존영을 뵈올 때마다, 너무도 사소한 하소연으로 귀찮게 해드린다는 죄책감에 시달리기도 하였읍니다.

그러나 국부(國父)이신 아버지께 자식이 어찌 체면을 차릴 것이며, 섣부른 체념으로 아버지의 자애로움에 일말의 흠집이라도 내겠읍니까. 동사무소, 구청, 시청에 손목이 아프도록 탄원서를 넣어봤자 얻은 답변 없고 직접 찾아가도 응대조차 받지 못했던 자식이 마지막으로 아버지께 매달리지 않는다면, 도리어 그것이 야말로 자식 된 도리가 아닐 수도 있지 않을런지요. 아버지께서 저 외진 구석 자식들의 사정을 잘 모르시다가 훗날 우연히 알게 되신다면 얼마나 가슴이 아프시겠읍니까!

소자는 고민 끝에 결연한 각오로 다시 한 번 용기를 내게 되었읍니다. 부디 아버지께서 돌아봐주시리라 믿고 기다리겠읍니다. 또한 언젠가 아버지 앞에 부끄럽지 않은 자식으로 당당히 설 수 있는 그날까지, 일각을 아껴 지식과 기술을 습득하면서 심신 단련에도 매진할 것을 약속드립니다.

1975년 4월 27일 이민철 배상

3

발바리 쎈은 찔린 듯 날카롭게 낑낑거렸다. 원목 대문 밑으로 가까스로 나온 까만 코에 정아의 손이 닿으니 혀가 길게 나와 핥았다.

"가만, 가만."

안에서 사람이 나오기 전에 정아는 나지막한 언덕으로 뛰어 올라갔다. 멀리 산이 신록의 얼굴을 치켜들고 어딘가를 정시하고 있었다. 정상까지 끝내 가보지 못했다.

저 아래 건축가의 집이 있다. 쎈은 여전히 대문에 붙어 있는지 마당에는 보이지 않았다. 마당을 가로지른 빨랫줄과 구석에 쌓인 소주병 따위가 눈에 거슬렸다. 어머니는 보기 싫다며 빨랫줄을 뒤꼍에 두 줄로 걸어놓았는데.

그래도 베란다 난간에 화분이 늘어서 있고 수돗가의 새 호스는 곱게 말려 있었다. 뿌리를 내려주지 않아 어머니의 속을 태웠던 잔디가 야속하게도 올해는 새파랬다. 담장의 철책에 멋들어지게 얼크러진 빨간 줄장미도 어머니가 젓가락 같은 묘목을 사다 심은 것이었다. 장미 밑에는 간밤에 비바람 친 아침 발가락이 새파랗게 변해 옆으로 누워 있던 병아리, 길에서 차바퀴에 깔린 개구리, 사마귀, 유리 그물 같은 뱀의 허물도 잠들어 있다.

대추나무 묘목은 집들이에 온 아버지 친구들 중 한 분이 술에 취해 뜨끈한 오줌을 갈기는 바람에 죽어버렸다. 또한 어머니의 야심찬 계획의 일환이었던, 베란다 밑을 유리로 막아 만든 온실은 천장이 심히 낮은데다 입구마저 너무 좁다는 문제가 있었다. 그 속에서 말라죽어가던 선인장들이 집주인이 경상도 아주머니로 바뀐 덕분에 용케 살았는지는 이 각도에서 보이지 않았다.

건축가가 주문해놓았던 대문의 원목 문짝은 환호 속에 도착하고도 몇 달이나 기둥에 비스듬히 걸쳐져 있어야 했다. 문짝과 기둥 사이 틈새로 막내야 다람쥐처럼 드나들었으나, 어른들은 몸을 굽히면서 옆으로 트는 고난도의 자세를 취해야 했다. 담장에 커다랗게 파인 사각의 홈들에 철책이 박히기 전까지는—그 홈들은 오늘날 이렇게 줄장미가 얼크러지도록 철책을 박아넣을 공간이었다—인부들이 손쉽게 그리로 넘나들어 어머니를 분개케했다. 문은 문, 담은 담! 이런 집에 사는 사람이라면 마땅히 소유해야 할 승용차를 고려하여 건축가가 대문을 널찍하게 설계한것이야 고무적이었고, 문짝의 재료로 고급스러운 원목을 선택한 것도 지당했다. 그런데 그 크기의 원목 문짝은 기둥에 붙어 있기에는 너무 무거워서 별도의 보강 장치와 특수 기술자를 필요로 했다.

건축가의 또 하나의 실수라면, 부실 공사였다. 서 있는 것은 기울고 누워 있는 것은 내려앉고, 맞닿아 있는 것은 벌어졌다. 그럴지라도 어머니는 건축가가 사기꾼이라고 생각하지는 않았다. 명문 여자대학을 나와 인물도 좋더라마는 단칸방에 어린 자식들과 우그리고 있다는 그 부인의 영향이 컸다. 건축가 '김 선생님'이 '그 작자'로 '또라이'로, 마침내 어른이고 공대를 나왔음에도 '저능아'로 불리기까지가 대문에 문짝이 붙기보다 빨랐다.

어머니가 스스로 건축가 되어 집을 마저 짓는 동시에 수리하고, 또 개조해나갔다. 보기에는 그럴듯해도 살아보니 불편한 요소가 한둘이 아니었다. 어머니는 어깨가 시옷자로 처질 만큼 양손에 한 짐씩 장을 봐다가 인부들 밥을 해대면서, 수시로 눈을 동그랗게 뜨고 쏘아붙였다.

"애들 아버지가 아시면 노발대발하세요!"

인부들이 일하는 동안 챙 모자를 덮어쓰고 꼬박 옆을 지키는 어머니를, 본인의 공사 현장을 슬쩍 둘러보는 둥 마는 둥 설계도가 있는 책상으로 갔었을 건축가 김 선생은 그제라도 봐야만 했다.

현관문이 열리고 경상도 아주머니가 빼꼼 얼굴을 내밀었다. 흰 로켓이 계단을 거슬러 날았다. 쎈이었다. 대문을 유심히 살

핀 아주머니가 입을 크게 벌려 꾸짖거나 말거나, 방금 전까지 대문에 붙어 막내를 찾으면서 낑낑댔을 쎈은 능청스럽게 꼬리를 흔들었다. 못 보던 사이 쎈은 마르지 않았고 털도 깨끗하고, 줄에 묶이지 않아 마당을 돌아다니고 있었다. 어머니 말로는 집값을 깎으려고 별별 트집에 갖은 궁상, 남편이라는 촌 깡패를 데리고 와서 엄포까지 꽝꽝 놓은 몰상식한 여편네라지만, 경상도 아주머니는 인정 있는 사람이었다. 그리고 증명되었다시피 남편과 손발이 척척 맞아서 다행이었다. 어머니처럼 혼자 골병들지는 않을 거였다. 조만간 있을 장마에 우물과 연결된 집 안의 모든 수도꼭지에서 쏟아져 나올 누런 흙물은 미안했다.

아주머니가 현관문 안으로 사라지자 쎈은 즉각 돌아서서 계단을 내려왔다. 동그랗게 말린 꼬리를 언제 흔들었느냐 싶게 암호처럼 반듯이 세우고, 대문을 중심으로 서성이면서 막내가 다시금 접선해오기를 기다렸다.

제발 도로가 나지 않게 해주세요!

하나님께 정아는 속으로 빌었다. 저 집에 살면서 슬그머니 교회를 그만둔 벌을 자기가 받으면 받았지 쎈이 받지 않기를 빌었다.

동네 앞으로 도로가 나도 쎈이 살 만큼 살고 나서 죽은 다음에, 한 5년 뒤에 나게 해주세요!

그렇다고 경상도 아주머니가 우리 엄마처럼 빚을 못 갚아서 망하게 하지는 말아주세요! 집값을 왕창 깎는 사람한테 집 넘기고 이사 가게 되면, 아주머니도 우리처럼 쎈을 안 데려갈 거잖아요.

"시원하게 냉커피 좀 타 와봐! 우리 애가 냉커피를 잘 타요."

저 집에 살던 2년 남짓 동안 1년 반은 공사 중, 어머니는 막내가 학교에서 오기만을 기다렸다는 듯이 심부름을 시켰다. 하루는 막내가 평소처럼 유리컵에 가루커피와 설탕을 떠 넣고 냉장고에서 이슬 맺힌 주전자를 꺼내 붓자, 깨가 동동 떠올랐다. 평소 물이 들어 있던 주전자에 그날따라 있는 것이 냉면 육수였다. 그렇다고 유리컵에 떠 넣은 커피를 버리기는 아까워서 저어 맛보니 약간 찝찔해도 냉커피는 맞았다. 찻숟가락으로 깨를 일일이 건져내고 얼음 띄워 내갔다. 그 탓인지도 몰랐다.

"전에는 저 위에 고아원이 있었는데……"

그늘에 앉아 냉커피를 한 모금 넘기고 오묘한 표정을 짓던 목수 아저씨가 말했다.

"알아요, 이사 갔죠."

어머니는 인부들 앞에서는 토지와 건축에 대해서라면 모르는 게 없는 양 했다.

"그거 국유지에 그냥 있다가 땅이 택지로 분할돼 팔리면서 쫓겨난 거예요."

"국유지에 그냥 있었으니 어쩌겠어요."

"공부를 잘해 고아원에서 고등학교까지 보내준 여고생이 있었거든요. 고아원은 소란스러우니 학교에서 공부하다 밤늦게 왔단 말예요. 그걸 양아치들이 알고 노리다가 산으로……"

아저씨가 담 너머로 보이는 잡목 숲을 턱짓했다.

"끌고 가는데, 여고생이, 사람 살려요! 사람 살려요!"

아저씨는 목청을 억눌러서 쉰 소리로 여고생의 고함을 흉내 냈다. 창백하게 얼어붙는 어머니를 빙글대며 바라보던 젊은 시 다가, 입술 한끝으로 담배 연기를 훅 내보내고 끼어들었다.

"무슨, 할 일 없는 사람들이 지어낸 얘기예요. 맨날 고아원, 고아원. 경찰에 신고된 건수는 하나도 없는데요, 뭐."

"이 동네에 전화선이 안 들어와서 경찰을 못 부른 거지. 아직 도 안 들어왔잖아."

"다음날이라도 걸어가서 신고할 수 있잖아요."

"니가 몰라서 그렇지, 이런 일은 신고해봤자 당한 사람만 손 해라구."

"그럼요. 우리도 전에 살던 집에서 쓰던 전화기를 떼어와 놓 고도 못 쓰고 있으니까요."

어머니는 목수 쪽에 편승함으로써 장발 단속에 걸릴 만큼 머 리가 더부룩한 시다에 대한 불신을 우회적으로 드러냈다.

"제가 이 동네 바뀌기 전까지 여기 살았거든요. 어릴 적부터 그 얘기 들은걸요? 신고를 왜 안 해요, 강간 사건이 났으면 범인 들을 잡아다 처넣어야지. 건수가 없잖아요, 건수가."

"어허, 니가 어릴 때 들은 강간 사건하고 이 강간 사건하 고……"

"넌 저리 가 있어!"

어머니는 뒤늦게 막내를 쫓아냈으나 두고두고 목수 아저씨의 남은 얘기를 반복해서, 막내는 그 자리에서 들을 것의 열 배는 들었다.

그 얘기는 이랬다. 여고생이 아무리 외쳐도 아무도 나오지 않았다. 고아원은 동네 끝에서도 동떨어져 있으므로 여고생의 고함이 들리는 동네 초입에서 나가봐야 하건만, 나오는 이 없었다. 그 무렵만 해도 집들이 한창 지어지는 중이라 사람 사는 집은 몇 안 되고 가로등조차 없어서 다들 겁먹고 집 안에서 듣고만 있었다. 여고생은 산속으로 깊이 끌려 들어가면서도 끝끝내 살려달라고 외쳤다.

"누가 이런 그지 같은 변두리로 이사 오래나?"

이쯤에서 자신도 여고생인 언니는 방문을 들이받고 나가버렸다.

"그래서?"

매번 그다음 얘기를 못 들은 게 아쉬워 막내가 어머니에게 조그맣게 물어보지만 불똥만 튀었다.

"넌 자꾸 산에 올라갈래? 갈래? 광견병 걸려!"

산에서 내려와 동네 쓰레기통을 뒤지는 비쩍 마른 산개는 정 먹을 게 없으면 똥 덩어리를 물고 산으로 돌아갔다. 어머니는 눈에 핏발 서도록 굶은 산개가 호젓한 산길에서 어린애를 보면 달려들 거라고 했다. 더구나 사람 똥까지 먹어서 온갖 기생충과 병이 들끓는 산개의 똥이 묻은 풀에 스치기만 해도 병에 걸린다는 것이, 어머니의 이론이었다.

"학교 끝나자마자 버스 타도 오다 보면 버스 안에서 죽을 것 같아. 왕복 세 시간이야. 걷는 것까지 네 시간! 이렇게 자식들 생각 없이 이사하는 사람은 세상에 이 집구석 엄마밖에 없을 거야!"

언니는 꼭 다른 방에 가서 울부짖었다. 어머니의 울음기 어린 대꾸도 한결같았다.

"그 자식들 교육시키려고 그러잖아, 자식들!"

대통령 각하의 하나뿐인 아들보다 한 살 위인 언니는 한 해 차이로 대한민국 최초의 고등학교 무시험 추첨제를 비껴 난, 고교 입시의 마지막 세대였다. 코피를 흘려가며 공부해갖고 기껏 상위권 여학교에 당당히 합격해놨더니 어머니가 덜컥 이사를 해버려, 언니는 사기까지는 아니더라도 뒤통수 정도는 맞은 셈이었다. 이 땅의 여성 교육의 유구한 전통을 대표하는 언니의 학교는 당연히 시내 한가운데, 이사한 집은 서울시에 편입된 지 얼마 안된 옛 경기도 땅이었다. 만원버스로 오가며 교복의 자부심과 품위를 지킬 도리란 없었다.

비가 오면 언니는 구두를 보조가방에 넣고 운동화 신고 나가, 버스 정류장에서 진흙 신으로 변한 운동화를 구두로 갈아 신어야 했다. 집에서 정류장까지 푹푹 빠지는 진창, 한쪽은 푸성귀가 물결치는 밭이고 다른 쪽은 흙이 무너져 내리는 산기슭이었다. 밤에는 불빛 한 점 없는데 개천에 다리 대신 가로로 잇대어 놓인 시멘트 하수관들이 고장 난 피아노 건반처럼 들쭉날쭉하고, 발이 빠지기 좋게끔 시멘트가 깨져 나가 철근만 앙상한 부위들도 있었다.

이 점에서 어머니는 내나 몸으로 때웠다. 매일 밤 버스 정류장으로 맏딸 마중을 나갔고, 고아원 여고생 사건을 들은 뒤로는 더 일찍 나가서 기다렸다. 차가 밀리거나 해서 딸이 늦으면 올 때까지 무작정 서서 기다려야 했다.

"아 또 대학교에서 데모 나갖고."

"일제 때부터 응? 배운 사람들이 책으로 사상 들어갖고 빨갱이 됐어. 지들은 나라 없어도 된다니? 나라 없어봐라, 지들이 데모나 할 수 있나!"

사상, 어머니가 의미심장하게 검지와 중지로 관자놀이를 톡톡 두드리게 하는 것. 요조숙녀가 산짐승으로 돌변해 한겨울에 맨발로 보리쌀 자루 이고 담을 뛰어넘게 만드는 것. 머리에 들었다 하면 패가망신에 일가친척까지 떼죽음하는 시뻘건 그것.

"지금 그게 문제예요? 지금 그게 문제냐구요!"

날이 추워지자 막내는 저녁 내내 다진 결심이 무색하게 엉덩이가 영 방바닥에서 떨어지지 않았다.

"갈래? 엄마 혼자 가지 뭐."

어머니는 현관문의 문고리를 잡고 서서 약을 올렸다.

"으응......"

깜빡 졸다 깨니 집 안이 텅 비었고 일이라도 난 듯 방방이 불마저 켜져 있었다. 해앵, 울며 현관으로 달려가 문을 열었으나

밖에서 찬바람이 우악스럽게 도로 닫았다. 막내는 등으로 문 떠밀고 나가 어깨를 감싸며 돌아섰다. 금가루 은가루처럼 밤하늘에 흩뿌려진 큰길의 불빛을 배경으로 따스한 주황빛 후광의 두 천사가 강림하매,

지극히 높은 곳에서는 하나님께 영광,

땅에서는 기뻐하는 사람들 중에 평화.

엄마의 손전등과 오빠의 손전등 불빛이었다. 언니까지 세 사람의 윤곽이 잡힐 즈음, 그 앞에서 착시처럼 침침한 흰빛이 어른거렸다. 어떤 날씨에도 어머니와 동행하는 쎈이었다.

쎈이 있었다. 식구들 중에 제일 늦게 막내까지 학교에 간 다음에도, 막내가 제일 먼저 집에 돌아와놓고 잠을 새 없이 빠져나가 탐험가 기분 내며 쏘다니는 동안에도, 쎈은 어머니가 인부들과 벌이는 공사판에 있었다. 아버지가 한 번도 떡하니 등장하여 노발대발해주지 않은 저 마당에, 쎈은 언제나 어머니와 함께 있었다.

홍수로 자식들은 이모네로 도망가고 어머니가 마루턱에 넘실대는 물을 쳐다만 보고 있을 때, 그 마루에도 쎈이 같이 앉아 있었다. 어머니와 단둘이 집을 지켰다. 저기 저 집! 이사 트럭에서 어머니가 건축가의 집을 가리킨 순간, 막내의 무릎 위에서 쎈도 흥분으로 가늘게 떨었다. 새끼를 낳아서 남의 집에 보낼지언정 쎈은 집을 떠난 적이 단 한 번도 없었다. 그리고 어머니마저 떠난 후, 쎈은 남았다.

앞에 가는 아이는 같은 반 은희였다. 건널목 건너서도 사거리에서도 다른 방향으로 가주지 않고 번번이 앞을 막아섰다. 은희라서 따라붙었다.

"정아야! 너네 집도 이리 가?"

"응, 아니, 약속이 있어서. 너, 김일성이 영어를 쓸 거 같아?"

"영어?"

"스토옵! 사일구 때 말이야."

"어머, 그러네!"

은희는 까르륵 웃었다. 노총각 담임 선생님은 재미있는 얘기도 곧잘 해주었다. 4·19 때 남파 간첩이 몰래 찍어서 보낸 필름을 북괴의 김일성이 감상하면서 대한민국이 망한다고 싱글벙글하다가, 갑자기 한 손 치켜들고 스토옵! 스토옵! 했다던가. 왜냐하면 북괴에서는 고위 간부도 찰까 말까 한 손목시계를, 정부가 불만스럽다고 주먹 쥐고 흔드는 남한의 대학생들이 다 손목에 하나씩 차고 있었기 때문이다.

제4차 경제개발 5개년 계획이 끝나는 1980년대에는 국민소득 1만 불, 고속도로가 좍좍 뚫려서 전국이 일일 생활권이 되고, 도시가스가 집 안에까지 들어와 수도꼭지 틀듯 꼭지 틀면 가스 불이 켜질 것이며, 당장 학교를 비롯하여 불편하고 비위생적인 재래식 변소가 싹 다 수세식으로 바뀔 것인데,

"그때도 너희는 제발 변기에 앉아 밥을 먹지는 마. 알겠어?"

"에에이, 선생님!"

"세상에 누가 그래요?"

"어어? 서양 놈들은 진짜로 그래. 변기에 앉아 똥 싸면서 커피 마시고 빵도 먹고 해. 서양 놈들 깨끗한 거 같지? 알고 보면 드러운 놈들이야!"

우우, 웩웩.

하지만 선생님은 칠판 앞부터 뒷벽 게시판까지 빼곡히 들어찬 70명이 넘는 학생들에게 조용히 하라고 소리소리 지르다 못해, 오후에는 까무잡잡한 얼굴이 군청색 되고 입가에는 침이 허옇게 말라붙었다. 얼마 전에는 아침부터 교실이 땀의 풀장이었다. 선생님은 풀장에 빠진 사람처럼 죽을힘 다해 머리 젖혀 괴성을 내지르고는, 가까스로 잦아든 아이들에게 부들부들 떨면서 경고했다.

"찍소리만 내봐라!"

"찍."

작아도 분명하게, 그 소리가 났다. 땀에 젖은 옷이 저마다 다른 무늬로 들러붙은 아이들의 등짝이 일제히 돌아갔다. 은희의 얼굴이 새빨갛게 달아오르지만 않았다면 옆의 짝도 제 귀를 믿지 않았을 터였다. 은희는 용의자일 리가 없다기보다 용의자일 수가 없는 아이였다. 고무줄놀이야 잘했지만 선생님의 질문에 답하거나 칠판에 나가 문제 풀 때는 아무래도 지능이 의심되었다. 속으로 생각했는데 입 밖으로 말이 튀어나왔다 해도, 다른 아이도 아니고 은희가 그 순간에 가장 신랄하고 통쾌한 그 '찍'을 생각했다는 것부터 있을 수 없는 일이었다.

더욱이 은희는 이미 저질러버린 범행을 취소하지 않겠다는 듯이 빨간 얼굴을 똑바로 쳐들고, 난처하게 내렸다 들리는 속눈썹 사이로 선생님을 쏘아보았다. 물기 어린 눈동자에서 강한 빛의 못이 튀어나와 있었다. 선생님은 굵은 두 눈썹을 일자로 이은 채 꼼짝하지 않았다.

폭발 전의 고요. 선생님의 책상 위에 단 한 대 놓인 선풍기가 『플란더스의 개』의 마지막 조종처럼 천천히 왕복 운동을 했다. 왠지 나른하고, 다 같이 책상에 엎드려 잠이 오든 말든 눈 감고 있는 낮잠 시간의 꿈인가 싶기도 했다.

선생님의 맞붙은 눈썹이 갈라지더니 서서히 벌어졌으며 어깨는 한순간에 풀렸다. 은희를 앞으로 나오라고 해놓고는 선생님도 나른한지 힘없이 손바닥을 한 대 때리고 말았다. 두 손바닥을 비비며 자리로 돌아오는 은희에게 정아는 존경심과 유사한 감정을 느꼈다.

"남산 꼭대기의 바위가 벼락을 맞았습니다."

정아가 먼저 시작했다. 말 잇기처럼 번갈아 하지만 단어 대신 이야기를 잇는 놀이로, 스스로 생각해낸 거였다. 혼자 있을 때 자신을 둘로 나눠 상대의 이야기를 이어주기도 하고 엇나가기도 하면서 지겹도록 종알거리다 엉망으로 끝내곤 했다.

"음……"

은희는 머리를 짜내느라 시선이 정처 없이 헤맸다.

"벼락을 맞으면 바위가 쩍 갈라질 거 아냐."

"바위가 쩍 갈라졌답니다."

그럴 필요까지는 없는데 은희는 긴장하여 마치 동화 구연하듯 부자연스럽게 읊었다. ……답, 니, 다.

"그 틈에서 돌이가 데굴데굴 굴러 나왔습니다."

"돌이는 사람이야?"

"사람이니까 돌이지. 네 차례야."

"학교 다녀?"

"그런 걸 네 맘대로 지으면 된다니까."

"음…… 봄이 돼서 감자를 심었답니다."

"돌이는 녹색혁명을 하면서 지붕을 개량하고 미신도 타파하고, 도박도 근절했습니다."

케이블카도 다니는 남산에서 돌이가 농사를 지을 줄이야 몰랐지만, 정아는 은희의 말을 받아 주르르 이었다.

"와!"

은희의 눈이 동그래졌다.

"근로자는 수출 목표를 초과 달성하기만 하면 되는데 농민은 나쁜 점이 많았거든. 이제 너 해."

"그냥 네가 해."

은희가 눈을 빠르게 깜박이면서 외면했다.

"안 돼! 규칙이야."

"음……"

모처럼 일찍 귀가한 토요일, 빗방울만 떨어지면 내려가는 두꺼비집이라도 한번 열어보지, 아버지는 지는 해만 바라보며 한숨짓다 기어코 다시 나갔다. 어머니의 말버릇대로라면 '기어' 나갔다. 바로 이 길을 거꾸로 막내가 아버지를 몰래 뒤따라간 적이 있었다.

아버지가 돌아볼까 봐 길가 산기슭에 웅크려 등뒤로 풀을 잡고 매달려 있다, 놓고 뛰어내리면서 풀잎에 손을 깊이 베였다. 그래도 상처를 누르면서 버스 정류장까지 쫓아갔다. 뜻밖에 아버지는 시내로 나가는 쪽 말고 변두리로 더 들어가는 쪽에서 버스를 탔다. 귀가는 역시 통금 직전이며 술로 인사불성이었다.

어머니에 따르면, 아버지는 함께 술 마실 사람을 십 리 밖에서도 찾아낼 수 있었다. 어머니의 단골 연기는 술상에 팔꿈치 괴고 검지를 세우면서 혀 꼬부라진 소리로 말하는 아버지였다.

이거 봐아, 아프리카의 우간다도 미국하고 똑같은 민주주의란 말이야아……

아버지의 상대방은 속으로 비웃으면서도 아버지가 술값을 내기 때문에 앉아 있을 뿐이라고 어머니는 해설하고, 상대방이 실제로 그러지는 못했을 입술을 씰룩이고 콧방울을 벌름대고, 상밑으로 수그리는 척하며 구역질하는 연기를 더했다.

어머니에게 아버지는 객기 빼고는 시체였다. 객기는 체면과 비슷하면서도 달랐다. 아버지가 떼거리 술판에서도 남들을 죄

자빠뜨리면서 필사적으로 계산대로 달려가는 건 객기이고, 남한 테 돈 꿔달란 말을 죽어도 못하는 건 체면이었다. 그러면서 마누 라에게는 빚 얻어 오라 부추기고 얻어 오면 좋아서 입이 찢어지 며, 갚을 때는 나 몰라라 하는 건 도둑놈의 심보였다.

"간에 헛바람 들어갔고. 내가 하지 말라고 했어, 안 했어! 에 익, 이제 어쩔 거야? 알아서 하라구, 알아서 해."

그런데 아버지에게는 어머니가 간에 헛바람 든 여자였다. 두 사람이 서로에게 쏘아대는 무시무시한 일본말 '오까네', 돈. 객 기와 헛바람의 공통점과 차이점은 막내 필생의 연구 과제였다.

"가뭄이 들었다고 해."

"가뭄이 들었답니다."

"감자가 다 말라 죽어갔고 돌이는 소나무 껍질을 벗기러 다니 다가 동굴을 하나 발견했습니다. 동굴은 굉장히 깊었습니다. 하 염없이 내려가니 지하실이 나오는 것이었습니다. 돌이는 환풍구 로 지하실 안을 훔쳐보았습니다. 지하실 안에는 둥근 탁자에 붉 은 가면을 쓴 사람들이 빙 둘러앉아 있었습니다. 그들은 학원에 침투한 간첩단이었습니다."

"간첩이니까 붉은 가면이구나!"

"서로 얼굴을 알면 안 되니까 가면을 쓰는 거지."

"음......"

"탁자는 반짝반짝하잖아? 둥근 탁자에 환풍구가 비치면, 환풍 구로 지하실을 훔쳐보는 돌이 얼굴도 비치는 거야."

"어머, 돌이가 들켰어?"

"들켰……답니다. 네 차례라구."

"그래. 들, 켰, 답니다."

어디에 '찍'이 있지? 즐겁게 따라 하는 은희의 옅은 눈동자를 정아는 가만히 들여다보다 제 순서를 이어갔다.

"남조선 해방을 위해 이 반동분자를 즉결 처형하시오! 하면서 간첩 두목이 권총을 부하 간첩에게 주었습니다. 그런데 부하 간첩이 돌이를 겨누던 총구를 돌려 다른 간첩들을 모조리 쏘아버리는 것이었습니다. 붉은 가면을 벗어버린 그 아저씨는 자유민주주의를 수호하기 위해 간첩단에 침투한 대한민국의 특수 요원이었습니다."

"어머머!"

"특수 요원은 두목의 머리에 총을 대고 똑똑히 말했습니다. 도발하면 자멸이다!"

"멋있다! 역시 독서부장이야!"

은희의 반응이 정아는 마뜩잖았다. 독서부장으로서 대출 일지를 쓸 새도 없이 학급 문고가 너덜거리는 종이 뭉치들이 돼버리기 전에 다 읽기는 했다. 하지만 이 이야기는 이 책 저 책에서 조금씩 섞였고, 다 학급 문고에서 본 딴 것만도 아니었다.

"이제 네가 해봐."

"근데 난 여기서 다른 길로 가야 되는걸?"

둘은 판자촌의 오르막이 갈라지는 지점에 서 있었다. 여기서 다른 길이라면 그 오르막밖에 없으나 은희는 정확하게 얘기하고 싶지는 않은 듯했다. 잠깐 새 얼굴이 멍해져 있었다. 선생님의 번호 호명에 자리에서 일어나 질문에 답하지 못하고 대책 없이 서 있는 그 얼굴인데, 코앞에서 보니 눈에 반투명한 막이 한 꺼풀 덧씌웠고 피부도 풀어진 것 같았다. '겔'에서 '졸'로, 어떤 자극에도 상처 받지 않도록 유동성 액체 상태로의 전환.

"잘 가!"

정아는 가볍게 손을 흔들었다. 자신도 은희네 집에 초대받을 생각은 없었다. 가끔 어머니 몰래 언덕을 넘어 판자촌을 관통해서 내려왔던 기억은 사실 좋지 않았다. 쿰쿰한 냄새가 나고 요강 쏟은 자국이라든지 죽은 쥐가 보이곤 했다.

"네가 약속한 데는 멀어? 한참 가야 돼?"

오후의 따가운 햇살에 하얗게 바랜 길을 향해 눈을 좁히면서, 은희는 친구를 그냥 보내는 자책을 덜기 위해 물었다.

"약속은 약속이니까."

약속 상대는 물론 발바리 쎈이었다.

"잘 가."

"돌이는 붉은 무리를 소탕하고 혼자 쓸쓸히 어디론가 떠났습니다. 끝!"

손오공이 어머니도 아버지도 없이 바위에서 태어난다는 것, 또 요괴를 퇴치한 후에는 미련 없이 떠난다는 것 때문에 정아는 『서유기』가 좋았다.

"왜? 특수 요원 아저씨도 있잖아."

"그 아저씨는 간첩 두목한테 만년필처럼 생긴 독침으로 찔려 갖고 반신불수에 인사불성이 됐어."

"어머머?"

딸기잼을 한다고 식모 숙이언니가 마당 수돗가에서 딸기를 한 다라이나 씻었다. 열기가 끼치는 연탄 화덕에 올려놓을 찜통은 스텐인데다 뚜껑이 납작해서 매우 전문적인 도구로 보였다. 집 안에서 주인아주머니가 부르자 숙이언니는 손 털고 들어가 설탕 포대를 날랐다. 이어서 딸내미 윤애를 데리고 나오는 아주머니 의 손에 들린 것은 그림으로만 봤던 계량컵이었다. 건축가의 부 인처럼, 아주머니도 여자대학을 나왔다고 정아는 확신했다.

날 선 과도로 꼭지 따여 스텐 기구에 담기니 딸기들도 과학적 임무를 깨달아 결연한 태세였다. 쪼그려 앉아 지켜보는 두 아이 앞에 아주머니는 꼭지 안 딴 딸기를 쟁반에 덜어 놓아주었다. 윤 애가 먼저 먹기를 기다려 정아는 하나 집어 들었다. 꼭지는 쟁반 모서리에 얌전히 두고, 마당을 빈틈없이 덮은 깨끗한 시멘트 바 닥도 꺼린다는 듯이 치마를 엉덩이 밑에 오므려 넣었다. 어깨끈 달린 치마와 흰 블라우스를 학교에서 돌아오자마자 갈아입어야 했겠지만 오늘은 특별한 날이었다.

어머니도 초여름에는 딸기잼을 졸였다. 계량컵 대신 대접으로 하나, 둘, 세어가며 설탕을 퍼서 부었다. 학교에서 제일 일찍 오는 막내는 생딸기로부터 미지근해진 딸기, 반쯤 졸여진 딸기, 다된 잼까지 머리가 아프도록 얻어먹었다. 또 밥상보에 덮여 기다리고 있던 양파 튀김, 효모 냄새 나는 찐빵, 밀가루 반죽이 두툼한 핫도그…… 축대 위 작은 한옥에 살 때까지는 그랬다. 어머니가 여학교 동창들과 쏘다니기 전까지.

주인아주머니도 007 작전을 했을까? 딸기 꼭지를 따는 아주머니의 옆얼굴은 파운데이션이 잘 펴져 백도 같고 루주 칠한 입술이 살풋 다물려 있었다.

"자기 전에 따뜻한 물에 손을 푹 불렸다가……"

전화 통화 소리로 짐작되건대, 아주머니는 시내에 새로 지어질 아파트를 분양받아 중도금 날짜와 은행 대출, 이 집의 시세를 촘촘히 계산해놓고 있었다. 그런데 윤애 아버지는 가끔 술 먹고 들어와 주정도 했으므로, 이 정도면 안팎이 맞긴 맞아도 아주 잘 맞는 건 아니지 싶었다.

"때수건에 비누를 많이 묻혀서 손등을 박박 문지르고……"

아주머니가 힐끔 눈길을 보냈다 거두었다. 마주앉은 숙이언니한테 하는 얘기겠거니 했건만, 옆에서 딸기를 입으로 나르느라 오르락내리락하는 손의 임자더러 하는 말이었다. 손등 튼 손을 주먹 쥐어 등뒤로 감추는 정아 앞에 아주머니는 딸기를 더 쏟아주었다.

"많이 먹어. 그리고 어머니 마사지크림이나 콜드크림 있지? 그런 거를 바르고 자면 싹 나아."

손발이 튼 데 어머니의 처방은 단연 물 탄 글리세린이었다. 동생들을 위해 눈물을 머금고 학업을 중단하지만 않았더라면 어머니가 될 수 있었을 많은 직업에는 약사도 포함됐으며, 마사지크림이란 건 모르겠어도 콜드크림은 어머니의 화장대에 있었다.

"저희 어머니께서요, 아침에는 콜드크림을 바르면 안 된대요. 왜냐하면……"

고민됐다. 어머니는 아침에 콜드크림을 바르면 얼굴이 탄다고 했다. 들을 때는 햇빛과 관계있나 보다 하고 넘긴 그 말을 이제 자기가 하려니 미심쩍었다. 화장품을 바르고 볕을 쐬는데 얼굴이 더 그을린다고? 그래서 정아는 평범한 말로 하기로 했다.

"피부가 안 좋아지니까요."

아주머니는 잠자코 딸기를 다섯 알쯤 더 꼭지 땄다. 그러고 나지막이 중얼거린 대구에 정아는 억울해서 숨이 막혔다.

"얼굴이 타지."

똘똘똘, 땅 밑의 하수도로 물이 흘러갔다.

열쇠로 대문을 따자 마침 마당에서 석간신문을 줍느라고 삼각형으로 구부린 주인아주머니가 보였다. 데모를 해갖고 나라의 벌을 받아 하얗게 빈 면이 더 많은 신문이니 펼칠 것도 없이, 아주머니는 곧장 옆구리에 끼워 넣었다. 빈손은 자연스럽게 뻗어와 정아의 목에 걸린 열쇠를 만지작거렸다. 그 열쇠는 정아가 어머니를 졸라서 받은 복사본으로, 은근히 켕겨서 옷 안에 넣어두다 방금 꺼내 쓰고 도로 넣을 새가 없었다.

"애들은 열쇠 갖고 다니는 거 아냐. 잃어버리거나 줄이 끊어질 수도 있고, 나쁜 사람한테 뺏기면 큰일나."

아주머니는 정아의 뒷머리를 쓸어내리고 열쇠의 줄을 머리 위로 빼냈다.

"이건⋯⋯"

"셋방 열쇠예요!"

아주머니가 잡아당기는 다른 줄의 열쇠를 정아는 옷 위로 움켜쥐었고, 제 입에서 나온 '셋방'이란 말에 뒤늦게 움찔했다.

"집 안에서는 아무 문제가 없는데. 대문 단속만 잘하면 집 안에서야⋯⋯"

아주머니는 평소부터 어머니에게 하고 싶었을 말을 뇌까리면서도 아쉽게 손을 거두었다. 몰수한 대문 열쇠에 나일론 줄을 돌돌 감으면서, 대신 그 딸을 타일렀다.

"이 열쇠는 아줌마가 잘 보관할게, 응? 아줌마가 열 번이든, 스무 번이든 문을 열어줄 테니까 초인종을 눌러. 얼마든지 나가고 싶을 때 나갔다가 들어오고 싶을 때 들어와. 하루에도 열 번이든, 스무 번이든 대문을 열어준다고. 알았지?"

셋방의 출입구인 부엌문 열쇠는 목에 걸린 채로 남았다. 아이들은 열쇠를 갖고 다니는 게 아니라는 법에서 셋방 사는 아이는 제외임을 정아는 알았다.

"가져가디?"

어머니는 딸이 한 말을 질문으로 바꾸어 되묻고는 아랫입술로

윗입술을 밀어 올리는 뺑덕어멈 같은 웃음을 지었다. 정아는 아주머니가 볶음고추장을 담아준 종지를 깨뜨려버리고 절망 끝에 잊어버린 척했으며, 어머니에게는 말도 하지 않았다.

책가방을 놀이터 벤치에 두고 놀았다. 정 갈증을 못 이겨 초인종을 눌러서 숙이언니가 답하면 전처럼 나야! 하고, 아주머니가 답하면 전보다는 훨씬 작게 저예요, 했다. 목소리까지 떨렸다. 셋방에 들어가서는 놀이터로 다시 나오지 않았다.

똘똘똘, 땅 밑 하수도로 물이 흘러갔다.

기어이 못 참고 나와버렸으면 들어가지 않았다. 공처럼 하늘을 뻥뻥 뚫던 고함 소리가 그치고 아이들이 한순간에 사라진 후, 미끄럼틀에 혼자 누워 샛별을 바라보았다.

눈을 감고 있다가 뜨면 방금 전까지 캄캄했던 창문 몇 개에 불이 들어와 있었다. 무궁화 꽃이 피었습니다…… 다시 감았다 뜨면 불이 더 많이 들어와 있고, 또 다음에는 가로등이 일제히 켜져 있었다. 된장찌개, 깻잎찜, 꽁치구이, 방향이 제각각이던 저녁 반찬 냄새가 뒤섞여 가라앉은 다음 사방에서 아련히 설거지하는 수돗물 소리가 울렸다. 배가 고프지 않아도 주인집의 초인종을 너무 늦게 누를 수는 없어서 일어섰다.

"너네 언니 왔는데?"

문 열어준 숙이언니가 문을 놓지 않고 말했다. 놀이터에서 모기한테 물린 팔뚝을 긁던 정아의 손이 멈추었다. 숙이언니의 경탄스러운 표정으로 보아 그 말은 착오일 리 없는 사실이었다.

"어떻게 들어갔어?"

높은 담장에 가려 바깥에서는 보이지 않는 셋방 창문이 환했다.

"우리 아주머니가 비상 열쇠로 열어주셨거든."

셋방 창문을 제외한 온 세상의 불이 꺼졌다.

언니의 학생 구두가 타일 계단 위에 놓여 있었다. 정아는 원래대로 부엌 바닥에 신발을 벗어놓고 맨발로 계단을 디디고 올라갔다. 책상 앞에 의자를 돌려 앉은 언니는 한 폭의 그림이었다. 흰 양말에 받쳐 한쪽으로 가지런히 기운 종아리, 검정 치마 위에 포갠 두 손, 흰 칼라와 단발머리에 싸인 하얀 얼굴, 차가운 표정. 나이 많은 화가 아저씨들은 '여고생' 말고 '소녀'라는 제목을 붙일 테지.

찌그럭대던 아들네에 그예 사단이 나서 상경한 할머니가 해주시는 밥을 잘 안 먹었는지, 언니는 헬쑥해서 전보다 더 예쁠 지경이었다. 하긴 할머니의 장기인 멸치조림은 멸치를 석쇠로 연탄불에 초벌구이 하는 등 나름대로 공을 들이시나 나무토막같이 딱딱한데다 짜고 매웠다.

"어디 갔었어!"

도저히 그래서는 안 되는, 역정으로 남자처럼 둔탁해진 목소리가 언니의 꽃잎 같은 입술에서 나왔다.

"몇 시간이나 기다렸는데!"

벽에 등을 붙이고 선 정아는 잠자코 두 손을 꼼지락거렸다. 언니 뒤로 책상 위의 제과점 봉지가 반쯤 보였다.

"이게 뭐니!"

충분히 파악했을 텐데도 언니는 자신의 경멸을 표현하기 위해 눈가를 파르르 떨면서 비좁은 방 안을 새삼 한 바퀴 둘러보았다. 발가락 자국이 새까맣게 찍힌 정아의 레이스 양말짝과 함께 내일도 입어야 할 블라우스가 마구 구겨져서 걸레통 위에 던져져 있었다.

언니의 불타는 시선의 화살이 날아와 머리 위에 사과도 없는 동생에게 연거푸 명중이었다. 동생은 암산이 벌써 끝났다. 밤을 새도 모자랄 고3 입시생이 몇 시간이나 낭비했다고? 빨랫거리 뭉쳐서 던져놓고 대충의 걸레질과 설거지를 하는 데 반 시간이면 족했다. 설거지라 해봤자 밥그릇 하나에 젓가락도 없이 숟가락 하나였으니까.

"누가…… 오래?"

"엉?"

언니의 얼굴에 분노보다 당황이 더 짙었다.

"자기가 시간 남아서 와놓고. 어차피 대학 못 갈 거잖아!"

어머니의 간에 든 헛바람이 빠져버렸으니 언니는 대학에 갈 수가 없었다. 장차 가장이 될 아들이야 어떻게든 해봐야겠지만, 아버지는 딸자식까지 대학 보낼 여력이 없었다. 고등학교를 졸업하자마자 취직해서 시집갈 자금을 착실히 모으고 있다는 누구누구, 지인들의 딸들 같은 딸들이 아버지의 이상형이었다. 단 한 명도 딸을 대학에 보낸 이가 없다는 그 지인들은 퇴근 무렵 아버지 직장에 전화를 걸어오는 이들이었으며, 제대로 돈벌이하는 이도 없었다. 유일한 직장인인 아버지는 그들에게 술을 사야 한다는 생각은 들지만, 그들이 안 하는 짓을 마누라 등쌀에 해볼 수도 있겠다는 생각은 들지 않았다.

"잘한다! 계집애는 완전 비뚤어지고……"

언니는 무슨 말을 더 할 듯하다 의자에서 튀어 일어났다. 책가방을 낚아채서 문으로 돌진했으나 두 걸음 만에 문간에 닿았고, 신발을 신기 위해 어쩔 수 없이 몸을 틀면서 갑자기 가느다랗게 말했다.

"빵 먹어."

대문이 눈치도 없이 쾅 닫히는 소리가 났다. 허술하게 걸레 지나간 자국이 찍혀 있는 책상 위에 전화번호 적힌 쪽지 하나. 아버지 집의 전화번호라는 설명조차 없었다. 정아는 제과점 식빵을 비닐 위로 눌러보다가 뛰어나갔다.

저만치 가로등 밑으로 걸어가는 언니의 왼손이 얼굴로 올라갔다. 다음 가로등 밑에서는 책가방을 왼쪽으로 바꿔 들고 오른손을 얼굴에 대고 있었다. 언니는 가로등 불빛에 나타났다 어둠에 묻혔다 했다. 정아는 슬리퍼를 질질 끌었다.

길 가던 한 여고생이 길바닥에 떨어져 있는 신문지 뭉치를 주웠다. 펼쳐보더니 도로 오므려 가슴에 끌어안고 골목길로 뛰어들어가는 것이었다. 뒤에 가던 중년 신사는 신문지 안에 돈이나 귀금속이 들어 있겠거니 하고 뒤쫓아 갔다.

이봐, 학생! 분실물을 습득했으면 파출소에 갖다 줘야지!

신사는 여고생을 불러 세우고 호통쳤다. 그런데 여고생이 벌려 보여주는 신문지 안에는 아직도 구시대의 병폐를 척결하지 못한 불량 국민이 싸놓은 똥이 들어 있었다.

아니! 이걸 왜 들고 뛰었어?

신사가 코를 싸쥐며 묻자 여고생은 침착하게 답했다.

혹시 외국인이 이걸 보면 나라 망신이잖아요. 눈에 안 띄는 쓰레기통에 버리려고 했어요.

그 신사는 바로 문화공보부의 공무원이었다. 감동하여 상부에 보고했고 학생은 청와대로 불려가서 표창장을 받았다.

담임 선생님이 해준 얘기가 뜬금없이 떠오르는데, 언니라면 똥이 담긴 신문지를 들고 뛰지 않을 거라는 것만은 확실했다. 꽥소리 지르고 도망가서 손을 수십 번 씻으면 씻었지! 언니는 아침에 걸핏하면 도시락이나 준비물을 빠뜨리고 나가 어머니나 동생들이 들고 뛰었다.

중요한 건 그게 아니었다. 가슴에 매달려 슬리퍼를 끌 때마다 흔들, 흔들하며 점점 더 무거워지는 쇳덩이는, 그게 아니었다. 비상 열쇠로 부엌문을 열어주면서 주인아주머니가 셋방 안을 보고 말았다. 셋방 아이가 학교에 입고 갔다 온 옷들이 위로부터 아래까지 순서대로 허물처럼 널려 있던 그대로, 상을 꺼내지 않고 반찬을 덜어 먹지도 않아 방바닥에서 반찬통들이 뚜껑이 열린 채로 냄새를 풍기던 그대로. 언니는 가로등 불빛 아래 드러날 때마다 믿기지 않을 만큼 줄어들었다.

  작년 8월 15일, 대한민국 최초로 지하철이 개통되었다. 개통 기념 승차권을 발부받아 서울역에서 청량리까지 땅속을 시속 60 킬로미터로 질주할 2만 명의 시승객, 그중에 낀 사람은 주변에 아무도 없었다. 언니와 오빠는 학교의 광복절 행사에 동원되었고 막내는 동네를 배회하다 갑자기 쏟아진 비에 개천에 빠질 뻔했다.

  그때 보았다. 하늘이 붉게 변했다.

  "육 여사가 총 맞았어!"

  어둑한 안방에서 어머니는 울고 있었다. TV 흑백 화면의 8·15 광복절 기념식장에서는 검은 양복과 흰 한복들이 집합과 해산을 느릿하게 반복했다. 총소리는 상상외로 작고 둔했다. 어머니는 손등으로는 감당이 안 되는 눈물을 편두통 때문에 이마에 묶은 수건을 풀어 닦고, 수건을 묶었다가 곧 다시 풀었다. 문간에 서 있는 막내의 다리가 달달 떨렸다. 현관까지 따라 들어온 쎈이 비에 젖은 몸을 흔들어 물방울을 신발에 죄 뿌려놓았다. 아무리 쎈이지만 알 리 없었다. 창밖에서 하늘이 피눈물을 쏟고 있었다.

  오빠가 『소년과학』 잡지를 뒤진 끝에 햇빛이 구름과 땅에 이 중으로 반사되어 하늘의 변색 현상을 일으켰다고 결론지었으나, 어머니의 고질병인 편두통은 오래 끓었다. 그리고 편두통이 낫고도 어머니는 공사를 다시 벌이지 않았다. 한밤중에 비가 와도 더 이상 지붕에 방수포를 덮으러 사다리 타고 올라가지 않았으며, 구들이 꺼져 발을 디디면 아지직 소리 내는 건넌방에 자식들이 들어가도 야단치지 않았고, 물이 흘러내리는 지하실 벽 앞에서 더는 고뇌하지 않았다. 어머니는 포기했다. 더 이상 공사를 할 수 없었다.

똘똘똘, 땅속 하수도로 물이 흘러갔다.

4

아버지.

소자는 엎드려 사죄드리옵니다. 아버지께서 책임지신 국정이
란 겉으로 보이는 것은 빙산의 일각이요 안 보이는 것이 대부분
일진대, 암중에서 긴박한 사태가 벌어지는 동안 저는 고작 구차
한 제 편지를 보좌진이 중간에서 자체적 판단으로 유예하지는
않았나 하는 사특한 의심이나 하고 있었던 것입니다. 아버지에
대한 겨자씨만 한 원망마저 잠시나마 품었던 제 자신을 혐오하
면서 머리를 짓찧고 싶었웁니다.

극소수 불순분자들이 아무리 교묘한 선동과 악랄한 거짓을 짖
어댄다 한들 안정과 번영을 추구하는 99퍼센트의 국민들은 미친
개로 볼 뿐이며, 하루빨리 척결되기만을 바라고 있웁니다. 아버

지께서 소요를 발본색원하기 위해 마침내 비상계엄을 발동하시기까지, 국민들의 생업이 위축되지 않도록 묵묵히 견지하신 인내심을 생각하면 소자는 눈물이 날 따름입니다. 전국 방방곡곡에서 불철주야 망치 소리를 울리는 산업 역군들의 땀에 기생하여 전염병균과도 같은 반사회 반국가 사상을 퍼트리는 무책임한 식자들은 역사의 심판을 받을 것입니다!

다만 제가 염려하는 것은 파도처럼 밀려오는 공산권의 위협과 경제 위기에 전심전력으로 맞서고 계신 아버지께서 이번 등뒤에서 일어난 불장난마저 대처하시느라, 행여 건강을 상하지는 않으셨을까 하는 점입니다. 아버지, 당신께서는 반만년 배를 곯던 민족의 해방자이십니다. 사색당쟁과 공리공론에 골병든 나라를 뜯어고쳐 새로 세우신 구원자이십니다! 우리 3천7백만 국민의 생존이 아버지께 달려 있으므로 아버지의 건강이 3천7백만 명의 건강에 맞먹는다 해도 결코 과언이 아닐 것입니다. 당신의 건강 보전과 증진에도 제발 사명감을 가져주시기를 소자는 진심으로 당부드립니다.

아버지께만은 귀띔해드렸다시피, 저는 졸업자격시험을 통과하면 방송통신대학교 행정학과에 진학하여 향후 사법시험에 도전해볼 꿈을 남몰래 간직하고 있었읍니다. 그러나 벼락을 맞는 듯하였던 이번 계기로 저의 진로는 바뀌었읍니다. 법조인이 되어 가난하고 못 배운 사람들을 대변하는 것도 의미 있는 일이겠지만, 그 또한 철통같은 국방이 담보될 때만이 가능한 사회 활동의 일환인 것입니다. 만에 하나 불온 세력의 경거망동이 북괴의 준동을 유발했을지도 모를 일촉즉발의 순간과 이를 적시에 차단하신 아버지의 한 치의 방심 없으신 노고를 뒤늦게 절감하면서, 소자는 그 무엇보다 선행되어야 할 자주국방에 헌신하기로 결단하였읍니다. 육군사관학교 진학을 목표로 분투하겠읍니다! 이는 무한한 짐을 지신 아버지의 어깨에서 가장 무거운 국가 안보의 짐을 손톱만큼이라도 덜어 지고자 함이며, 아버지께서 일찍이 그러하셨듯 개인적 불행을 감수하고 공익을 선택함으로써 일반 국민들에게는 타고난 다양한 소질을 계발할 기회를 주기 위함이며, 자유세계의 최전선인 조국을 수호함으로써 여타 자유민주주의 국가의 민복을 보장하기 위함입니다. 소자는 아버지의 후배이자 부하로서 항구적 국민 혁명의 대오……

"무슨 일이야?"

지지부진하던 버스가 멈추는 가벼운 흔들림과 함께 멀리서 터지는 고함에 눈뜬 민철은 죄책감을 느꼈다. 좌석에 잠시만 앉았다가 일어나려 했건만 졸고 말았다. 어느새 버스는 만원이다 못해 하체를 압축당하며 서 있는 승객들의 상체가 좌석 위의 공간마저 채울 지경이었다. 어딘가 파묻혀 계실 어르신을 위해 그가 자리에서 일어날 틈마저 없었다.

아마도 반대편 차선의 버스 운전석에서 이 차의 운전석으로 돌아오고 있을 답변은 겹겹이 포개진 신체들에 흡수되어 들리지 않고, 라디오가 저녁 뉴스를 옹알거렸다. 차창 밖도 대단히 혼잡했다. 늦게 귀가하는 후줄근한 행인들이 좌측통행도 소용없이 뒤얽혀 부대끼고 있었다.

한강, 한강, 한강…… 버스의 앞머리로부터 그 말이 번져왔다.

"한강이 막혔대요."

"군인들이 한강 다리를 막았다네요."

승객들의 입에서 입으로 전해져왔다.

"전쟁 난 거야?"

한 아주머니의 높고 떨리는 혼잣말을 신호로 좌석에 앉은 이들이 튀어 일어났다. 민철은 본능적으로 엉덩이 옆에 세워둔 두 필의 원단을 끌어안았다. 차 문 열어주세요, 승객들의 요구는 운전기사의 승낙이 차장에게 떨어지기도 전에 몇 옥타브씩 상승했다. 문 열어! 열어! 열어!

안타깝게도 매달 해온 민방공훈련은 그다지 효과가 없었다. 노약자에게는 위험할 정도의 압박이 뒤로부터 왔다. 민철은 떠밀려 떠밀 수밖에 없었고, 발치를 보지 못한 채 경공술과 비슷한 발놀림으로 출입구 계단을 내려가다, 바위처럼 멈춰버린 앞 사내의 등짝에 턱 부딪쳤다. 부딪치는 순간 얼굴을 돌려 품속 원단의 비닐포장에 뺨을 묻고, 발은 윗계단의 신발들 틈에 끼어 몸이 앞으로 비스듬히 기울어진 채로 떠 있어야 했다. 코앞에서는 양갈래 머리의 앳된 차장이 흐느끼고 있었다. 오라이! 외치면서 버스 문짝에 용감히 매달릴 때는 그렇게 어려 보이지 않았건만.

앞에서 누군가 뒤로 처진 자신의 가방을 잡아당겨 버스 문에 끼인 사람들이 와르르 무너졌다. 그리고 뒤로 처진 가방의 끈이 몸에 감긴 그들은 황소마냥 힘을 썼다. 콩나물처럼 박혀 있던 뒷사람들이 와르르 쏟아졌다.

정류장도 아닌 곳에 정차해 있는 버스의 앞으로는 앞차들의 미등이, 뒤로는 뒤차들의 전조등이 까마득히 이어졌다. 차마다에서 승객들이 쏟아져 인도의 행인들을 덮치는데, 상가에서는 다투어 철제 셔터를 내려 불빛조차 차단되어갔다. 바글거리는 머리통들을 불규칙한 그늘이 빠르게 접수해나갔다.

어어, 아아, 남녀노소의 목소리가 뒤섞여 기계음 같은 탄식이 잔잔히 밀려왔다. 한참 만에야 민철은 이유를 알 수 있었다. 우체국 앞에 이 세상에 도저히 있을 수 없는 것이 있었다.

피를 뒤집어쓴 대통령의 흉상. 원래의 형광조명이 빨간 페인트의 채도를 낮추어 검붉은 피로 보이게 했다. 그 밑에 역시 피가 뚝뚝 흐르는 듯한 필체로 휘갈겨진 몇 글자는 익숙하긴 한데 그것이 있는 자리가 문제였다. 그 몇 글자가 씌어 있어야 할 곳은 저 흉상의 받침대가 아니고, 가끔 반공궐기대회에서 시민들이 단체로 짓밟고 불태워버리는 허수아비의 명패였다.

민족의 반역자.

앞뒤로 끼인 행인들은 본의 아니게 애도하듯 어쩌다 한 걸음씩 내딛었다. 왜 경찰이 저토록 위중한 국가보안법 위반을 방치해두는지, 한강 다리가 막힌 것과 어떤 관련이 있는지, 정말 전쟁이 난 건지, 상황을 파악하려고 모든 감각을 총동원한 옆얼굴들은 지적으로 보이기도 했다.

"쳐죽일 놈들!"

"에잇, 사지를 찢어 죽일 놈들!"

"총으로 다 쏴 죽일 놈들!"

그렇다고 본인이 뭔가를 도모하기 위해 흉상 앞에 기적처럼 트인 방석만 한 공간으로 빠져나가지도 않는, 굵직한 목소리의 남자가 잊을 만하면 퍼붓는 저주는 범법자들을 찾아가지 못하고 행렬 위로 내려앉았다. 도무지 진척 없이 뒤로부터의 압박은 거세져가는데 갸웃갸웃 뒤통수들만이 애타게 노력 중이었다.

여러 칸의 공중전화 부스로부터 여러 겹으로 늘어선 줄이 되도록 통행에 방해되지 않으려고 길가로 휘어졌다 하나, 워낙 두꺼워서 인도를 거의 다 차지하여 극심한 병목 현상을 일으켰다. 어떤 호소나 욕설에도 움쩍도 않고 줄을 고수하는 이들은 6·25 전쟁 당시 가족과 이산된 자들의 후손들이었다.

인도에서 넘쳐난 인파는 정체된 차들 사이를 비집고 들어가 상대적으로 여유로운 반대편 차선을 점령해갔다. 급정거한 차들이 경적으로 비명을 질러댔다. 서울의 경찰력을 총동원한다 해도 단속할 수 없을 대규모의 무단횡단이었다. 민철도 차도로 슬쩍 내려섰다. '보행위반자 계도소'라는 현수막 걸린 트럭 짐칸에 선 채로 반성은커녕 히죽거리는 형을 못 본 척 지나친 적이 한두 번이 아니었다. 그 지겨운 얼굴을 다시 볼 수 있을까.

건너편 인도에 다다르자마자 보행위반자들은 다시 뒤엉켰다. 여하간 한강 쪽으로 가보려는 이들과 시내로 되돌아가려는 이들이 서로 기를 쓰고 파고들었다. 어쩌면 운명을 가를지도 모를 판단이 상반된 양자에게 공히, 6·25 때 수도 서울을 사수하자는 대국민 발표에 속았던 자들의 유전자가 각인되어 있었다.

샛길로 뒤뚱뒤뚱 품안의 원단을 추스르면서 민철은 휩쓸려 갔다. 허름한 상점들이 마주선 골목으로, 납작한 민가의 담장들 사이 더 좁은 골목으로, 그림자처럼 어두운 무리는 개 짖는 소리를 일으키며 쫓기듯 뛰었다. 러닝셔츠 바람의 아저씨들과 파마머리 아주머니들이 옹색한 철대문을 지키고 있었다.

닫힌 대문의 외등 아래 돌아서 얼굴을 숨기면서, 민철은 큰길에서 주워 호주머니에 넣었던 삐라를 원단 안쪽에 펼치고 빠르게 훑어보았다. 아니, 그러려고 했으나 할 수 없었다. 북괴에서 풍선 타고 날아온 건 아닐, 분명히 한국말인데 눈이 턱턱 걸리고 뇌가 뒤틀리는 느낌이었다. 훌쩍 시선을 넘긴 말미에는 표어가 줄줄이 열거되어 있으며 표어 하나마다 느낌표가 세 개씩이었다.

위는 아래고 아래가 위다!!!

말하자면 그런 식이었다. 삐라를 떨어뜨리고 그는 걸었다. 삐라를 등사하기 전에 기름종이를 철필로 긁은 불순분자의 달필만은 부러웠다.

곧고 가늘게 뻗어간 국내 최장의 지퍼. 방조제의 갑문에 사각

기둥이 쌍으로 늘어서서 더욱 그렇게 보였다. 지익, 수만 년 요철로 맞물린 바다와 육지를 일직선으로 갈라 언제든지 여닫을 수 있는 지퍼. 꼭지는 인류라는 추상적 존재의 보이지 않는 엄지와 검지에 잡혀 있었다. 당장은 방조제 왼편의 해수 없는 바다가 육지 같고, 오른편 국내 최대의 인공 담수호가 바다 같았다. 상전벽해. 한가롭게 흔들리는 몇 척의 바지선도 필시 행사의 일환이었다.

경, 식량증산, 축.

가슴에 꽃을 달고 흰 장갑을 낀 대통령 각하께서 준공 테이프를 끊으셨다. 박수치는 내빈과 지역 주민들 위로 반짝이 눈이 흩날렸다.

고도 산업 복지 국가의 건설도 기반은 국토.

국토 개발이 무한한 자원이고 국력의 원천.

개발의 손길 기다리는 국토 70퍼센트의 야산과 구릉.

연설문을 읽는 각하의 하단에 자막이 충실하게 떴다. 전파사에 진열된 TV의 마감 뉴스는 아까 버스에서 나왔던 라디오 뉴스와 같은 내용이었다.

어깨를 웅숭그리고 목을 늘인 유공자들에게 각하께서 훈장을 걸어주셨다. 일일이 악수도 하셨다.

전천후 과학 영농, 2만4천7백 정보에 관개용수, 일일 4만 톤 공업용수 및 생활용수 공급.

다시 흰 장갑을 낀 각하께서—혹은 아까의 장면 일부를 방송국이 편집해두었다 지금 보여주는지—방조제의 배수 스위치를 누르셨다. 갑문에서 흰 연기가 폴싹 피어올랐다. 각하의 마른 얼굴에서 광대뼈가 도드라지고 입가에 팔자주름이 여러 겹으로 접혔다. 가난한 농부의 아들, 나란히 도열하여 동시에 스위치를 누른 고위직들 중에 양손의 두 검지를 모은 이는 정중앙의 각하뿐이셨다.

"저, 무슨 일입니까?"

"뭐가?"

되는대로 예비군복을 걸친 남자들은 퉁명스럽게 반문했다.

"아무도 얘기를 안 해줘서요."

"캐물으면 간첩인데?"

"민간인들이 불안해하지 않도록 과잉행동을 하지 말래서, 우리도 답해줄 수가 없단 말이지."

그들은 자신들의 농담을 즐기며 눈짓을 교환했다.

"상황은 종료야."

"김일성이가 쳐내려온 줄 알고 비상 걸리기도 전에 전투복 꿰입고 중대 본부로 달려갔는데, 결국 안 걸려갖고 해산하잖아."

공기가 손날로 잘리고 풀기 없는 전투모는 건듯 들렸다 옆으로 돌려졌다. 예비군들에게서는 나라에 위기가 닥쳤다고 생각한 순간에 제 할 일을 했다는 자부심이 풍겨왔다.

"그렇군요!"

전파사의 TV 앞에서 참았던 눈물이 난데없이 흘러내려 민철은 한쪽 어깨를 올려 막았다. 군대 가 있는 형이 죽지는 않을 것 같았다.

"휴전선에서 또 총질했든지 했겠지."

예비군들은 안쓰럽게 끄덕였다. 괜찮아, 이제 괜찮아.

"감사합니다. 안녕히 가세요."

민철은 가슴에 안은 원단을 옆으로 수그리며 공손히 절했다.

"그래, 너도 통금 걸리기 전에 얼른 집에 가라."

예비군들은 돌아서면서 귀가를 종용하는 밀어내는 몸짓 겸 손을 뒤로 뻗어 흔들었다.

"오늘은 통금도 안 잡으려나?"

두런거림보다 담배 연기를 좀더 길게 끌면서 그들은 멀어져 갔다. 모퉁이에서 꺾어지기 전 한 명이 돌아보아 민철은 다시 절했다.

어김없이 야간 통행금지 사이렌이 울렸다. 군인들에게 차단되었던 한강 다리가 그동안 열렸다 해도 통행금지로 도로 막히는 소리.

그는 길가 제설 모래함의 뚜껑을 들추어보았다. 하절기라서인지 거의 비어 있었다. 그 안에 들어가 뚜껑을 닫으면 통행금지 위반 단속과 이슬을 피할 수 있었다.

그런데 그 모래는 화재 진압용이기도 하므로, 아무리 하절기라지만 담당자가 태만하다 하지 않을 수 없었다.

그는 모래함의 뚜껑을 닫아놓고 다시 걸었다.

사이렌을 뒤이어야 할 호들갑스러운 호루라기 소리가 들리지 않았다. 통금 단속 경찰이 없어서 다행이었다.

그러나 호루라기 소리는 들려야 하고 범법 행위는 단속돼야만 했다. 이 순간 공권력에 뚫린 구멍이 걱정되었다.

지난밤 방송 수업 듣느라 수면 부족에 새벽부터 자정을 넘어서까지 쌓인 피로는 급기야 귓속에서 쇠 갉는 소리를 내기 시작했다.

아버지.

소자가 오늘 사장님 심부름으로 청계천에 간 김에 헌책방에 들러 살까 말까 하며 넘겨본 참고서의 문제에서, 한국적 민주주의와 관련하여 옳지 않은 것은 물론 서구식 의원내각제, 나머지 옳은 것은 주권 공동체, 고유의 정치 시스템, 관습적 정체성. 그런데 '관습'은 부정적인 것 아니었던가요?

아스팔트를 구르지 않고 으깨버리는 중압감에 한 블록쯤의 건물들도 우르르 떨었다. 살벌한 파동이 밀려와 크고 딱딱하거나 작고 부드러운 사물의 분자에 균열을 냈고, 수많은 강철 부속품들이 돌아가는 고주파의 마찰음이 핵을 파고들었다. 게다가 다가오는 방향이 아무래도 북쪽이 아닌 듯했다. 남쪽? 남침한 북괴군이 한강 쪽에서 시내 쪽으로 북진하는 경우란 대체 어떤 경우일까? 동서남북이 고장 난 나침반처럼 뱅뱅 돌기 시작했다.

확실한 것 한 가지, 탱크가 관통해 갈 서울의 중심 도로는 지옥이었다. 보도에 하얗게 깔린 삐라를 밟으면서 그는 지나왔다. 위가 아래고 아래는 위다!!!

대통령이 45도로 들어 미래를 가리키는 오른손에 손목 이하가 없었다. 무궁화로 둘러싸인 대통령의 두 눈에 구멍이 뚫려 있었다. 볏단과 낫을 들고 환히 웃는 대통령이 밀짚모자 챙까지 불에 그슬려 있었다. 좁은 간격으로 서 있는 두 짝의 시멘트 군화만 남기고 대통령은 승천하고 없었다. 대통령은, 대통령이…… 가장 악질적인 것은 요즘 한창 유행하는 노란 스마일, 대통령의 얼굴에 덧그려진 행복과 희망의 상징 스마일이었다.

그는 돌아섰다. 그리고 돌아서지 말아야 했음을 깨달았다. 등짝에 한기가 들었다. 탱크를 뒤잇는 군용 차량들에 가득 실린 연탄처럼 검게 위장한 얼굴들에게 자신이 도망자로 보일지도 몰랐다. 그렇다고 자신이 재차 돌아선다면 굵직하고 길쭉한 물건을 든 채 접근하는 자였다. 어느 쪽이든, 큰길의 틈새인 이면도로에서 가로등 불빛 아래 움직이는 유일한 목표물. 그처럼 집에 여동생이 혼자 있다든가 하는 이유로 밤길 헤매던 이들이 순식간에 깨끗이 증발해버렸다.

피 냄새가 진동했다. 그게 아니고 어느 자투리 화단에서 피어난 국화 향기.

짐을 내려놓고 싶었다. 멈춰 서고 싶었다. 사장님이 특별 주문

받은 가볍고 따스한 '제일모직' 동복 원단이 천근만근이었다. 그러나 짐을 들고 걷고 있었으므로 그대로 걸었다. 속도를 바꿔서도 보폭을 달리해서도 안 되었다. 방금 전과 똑같이 걸어야 하건만 방금 전의 속도와 보폭이 잘 기억나지 않았다. 땅바닥에 엎드려 벌벌 기고 싶었다. 땅으로 꺼져 들고 싶었다.

저 앞 철제 셔터 내려진 상점의 차양이 쪼뼷한 그림자를 드리우고 있었다. 그 역삼각형 그림자 속으로 들어서기만 하면 쪼뼷한 폭에 몸을 맞추어 평생이라도 꼿꼿이 서 있을 자신이 있었다. 그러나 아무리 걸어도 차양은 가까워지지 않았다. 청계천에서 버스에 올라타기 직전까지의 시내, 그 시내를 중심으로 한 서울, 서울을 수도로 한 대한민국, 대한민국이 한반도에 매달려 있는 세상 전부가 저만치 있었다. 너무도 당연히 소속되어 있어서 소속되지 않을 가능성이 있는 줄도 몰랐던 무엇인가가 자신을 뱉어버렸다.

이면도로 양쪽 상가의 위층 살림집들의 창문이 순서 없이 밝아졌다. 환하던 창문들은 불이 꺼졌다. 불 켰다 급히 꺼버리는 창문도 있었다. 건물 밖으로 나와보는 사람은 없었다. 이 빠진 하모니카처럼 불빛이 듬성듬성 드리운 아스팔트 길에 아무도 나오지 않고, 창문 틈으로 새 나오는 말소리도 없고, 좋다는 말도 싫다는 말도 없었다.

북괴의 남침 땅굴을 통해 침투한 간첩들이 국방부와 육군본부 점령을 시도하고 후방을 교란하였다.

　동틀 녘에, 대부분의 국민들보다는 좀 늦게, 민철은 속보를 들었다.

5

그때
혼돈이 갈라질 때
하늘과 땅이 열릴 때
하늘이 땅에서 떨어져 위로
땅은 하늘에서 떨어져 아래로
서로에게 손 뻗으며 멀어질 때

그 사이에 산이 솟을 때
하늘을 이고 땅을 디뎌 둘을 이을 때
하늘을 치받고 땅을 박차 둘을 더욱 벌릴 때

산꼭대기의 바위 하나 위아래 기운을 고루 받아 마침내 태를 품고, 고이 길러 스스로 쪼개지며 돌알을 낳았습니다. 비바람에 맡겨진 돌알은 닳고 깎여 사지와 이목구비가 생기자 버르적대며 빼애애애 울음을 터뜨렸습니다. 돌에서 나왔다고 그 아이의 이름은 돌이였습니다.

우주의 또 한 주기 12만9천6백 년이 돌기 시작했습니다.

"돌이가 일일삼 신고를 해서 경찰이 출동했답니다. 그런데 간첩들이 남조선 해방 만세!를 외치면서 폭탄을 터뜨려갖고 지하실이 무너졌답니다."

"지하실과 이어진 땅굴로 간첩 두목이 돌이를 끌고 내려갔습니다. 땅속에는 북괴의 남침용 땅굴이 개미굴처럼 복잡하게……"

"야, 근데 땅속에 북괴 땅굴이 정말 그렇게 많으면 어떡하지?"

"그럼 네가 바꿔."

"아냐. 정말 그럴지도 몰라. 대한민국이 망하는 모습을 네 눈으로 똑똑히 보아라! 하면서 두목이 신호를 보내니까 붉은 무리가 북쪽에서 밀려 내려왔답니다."

작년 말부터 잇따라 발견되는 북괴의 기습 남침용 지하 땅굴은 비무장지대의 견고한 화강암층을 굴착하여 군사분계선을 땅밑으로 관통하였고, 서울에서 불과 44킬로미터까지 뻗어내려 왔으며, 효율적인 군사작전을 위해 출구가 세 갈래, 다섯 갈래로 분산되어 있었다. 하나의 땅굴로 한 시간당 3만 명의 북괴군과 차량, 야포, 탱크 등 대규모의 침투가 가능했다. 더욱이 북괴군은 공사 현장에서 도망치기 전에 잔악하게도 부비트랩을 설치하여 우리 국군의 수색조가 순직하고 말았다.

땅굴이 더 있다는 데에, 그리고 발견된 것만으로도 깊게는 지하 160미터에 이르므로 임진강을 강바닥 밑으로 이미 넘어왔다는 데에 담임 선생님은 손바닥을 걸었다. 아니라면 손에 장을 지진다고 했다. 아이들은 땅굴이 한강도 넘어왔다는 데에 너나없이 손바닥을 걸었다.

"붉은 무리는 물밀 듯 밀려왔습니다."

"음…… 굉장히 많았답니다."

"돌이는 떨었습니다."

"음…… 왜 너 안 해? 네 차례잖아!"

"와아! 하는 우렁찬 함성이 땅굴에 메아리쳤습니다. 비로소 위용을 드러낸 어마어마한 대군의 정체는 지하철을 건설하던 대한민국의 건설 역군들이었습니다."

"아핫?"

"봐. 북괴군은 악착같이 땅굴 뚫지? 우리나라에서는 건설 역군들이 지하철 2호선, 3호선을 밤낮으로 뚫고 있잖아. 이 둘이 지하에서 딱 마주치는 거야."

"어머어머!"

"붉은 무리는 소탕되고 돌이는 혼자 어디론가 떠났습니다.

끝."

"너, 약속에 좀 늦게 가도 돼?"

은희네 집은 마음에 들었다. 집 모양의 자석에 다양한 재료가 짠! 하고 달라붙었다고 할까. 희미하게 녹색 페인트칠이 남아 있는 나무 기둥과 각목들이 퍼즐처럼 흩어져 가로세로로 박혀 있고, 지붕의 방수포를 자동차 타이어가 올라가 누르고 있으며, 연탄에 비닐을 덮어씌우고 허리를 동여매놓은 것이 연탄광이었다. 이 집이 미술 실기대회 응모작이고 자기가 심사위원으로서 평가한다면, 매우 창의적이며 물자 절약 정신이 투철함!

이런 집에 살면 날마다 흥미로운 일이 생길 것 같았다. 어른이 되면 제 마음이 변할 거라는 생각도 들기는 했다. 정성스런 돌멩이와 고운 이끼로 둘러싸인 샘만은 아무리 나이 들어도 좋아하리라고 확신할 수 있었다. 정아는 쪼그려 앉아 두 손으로 경건하게 샘물의 맨 위 겹을 걷어 올렸다.

엉덩이에 강한 충격이 왔다. 뒤에 서 있는 조그만 빡빡머리의 짓이라고는 믿기지 않으나, 녀석의 오른발이 정아의 엉덩이를 겨냥하여 다시 들려 있었다. 그리고 피할 틈도 없이 날아왔다. 또다시 오른발을 뒤로 젖히고 힘을 모으는 짱돌 같은 녀석의 두 눈이 파랗게 빛났다. 어머니에게도 이리 사정없이 맞아본 적 없는 정아는 어머니에게는 따박따박 잘도 따지던 말 한마디 나오지 않았다. 말이 소용없음을 직감했다. 상체만 돌려 두 손으로 한쪽 엉덩이를 간신히 가린 채, 녀석의 오른발 빛바랜 운동화 앞코를 절망적으로 바라보았다.

"야! 성준이 너, 죽을래!"

판자로 된 변소에서 은희가 소리치며 뛰어나왔다. 녀석은 멀찍이 달아나 되받아쳤다.

"씨발년이 드럽게 샘에 손을 집어넣잖아!"

은희가 던질 것을 찾는 시늉을 하자 녀석은 입술을 오므려 침을 발사하고 조르르 가파른 흙길을 타 올라갔다.

"어머머 어떡해, 윗집 앤데 이 샘물 자기네도 쓰는 거라고……"

은희는 정아를 한 바퀴 돌리며 치마를 털어주었다.

"괜찮다니까!"

녀석의 욕설이 된침처럼 얼굴에 들러붙어 따끔따끔, 조무래기 앞에서 꼼짝 못하던 제 꼴은 속에서 지글지글, 정아는 돌리는 대로 돌면서도 발을 굴렀다. 은희는 툇마루에 걸레를 재빨리 휘둘러 정아를 끌어 앉혔다.

"재밌어?"

"어, 만화잖아."

은희가 들이미는 스텐 대접의 거무튀튀한 미숫가루를 정아는 맛도 모르고 넘겼다. 만화일 수가 없는 만화에 생전 처음 접해 오늘 생전 처음이었던 다른 일들을 죄 잊었다. 어머니라면 당장 압수는 물론, 본인도 차마 보지 못한다는 데 내기라도 걸 수 있었다. 미숫가루를 다 마시느라 고개 젖히면서 문턱 너머 방구석에 되는 대로 쌓인 만화책들을 곁눈으로 훑어보았다. 시리즈가 마구 뒤섞여 있었다. 『삼국지』『수호지』『금병매』『일지매』…… 가슴속에서 은밀히 환희의 불꽃놀이가 벌어졌다.

"넌 봤어?"

"아니. 난 책은 별로야."

뭐 만화책도 책이긴 했다. 정아는 할 말이 있었던 것 같지만 생각나지 않고 벌써 눈길은 지면을 달리고 있었다.

"책 봐."

은희가 대접을 포개 들고 물러나면서 말했다. 그 말은 그림자가 만화에 어른댈 때마다 나지막이 반복되었다.

밥과 반찬이 익어가는 구수하고 짭조름한 냄새가 풍겨왔다. 그 냄새는 손님에게 종소리 같은 것이었다. 어느새 어두컴컴했다. 정아는 만화책을 안타까이 접어 무더기에 올려놓고 일어섰다. 거지 나사로는 천국에 갔는데 부자는 그리로 떨어진 불타는 지옥, 그 음부 말고 사람 신체에 있는 음부의 위치를 이제야 확실히 알았다. '전국 어린이 고전읽기 경시대회'의 학술부장 선생님이 도저히 가리키지 못할 만도 했다. 궁예! 진짜로, 진짜로 나쁜 놈!

"갈래?"

부엌 연탄아궁이에서 양은냄비를 들어낸 은희가 젓가락 한 짝으로 감자조림 큰 조각을 찍어 건넸다.

"너 별거 별거 다 할 줄 아네!"

어머니의 감자조림보다 짜고 달았다. 부엌 문간에 선 채로 정아는 은희가 대접에 덜어준 것까지 싹 먹어치웠다. 은희의 기쁜 얼굴 뒤에 빈 연탄아궁이의 발그레한 불빛과 추상화처럼 대담하게 부식된 함석 벽이, 자신의 뒤로는 캄캄한 셋방이 아득히 있었다. 그리고 길고 길었던 지난 여름방학 그 방에서 혼자 너무나 심심해서 죽어 말라버린 미라가.

"또 하면 돼. 얼마나 금방 된다고."

은희는 감자조림을 냄비째 대접에 쏟아부었다.

방과 후 으레 정아는 은희네서 방바닥에 배 깔고 만화책을 펴 들었다. 가끔 찐 보리쌀이나 볶은 콩이 문턱을 넘어왔다. 마당을 쓸면서도 은희는 먼지를 내지 않았고, 희뿌연 물에 빨래가 높이 솟은 다라이를 말없이 혼자 옮겨놓곤 했다. 제 키의 두 배는 될 장대로 빨랫줄을 조정할 때는 마술사 같았다. 가사 숙제는 당연히 어머니 몫이던 언니에게 정아는 그런 은희를 보여주고 싶었다. 그저 보여주기만 하고 싶었다.

"절강성 항주성에 재색을 겸비한 처자가 살았습니다."

"처자는 병에 걸렸답니다."

"부모님이 방을 걸자 관옥 같은 얼굴에 봉황의 눈을 한 책사가 나타났습니다. 책사는 자기하고 처자 둘만 있게 해주면 병을 고쳐주겠다고 말했습니다. 부모님은 무남독녀 외딸의 목숨을 구하기 위해 할 수 없이 허락했습니다. 책사는 처자를 벌거벗겨놓고 전신에 쑥뜸을 뜨면서 송곳으로 찔렀습니다. 처자는 신음 소리를 내며 몸부림쳤습니다."

"이익! 몰라."

"처자의 병이 씻은 듯이……"

"처자의 병이 씻은 듯이 나았답니다."

"그런데 책사는 주군에 반기를 든 도적떼를 섬멸하기 위해 소 맷자락에 울며 매달리는 처자를 뿌리치고 단기필마로 떠났습니 다. 서릿발 같은 한을 품은 처자는 책사의 팔푼이 형을 찾아가서 뱃놀이를 하자고 꼬셔갖고, 수은을 탄 어주를 옥잔에 따라줬습 니다. 팔푼이 형은 그 술을 마시고 비틀대다 물에 빠져 죽고 말 았습니다. 처자는 보름달을 바라보며 깔깔 웃었습니다. 형이 죽 었다는 소문을 들은 책사는 청공검을 꿰차고……"

학교의 수업 시간에도 중원에서는 동남풍이 휘몰아치고 있었 다. 하늘은 불길로 붉고 적벽은 원래 붉으며, 장강의 강물은 피 로 붉었다. 미부인이 남편과 아들에게 방해되지 않으려고 스스 로 뛰어든 우물은 깊이도 깊이지만 좁았다. 물에 닿기까지 우툴 두툴한 우물 벽을 머리와 어깨로 청소하면서 떨어진다, 터터터 터틱.

영화 촬영장의 세트처럼 사면 벽 중에 한 벽만 멀쩡히 서 있는 집을 지나, 마치 일부러 그런 듯 유리가 하나도 남김없이 깨진 창문들을 지났다. 열려 있는 대문 안, 곰팡이 슨 이불로부터 국 물째 쏟아버린 김치까지 뒤엉킨 쓰레기 더미에서 구물대던 개들 이 사람 발소리에 툇마루 밑으로 숨어들었다.

검고 쿰쿰한 도랑에 걸쳐진 구멍 뽕뽕 뚫린 철판을 건너, 점점 더 좁고 가팔라지는 샛길을 기역 니은으로 누비다 정아는 뒤를 돌아보았다. 회백색으로부터 암회색까지 명도가 다양한 슬레이트들과 주황, 검정, 파랑 방수포가 비탈에 뒤얽혀 있고, 은희는 무늬 많은 이불에 놓인 인형처럼 이마에 손등을 대고 올려다보았다.

봉우리를 이고 띄엄띄엄 납작하게 엎드려 있는 집들 사이, 발길에 다져져 미끄럼틀처럼 움푹 팬 흙길을 꾹꾹 누르며 정아는 올라갔다. 그런데 뭔가 이상했다. 하룻밤 새 어딘가 달라졌다. 연탄재 틈에 파가 삐죽이 솟은 마당 안쪽에 휑하게 벌린 입이 있어, 오지 말라, 오지 말라.

"큰오빠가 부대에서 외박 나왔는데 작은오빠랑 싸워갖고."

은희가 웅얼대며 앞질러 갔다. 단칸방 미닫이문의 문살이 박살났으며 창호지가 신문지로 바뀌어 있었다.

울렁이는 문짝을 정아는 조심스레 밀어보았다. 낯선 냄새가 코끝에 스친 듯했다. 앉은뱅이책상의 하얀 보는 여전하나 가지런히 꽂혀 있어야 할 책들이 위아래와 앞뒤가 뒤죽박죽이었다. TV 다리 하나도 초록 테이프로 동여매져 있고, TV 위에 있던 종이학이 가득 담긴 유리병은 레이스 깔개에 동그란 자국만 남긴 채 사라져버렸다. 그렇게 봐서 그런지 장롱의 자개 무늬조차 어제보다 더 많이 비어 보였다.

은희의 작은오빠의 얼굴은 몰라도 좋았던 인상이 팍 구겨졌

다. 회사 다니면서 밤에는 앉은뱅이책상에 앉아 열심히 공부한
다더니. 발 흔들어 신발 내던지고 방에 들어가는 대신 정아는 툇
마루 구석의 작은 찬장 열어 유리병과 스텐 대접을 꺼냈다. 커피
병을 열어 반쯤 묻힌 밥숟가락을 빼내서 미숫가루를 여러 번 퍼
내고, 설탕이 든 마요네즈 병도 열었다. 운동장도 아니고 좁은
방 안에서 엎치락뒤치락하는 몸싸움이 떠올라 작게 몸서리쳤다.

"우리 이사 갈지도 몰라."

은희가 부엌에서 들고 나온 주전자를 대접에 기울이면서 말
했다.

"언제?"

정아의 눈길이 물 나오는 주전자 꼭지에서 은희의 코끝으로
급히 올라갔다 내려왔다.

"갈지 안 갈지 모른다고."

"복덕방에 집 안 내놨어?"

"아직."

"에게, 그래갖고 무슨?"

"오빠들이 알아서 할 거야."

그러나 은희의 어디에도, 표정, 낯빛, 목소리, 주전자를 내려
놓는 동작에도 기대는 없었다.

"있잖아, 복덕방에 살짝이 얘기해야 돼. 집 팔아주면 섭섭잖
게 해준다고."

양심상 정아는 털어놓지 않을 수 없었다. 건축가의 집을 복덕

방에 내놓고도 반년이나 집이 안 나가서 병이 난 어머니가 썼던 비방을.

아시죠? 우리 집 먼저 팔아주시면 제가 성심성의껏, 사장님이 절대 섭섭지 않게 사례해드린다는 거, 아시죠?

집장사 할 능력도 없는 '것들'이 제가끔 콧구녁만 한 땅뙈기에 용을 써봤자 태반이 경매로 넘어갔고 산 사람들도 다 매물로 내놨다는, 어머니가 집 팔고 나서 코웃음 곁들여 내뱉은 그곳의 실상은 가히 허망했다.

"그게 뭐야?"

"돈 더 준다는 거."

"그렇게까지 해서 이사 가야 돼? 난 딴 동네 가기 겁나. 여기 선 학교도 가깝고……"

은희는 입술을 부우 불고 마당에서 학교를 찾으려는 듯 두리번거렸다.

"싫으면 말고."

정아는 팩 고개를 돌렸다. 다디단 미숫가루가 흘러내려간 심장이 달콤히 안도했다.

얼마 안 남은 만화책을 마저 끝내려고 후딱후딱 넘기던 어느 저녁, 은희의 큰오빠는 커다란 발로 문턱을 넘어 들어왔다. 그는 국민학생이 성인만화책을 펴 들고 있는데도 무심히 내려다보았다. 어머니가 그 사람을 길에서 마주쳤다면 막내의 손을 채며 지나고 나서 했을 말이 정아의 귀에 쟁쟁 울렸다.

봤지? 저게 양아치야!

샘으로 내려가 세수를 하고 돌아온 그는 남자인데도 거울 앞에서 손바닥에 로션 부어 박수 두 번, 양 뺨을 치고 뒷목덜미를 때렸다. 여자 화장품과는 다른 톡 쏘는 향기가 풍겨왔다. 정아는 속으로 감탄했다. 저런 껄렁한 옷도 아무렇게나 주워 입는 게 절대 아니었다! 장롱 열어 고민 끝에 선택하여 구겨질세라 한 팔 꿰고, 무용하듯 반 바퀴 돌면서 다른 팔을. 윗단추는 세 개쯤 잠그지 않고 남겨두었다.

그의 소장품일 만화책이 한 장, 또 한 장 조심스러운 손길과 적당한 속도로 넘어갔다. 처음 보는 아저씨 옆에 배를 깔고 엎드려 있자니 정아는 조금 거북한 기분이 들지만, 은희의 큰오빠라는데 그러면 안 되지 싶었다. 그는 용케 단속에 걸리지 않은 장발을 브러시로 시원히 빗어 넘기고 두 손으로 누를 데는 누르고, 뒤로 돌아 뒷모습을 거울에 비쳐 보았다. 그래놓고 시골에서 어머니가 보내주셨다는 곡식자루들 틈을 쑤시고 들어가 부스럭거렸다.

"밥 안 먹어."

다시 나가기까지 입으로 낸 말은 그 한마디뿐이었다. 여동생의 친구라는 물체를 보긴 봤는지 의문이었다. 작은오빠는 늦게야 퇴근할 테고 저녁 먹을 큰오빠는 나갔으니 이 집에 더 있다가도 된다는 계산이 정아는 절로 되었고, 한눈팔며 넘겼던 부분을 정독하기 위해 만화책을 거꾸로 넘겼다. 그 짧은 만남의 후유

증은 컸다. 그가 군대 갔다는 말을 들은 뒤로 용감한 국군 아저씨께 위문편지를 쓸라 치면 국방색 군복이 아니라, 가슴팍이 헤벌레 벌어진 남방셔츠가 떠오르고 마는 거였다.

양아치. 은희의 큰오빠라서 두었던 유예를 완전히 철회하고 정아는 대접 겉면에 흐른 미숫가루를 씁쓸히 핥았다. 부서진 문짝을 막은 신문지와 초록 테이프도 은희 말고 다른 사람의 솜씨일 수가 없었다. 그러고 보면 집에 오는 길 내내 은희는 말이 없었다. 학교에서는? 조금 시무룩했던 같기도 하고 평소에도 그 정도였던 것 같기도 했다. 걸어서 50분, 은희가 안 나와도 궁금해할 급우 없을 학교는 사실 가깝지도 않았다.

뜨끈한 아랫목에서 고스톱의 신천지가 열렸다. 점수 차에 따라 손목 때리기는 결코 놀이의 수준이 아니었다. 은희야 누구에게나 때리는 시늉만 했고 나머지 셋도 은희에게는 그랬다. 그러나 셋끼리는—샘가에서 정아를 걷어찼던 윗집 성준, 그 애의 깡마른 누나 성미, 성준에게 걷어차였던 정아—혈투가 벌어졌다. 성미와 성준은 몸을 젖히며 팔을 뒤로 기울였다가 체중을 온통 실어 내려치고도, 상대의 손목에 마지막 힘까지 전달하기 위해 검지와 중지를 붙인 채로 바르르 떨었다. 한 대만 맞아도 전기 오른 듯 머리끝까지 찌릿하고 손목에 선명한 자국이 남았다. 둘은 자기들끼리도 이를 악물고 달려들어, 남매간에 그런 원수가 없었다.

정아는 둘의 자세를 단계별로 따라 하면서 혼신을 더해보지만, 따악! 하는 차진 소리가 나지 않았다. 제 손가락만 부러질 것 같았다. 둘은 팔뚝을 싱겁게 내민 채 남은 손으로 화투를 섞어 약을 올리는데, 정아는 신참 끗발이 다한 후로 영 신통찮았다.

"그만해. 너네들 집에 가!"

은희가 군용 담요를 뒤집어 화투판을 덮어버렸다. 이 상황에서 윗집 남매는 서로 눈짓조차 없이 합치했다. 무릎걸음으로 슬슬 물러나긴 하는데 엉덩이는 낮추어 사타구니를 방바닥에 찰싹 붙이고, 어깨가 어느 쪽으로 틀리든 눈만은 정아의 눈에서 떼지 않았다. 네 개의 눈이 파랬다.

"때려."

자존심 때문에 정아는 손목을 내밀었다. 피박마저 써서 맞아야 할 대수가 자그마치 스물두 대였다. 성미가 머뭇대는 체하며 다가들었다.

"여있어. 내가 대신 맞으면 되잖아. 애는 몸이 약해서 안 된다니까!"

은희가 제 오른손을 젖혀 성미에게 들이댔다. 네 개의 파란 눈빛이 그쪽으로 가는 둥 마는 둥 돌아왔다.

"아니야, 이건 아니야."

은희가 고개를 천천히 젓고 눈을 꼭 감았다. 속눈썹 사이에서 눈물이 솟아나 마치 당겨진 듯 주룩 늘어났다.

따악! 어머!

성미의 손이 위에서 아래로 내리꽂혀 따악! 소리 날 때마다 은희는 제가 맞는 듯이 흠칫하며 어머! 했다.

따악! 어머!

입으로 슷슷 하면서 몸을 비비 꼬는 정아의 마음 한켠에서 누군가 은희를 놀랍게 바라보았다. 그 누군가는 은희한테 정신이 팔려서 손목이 아픈 줄도 몰랐다. 금세 다래끼가 난 듯 부어오른 은희의 눈두덩, 방금 손등이 씻고 간 눈가에 다시 번지는 눈물, 벌름거리는 콧구멍에서 인중의 솜털을 적셔 내리는 콧물을 홀린 듯이 바라보았다.

따악! 어머!

잊지 않을 거야.

따악! 어머!

내후년에 은희랑 중학교가 갈려도. 어른이 돼도.

마음 한켠의 누군가인지 몸이 비비 틀리는 자기인지, 어느 쪽의 말인지 알 수 없었다.

따악! 어머!

둘은 이중창했다.

동해물과 백두산이 마르고 닳도록.

6

그는 방바닥에서 귀를 뗐다. 구들 밑 지하실의 동쪽 벽이 무너져 내렸다. 부서진 벽면이 바닥에 떨어지는 둔중한 충격음 속의 금속성 소음은 벽에 기대 있던 철제 사다리일 것이다.

그극, 문틀과 어긋난 지하실 문을 받친 벽돌이 밀렸다. 방금 전 그 요란을 떤 주제에 찔끔해서 부동의 묵음.

이윽고 발기척이 나지 않게 뒤축으로부터 앞축으로 체중을 옮기는 교묘한 보법으로 침입자는 지하실 계단을 올라왔다.

방 안의 어둠 속에 웅크린 채로 그는 벽을 투시할 필요도 없이 보았다.

침입자의 얼굴은 연탄처럼 검은데, 두 눈만은 남조선 파괴와 살육의 욕망으로 새빨갛게 충혈되어 있었다.

침입자는 샛노란 얼굴이기도 했다. 눈은 세로로 길쭉한 두 개의 검정 타원이고 입은 스마일로 찢어진 한 줄의 선이며, 양쪽 입가에 짤막한 보조개마저 달려 있었다.

그는 요 밑에 손을 넣어보았다. 잠자는 여동생의 체온으로 방바닥이 미미하게 데워져 있었다. 여동생에게 이불을 여며주고 그는 방을 나와 방문을 지그시 눌러 닫았다. 베란다 창밖 밤하늘에 흐릿한 별들이 덜 풀린 세제처럼 맴을 돌고 있었다.

침입자는 도무지 익숙해지지 않는 그 얼굴일 수도 있었다. 모든 기념물의 목 위를 하루아침에 다 날려버리고 새로 들어선, 잔뜩 굳은 얼굴. 기념물의 원래 얼굴이 예전에 그랬듯이 이번에 새 얼굴도 사회 곳곳에 뿌리내린 거대한 간첩망을 적발하여 격멸하였다. 예전 얼굴처럼 새 얼굴도 그에 그치지 않고, 조국과 민족의 운명을 자신이 짊어지겠다는 구국의 영단을 내렸음은 물론이었다. 정의로운 사회 구현은 그가 스스로 추가한 가혹한 채찍질이었다.

예전에는 정의롭지 않은 게 하나라도 있었다는 말인가? 그럼 왜 그때는 그런 말을 하지 않았나?

그는 부엌 뒷문을 마주하여 야구방망이를 치켜들고 자세를 낮추었다.

똑똑, 숨죽인 노크 소리에 덜덜 떨리던 야구방망이가 꾸벅 절했다. 하마터면 떨어뜨릴 뻔했다. 침입자의 노크란 어느 가능성에도 없던 것이었다. 똑똑똑, 똑똑.

"불 꺼요!"

제 힘으로 침입하지 못하는 문밖의 침입자는, 부엌 형광등이 켜지려고 깜박이자 낮게 으르렁댔다.

역사적으로 돌이켜보건대, 총력전 혹은 전면전이 요구되는 국면에서 소극적 대기론에 빠져 반변혁 세력을 도리어 강고화시키는 악순환이 반복되고 있다. 특히 최근 극우 군벌의 내분이라는 사반세기 만의 호기에 대중의 잠재 역량을 과소평가하여 철수함으로써 군부독재 재구축의 음모를 분쇄하는 데 실패한 통한의 경험을 결코 잊어서는 안 될 것이다. 대중의 의식 수준을 낮게 설정하고 저순위의 투쟁을 답습하면서 기다린다는 것은 대중의 정치적 자주성을 무시한 주관적 대중관이며, 기회주의적 오류라 하지 않을 수 없다.

우리 공사의 성패는 광범한 대중의 지지를 최대한 전취하고 그들의 역할을 최대한 높이는 데 달려 있다. 그런데 이는 대중 스스로의 투쟁 과정을 통할 때만이 비약적으로 발전할 수 있는 것이다. 해마다 가중되는 착취와 억압으로 대중의 자연발생적인 생존권(쟁취) 투쟁이 빈발할 객관적 조건이 이미 형성되어 있다. 대중의 자주성을 옹호하고 무궁무진한 창조력을 발양시키는 것이 현단계 우리의 당면 과제이며, 작업 방식에 대한 냉철한 판단과 인식이 요구된다.

"문제가 있어, 문제가."

언제, 어디서 시작되었는지 모를 침묵이 번져와서 그룹*을 마비시킨 지 몇 분 후에 박기영이 중얼거렸다. 이영희와 최인수는 대꾸로 입술을 달싹일 수조차 없었다.

　머리 위 지반과 그 위 지상의 무게가 서서히 짓눌러왔다. 정수리로부터 갱도 천장까지의 간격과 공기는 아무런 기능도 하지 못했다. 온몸이 눌리고 죄였다. 차라리 작업할 때가 나았다. 가만히 있으면 자신이 지하 깊은 곳에 있음이 새삼 의식되어 때로 호흡이 곤란해지기까지 했다.

　지상은 무거웠다. 근로 대중은 사지를 기계에 먹이면서 최단 기간에 최고 속도로 초과 달성의 생산 물량과 시공 실적을 한반도 남쪽에 비좁고도 드높게 쌓아놓았다.

　지상의 피땀을 독식하여 비대해질 대로 비대해진 불의는 지하로 스며들었다. 그리고 공포로 전화되었다. 공포는 쇠공으로 압축되어 굴러온다. 1.5m×2m 사각의 갱도를 강철의 구가 물리법칙을 초월하여 사람은커녕 개미 한 마리 빠져나갈 틈도 없이 꽉 채운 채, 자기만이 원활하게 굴러서 급속도로 다가온다. 암석 파편과 토사가 수북한 외발수레들을 깡통처럼 뭉개고, 그룹의 역군들을 뭉개고, 그들의 난제였던 막다른 암벽으로.

　아마 작업 계획의 수정일 것이다. 지휘 본부는 장차 돌이킬 수 없는 오류로 비화될 소지를 발견했으며 개선 방안을 강구했을

---

* 조직의 하부 단위.

것이다. 그럴 경우 그룹의 지난했던 작업은 착오로 판명되겠으나 역량을 확인하는 일정 성과를 남길 것이다. 그리고 이후의 질적 전환을 위한 정신적 토대로 작용할 것이다.

언제, 어디서부터인지 모르게 침묵이 풀리고 갱도가 다시 꾸르륵대었다. 그룹 같은 최하부로서는 전체적인 규모나 설계를 알 수 없고 알아서도 안 될, 지하에 무수히 얽히고설킨 갱도들에서 작업을 재가동하는 소음이 분분이 울려왔다. 작업 속도가 어그러져 발생했던 정체가 해소되었다.

연장의 합창, 그 연장을 손에 쥔 맨 팔뚝의 인간들의 합창이었다. 작업이란 작업하는 것만큼이나 인간의 목적의식적 실천 활동을 열악한 도구가 받쳐주지 못하는 현실적 한계를 인내하는 것이다.

'한계'는 오직 당시 준비된 주체적 역량으로써 당시 형성되어 있는 객관적 조건하에서의 가장 올바른 방침을 지속적으로 설정하고, 당시 준비된 모든 주체적 역량을 총동원하여 실천 활동을 수행하는 가운데, 주체적 역량이 성장·강화됨으로써 돌파될 수 있을 따름이다.

소화기관 안의 영양분 입자처럼, 혈관 속 피톨들처럼 질서 있게 움직이고 있을 모든 역군들에게 최인수는 무한한 애정을 느꼈다. 누군가는 반드시 있어야만 할 자리에 자신이 있다는 순결한 기쁨을 느꼈다. 그는 한 인간이 다다를 수 있는 최대치, 만인을 위한 공사의 일원이 되었다. 다른 입자들과 다르지 않은 하나의 입자, 다른 피톨들처럼 선의와 성실로 뭉친 하나의 피톨로서 충만하였다. 개인적 이기심과 성취욕이라는 역사 이래의 고질병에서 그는 마침내 해방되었다.

저기, 연계 그룹의 또 하나의 최인수가, 또 하나의 박기영이나 이영희라 해도 상관없지만, 바퀴가 성치 않은 빈 외발수레를 밀고 온다.

끼익 끼끼끽 끼익끼익……

우리의 공사는 대중의 자주적인 지향과 요구를 옹호하고 실현하기 위한 실천 활동이다. 이 대중의 '지향'과 '요구'란 현단계에서 자주성에 대한 대중의 요구와 지향이다. 그러므로 대중의 지향과 요구에 기초하여 공사의 전략과 전술을 세워야 하며, 이에 따라 전략과 전술의 과학성과 변혁성이 규정될 것이다. 지금 당장 바로잡아 나갈 수 있는 것은 무엇이며 앞으로 바로잡아 나가야만 하는 것은 무엇인지를 바르게 밝혀내어, 이후 실천 활동의 방침을 옳게 세워 나가야 한다.

"이쪽을 쳐다보지 말아줘."

박기영이 쭈뼛대며 말했다. 곧 똥 냄새가 진동해서 다른 둘은 작업을 멈추고 숨을 참아야 했다.

등뒤에서 종이 찢어지는 소리가 났다. 설마 페이퍼*의 표지가 똥닦개로 쓰일 리는 없건만, 아무래도 그런 것 같았다.

---

* 교육 문건.

"뭐하는 거예요?"

이영희가 물었다. 입김을 위로 쏘아 앞머리를 날리는 항의의 몸짓이 동반되었다.

"그럼 어떡하냐? 급한걸."

"아니, 그걸 왜 그리로 떠 가요?"

제가 눈 똥을 삽으로 떠서 외발수레의 흙무더기에 기어이 묻어버린 박기영은 답했다.

"비효율적이야."

멀고 먼 간이 변소까지 다녀온다는 것은 과연 비효율적이었다. 그런데 그보다 더욱 비효율적인 것은 변소 옆의 식수대이고, 사이즈가 맞지 않는 작업복과 작업화이며, 또 연탄가스가 가득 찬 민가의 지하실로 뚫린 환기구 등등 수두룩했다. 민주주의를 건설할 다른 방법이 단 하나라도 있었다면 그걸 했을 텐데, 하필 그렇지가 않아서 박기영이 하고많은 재주를 지하에서 썩히고 있음은 전체적 견지에서 안타까운 손실이었다.

이영희는 잠자코 외발수레에 흙을 한 삽 더 얹었다. 그리고 삽을 내려놓고 돌멩이를 집어 꽃을 그렸다. 똥 담긴 외발수레를 밀고 갈 연계 그룹의 역군을 위한 꽃이었다.

"미안하잖아."

이영희가 눈을 마주치며 동의를 구해 최인수는 비죽 웃어주었다.

그런데 이영희는 그림의 중심부에 꽃밥으로 점을 찍더니, 다섯 장의 꽃잎 바깥으로 또 한 겹의 꽃잎들을 그려나갔다. 본격적으로 열중하여 두 겹, 세 겹…… 간이 변소에 다녀오는 것만큼은 아니더라도 시간이 가고, 쑥스러운 미소를 떠올렸던 박기영의 입은 처져 내렸다. 최인수는 이 둘과 생사를 함께해야 할 운명이었다. 이 둘이 그에게는 오르그* 자체였다.

보안상의 이유로 다른 그룹과의 접촉은 최소한도로 제한되었다. 얼마 전에도 지상에 엄폐된 토사 유출구가 발각되어 막대한 희생과 심각한 역량 파괴를 당한 바 있었다. 역시 보안상의 이유로 두 소속원은 서로에 대해 어떠한 정보도 갖고 있지 않았고, 자신들이 모르는 새 엄격한 선발 과정이 있었음도 그룹에 소속된 후에 피오** 의 암시로 알게 되었다.

반동 세력과의 일대 회전을 목전에 둔 상황에서 피오 박기영은 작업 후에 다시 알피*** 에 돌입했다.

"질문 있습니까?"

표지 없는 페이퍼의 오늘 치 학습 지면을 펼쳐 들고 눈에서 영롱한 광채를 뿜어냈다.

"없습니다."

이영희와 부딪쳐가며 졸면서 최인수는 소년처럼 동안인 박기영의 정신력에 거듭 굴복했다.

---

* org, 조직.
** 실천단위의 대표.
*** 조직원 재생산, 즉 교육.

신념은 과학성에 근거한다. 개체적/집단적 의식에 관계없이 (사회)경제는 객관적 합법칙성에 따르며, 설사 천재지변이 일어난다 하더라도 시기만 다소 조정될 뿐이다.

졸음의 안개 속에서 박기영의 목소리로 제시되는 근미래, 오르그의 목표가 '제 단계를 압축'한 일정에 따라 표면상 기적적이지만 실은 '필연적'으로 달성되어 개인적 선택의 여지가 발생하는 그 시기가, 아직은 상상되지 않았다.

이러한 **필연적** 전이는 앞서 지적하였듯이 지도 핵심과 **광범위한 대중 조직**을 필요충분조건으로 한다. 전체 국민 대중에게 반변혁 세력의 음모를 폭로하여 대중을 그들로부터 **분기**시키는 것이 절체절명의 과제라 할 수 있겠다. 패배주의를 떨치고 **선도투쟁**을 벌임으로써만이 변혁 역량의 압도적 우세를 결정적으로 확보할 수 있을 것이다.

자정에 임박해서 알피는 불가피하게 종료되었다. 지상이 야간 통행금지로 조용해져서 지하의 소음이 노출될 우려가 있다는 이유로, 공식적인 휴식과 취침의 필요성이 전 갱도에 관철되었다. 묵직한 한숨과 하품이 지하에 감돌았다.

눕자마자 최인수는 의사에 반해 또르르, 본명 이민철로 굴러떨어졌다. 인간의 주동적인 작용과 역할에 의해 발생·발전하는 사회운동 차원에서 물질들이 상호작용하는 자연운동 차원으로 저하되었다.

갱구로 비쳐드는 불침번의 흐릿한 불빛에 울퉁불퉁한 벽면이 반응하기 시작했다. 함몰은 그늘로 더욱 깊어지고 돌출은 반짝이며 더욱 두드러져 제멋대로 연결되더니, 죄다 나체의 남녀들이 되어버렸다. 몸과 자세는 정교하고도 노골적인 반면 목 위의 얼굴은 아예 없든지 있어도 뭉툭했다. 각각이 누구인가는 중요하지 않아서 얼굴을 과감히 버려버리고, 전원 합일로 오로지 행위하는 중이었다. 최인수는 이민철에게 잠복한 욕구를 저주했고, 엎드려 뻣뻣하게 힘을 주면서 그것에 저항했고, 예외 없이 패배했다.

여엉자야 내해 딸년아
몸 성히성히성히 성히성히성히성히
성히성히성히성히 성히성히성히성히

대책 없이 늘어졌다. 최인수는 일어나 보이지 않는 때밀이 수건을 왼쪽 어깨로부터 오른쪽 옆구리에 걸쳐 등짝을 쓱싹쓱싹, 방향을 바꾸어 쓱싹쓱싹, 엉거주춤 사타구니 사이로 넣어서 앞뒤로 밀고 당기며 악썼다.

오늘도 내일도 펄펄 끓는 목욕탕에서 오늘도 내일도 좆나게 때만 밉니다

앵콜앵콜앵콜. 환송식의 주인공 김철수는 연호하면서 오른손의 악력기를 왼손으로 옮겨 손 운동을 이어갔다.

당신이 쪼까 나를 사랑해주실 량이면 립스틱이노 사아주세요

이영희는 자신과 가장 먼 노래를 평소의 자신과 가장 다른 간

드러진 방식으로 불렀다.

바나나노 너무나 비싸다 내 이것이 어떠냐 싫어싫어요

음색을 바꿔가며 혼자 듀엣을 오갔다.

앵콜앵콜앵콜.

손목은 돼도 손목은 돼도 입술만은 안 돼요 아무리 매달려도 그것만은 안 돼요

선배 김철수에 대한 존경의 염으로 박기영도 자신과 가장 먼 노래를 동원했다. 입술은 돼도, 젖가슴은 돼도…… 이영희는 여자이기 이전에 역군으로서 분위기 진작을 위해 더욱 희화적으로, 최인수도 그 퇴폐성을 정확히 인식하고 있기 때문에 더욱 퇴폐적으로 합창했다.

지긋지긋하게 반복되었다. 재미있어 하는 사람은 후배들의 노력에 감동한 김철수뿐으로, 악력 운동으로 박자를 맞추었다. 새 나온 정보로는 개천에서 날아오른 용, 아마도 무너진 집안을 다시 일으켜 세울 유일한 희망, 어머니에게 집을 지어드리기 위해 가장 큰 집부터 먼저 지어야 하는 어쩌면 외아들.

한 사람도 좋고 두 사람도 좋고 아무라도 다 좋아요

김철수는 가서, 강화한 악력으로 민주주의를 수호하고 오르그를 보호해야 했다. 그는 역사의 부름을 받았다.

앵콜앵콜앵콜.

알 수 없는 불안감에 이민철은, 아니 최인수는 눈을 떴다. 흐릿한 불빛 아래 널브러진 가명의 동지들이 마치 시체처럼 보였

다. 그의 잠을 방해한 것은 발치의 벽이었다. 밤마다 벽면에 떠오르던 춘화가 급기야 통째로 합쳐져서 커다란 얼굴이 되어, 이제껏 개개의 형상들이 목 위가 생략된 탓에 보여줄 수 없었던 오르가슴의 총합을 표현하고 있었다. 그것은 처절했다.

최인수는 눈을 질끈 감았다가 바로 떴다. 속눈썹에 가려지려는 찰나 얼굴이 달리 보였기 때문이다. 곡괭이와 정이 함부로 치고 쑤신 자국에 담긴 것은 극도의 환희라기보다 고통이었다. 모진 고문이나 악랄한 형틀에 죽어가는 얼굴이었다. 소름이 끼쳤다.

울어서 부은 것처럼 눈덩이가 두둑한데 눈꼬리는 야릇하게 치켜올라갔고, 헐겁게 다물린 입술도 양 끄트머리에는 깊이 힘주고 있었으며, 관자놀이는 우묵 패여 있었다. 곰보인가 하면 여드름 범벅으로도 보였다. 날붙이로 된통 콧등을 까인 듯 코가 뭉툭하고 눈썹과 눈 사이는 확실히 너무 멀고, 턱은 기형적으로 짧았다. 천박하고 잔인하고, 어찌 보면 초연했다. 소년 같고, 아주머니 같았다.

누군가를 사랑했고 그의 나약함과 변덕, 배신까지도 사랑했고, 그가 능욕당하고 살해되는 것을 보았으며, 그럼으로써 자신의 죽음을 배운 자.

누군가가 그를 사랑했고 그 때문에 가슴에서 피를 쏟았고, 그를 구원하기 위해 신이 되고 싶었고, 어느 순간 신이 되어 그를 죽지 않게, 영원히 살게끔 한 자.

철제 셔터처럼 내리 닫히는 눈꺼풀을 비집고 최인수는 안 된다고, 좀 있으면 개시될 갱도 확장 작업에 저 얼굴만큼은 지워지면 안 된다고, 나오지 않는 목소리로 외쳤다.

그러나 동지들이 부스럭대는 통에 깼을 때, 담요를 개켜놓고 주전자 들고 식수대로 달려갔다.

7

"일어나, 일어나봐."

천장의 형광등을 가린 어머니의 컴컴한 얼굴이 보였다. 이불을 끌어 올리자 뭔가 들이닥치고 통닭 냄새가 확 끼쳤다.

"영양 통닭 못 먹겠네?"

영, 양, 통, 닭, 못, 먹, 겠, 네?

"어?"

정아는 일어나 앉았다. 뺨이 빨갛게 언 어머니는 아끼는 순모 스웨터의 소매를 주저없이 걷어 올렸다.

종이봉투에서 큼지막한 은 덩어리가 나와 도로 수습되기 불가능하도록 은박지 포장이 갈기갈기 찢겼다. 잔해 위에 군림한 전기구이 통닭을 딸이 쳐다보면서 조바심 내게끔 어머니는 뜸을 들이려 했으나, 자신이 참지 못하고 뒷다리 한 짝을 북 뜯어버렸고, 따라서 소금에 살짝 찍어 다른 손으로 받쳐서 딸의 입으로 얼른 날랐다.

"맛있다!"

언젠가 아버지가 술김에 사 들고 왔을 때는 미지근했는데, 오늘은 날이 추운 탓인지 식어서 차가웠다.

"맛있지!"

어머니는 두 눈썹을 치켜올리고 웃음 지었다.

"엄마는?"

"응."

어머니는 닭 갈비뼈에 붙은 가느다란 살 한 점 떼어 건성으로 씹으면서 통닭의 다른 다리 한 짝을 들고 기다렸다. 닭다리 두 짝을 막내가 다 먹는 초유의 사태가 벌어지려 했다.

"나 잠잘 자리에 많이 먹으면 안 되지?"

안, 되, 지, 이? 몇 살은 되돌아간 듯 귀엽게 굴기가 고역이었다.

"무랑 먹으면 괜찮아."

어머니는 초절임 깍두기 한 조각을 손가락으로 집어 입에 넣어주고 또 하나 집어 들었다. 부처님의 손처럼 동그랗게 모은 엄지와 검지에 깍두기, 다른 손에는 닭다리, 눈은 딸의 입에 고정되어 있었다. 아버지가 사 온 닭은 어머니가 바삐 뜯어도 자식 셋이 먹어치우는 속도를 못 따라왔건만, 어머니의 닭은 자식 쪽이 늦어도 너무 늦었다.

자식 셋이 손가락에 묻은 닭기름까지 쪽쪽 빨던 한옥집, 이웃에서 제사떡이라도 돌릴라치면 어머니는 웃으며 받아 마루에 내팽개쳐두곤 했다. 우상 숭배의 음식을 껄떡대는 자를 적발하기 위해서였다. 세 남매는 앞만 쳐다보면서 떡을 빙 돌아다녔다. 정훈계의 기회를 잡지 못한 어머니는 "먹을래? 먹고 싶어?" 낚시질까지 했고, "갖다 버려요! 줘도 안 먹어!" 언니는 히스테리를 부렸다. 어머니는 역겨운 표정으로 떡 위에 십자가를 그은 다음 접시를 세게 미끄러뜨렸으며, 접시는 마루널의 굴곡을 꺼떡대며 타넘어왔다.

그럼 어쩌나. 애들 입이 새 새끼처럼 짝짝 벌어지는데.

그래놓고 전화로 이모에게 하던 살 떨리는 거짓말. 며느리가 심지가 굳기 전 새색시 시절에 고분고분 차렸던 제사상에도 은밀히 십자가 처방이 행해졌음을, 할머니는 아직도 모를 거였다.

"체하면 어떡하지?"

"먹고 소화제 먹으면 돼."

방구석에 밀쳐진 어머니의 외투는 뒷자락이 버스 좌석에 오래 눌려 심하게 구겨져 있었다. 웃으면서 왜 자꾸 눈썹은 치켜올리는지.

'현대운수통운'의 추계 야유회에 딸이 새 구두 신고 따라갔더니, 어머니는 무려 그 회사의 이사였다. 문 이사님. 나온다, 나온다 하면서 나오지 않는 무슨 허가라는 것 때문에 야유회에서는 싸움이 났고, 문 이사는 바바리코트 자락을 배 앞에 끌어 모

으고 쪼그려 앉아 마스카라가 지저분한 김 이사와 대책 회의 중
이었다.

주여, 이것이 당신의 뜻이오니까. 건축가의 집을 사기 전에 어
머니가 하나님께 물었을 때 가슴이 찌르르했던 신비로운 느낌은
축복이 아니었다. 경고였다. 그 경고를 듣지 않고 계약서를 썼으
므로 건축가의 집은 징벌이었다. 그 전에 가정에 무관심한 남자
와 결혼한 것부터 징벌, 자식 셋도 징벌, 징벌, 징벌.

배가 싸해서 정아는 깼다. 눈을 뜨나 감으나 마찬가지인 어둠
속에 닭고기 냄새가 여전히 진했다. 온 국민이 곤히 잠든 일요일
새벽 4시에 터진 6·25. 짐을 이고 지고 소달구지에 자식을 실은
피난민들은 동작이 짧은 간격으로 끊겨 솔직히 우스꽝스러웠다.
그런데 길가에 시체들이 아무렇게나 널부러져 있고 그중에는 허
리부터 위로는 없고 아래만 남은 반쪽 시체도 있었다. 그 하반신
시체의 가랑이에는 털이 세모꼴로 수북했다. 뒷물을 하고 생리
대도 찼을 음부가 꽁꽁 싸매주고 신경질을 내기도 하던 허리 위
를 잃고, 대낮에 길가에 전시되어 있었다. 게다가 우스꽝스럽게
밀려가는 피난민들은 누구 하나 그 음부에 눈길을 주지 않았다.
시청각실에서 검은 커튼을 치고 본, 포성 때문에 나와서도 귀가
얼얼하던 다큐멘터리에서 그 장면이 제일 무서웠다. 밤에 눈만
떠지면 제꺽 재상영되었다.

"미친년!"

저도 모르게 독살스럽게 중얼거리고 소스라쳤다. 어머니의 낮

은 코골이가 변함없다고 안도하는 순간, 쫙 갈라진 반금련의 배가 떠올랐다. 아무리 가냘픈 여인일지라도 뱃살은 몇 겹이었다. 성인 만화책의 한 칸에 가득 확대된 절개 부위는 돼지 삼겹살과 다르지 않았다. 반금련의 비명은 고아원 여고생이 양아치들한테 산으로 끌려간 얘기를 전하던 목수 아저씨의 목청 억누른 가성으로 울렸다.

사람 살려요! 사람 살려요!

나뭇가지에 걸린 창자, 알몸으로 서커스같이 포개지고 꼬인 남녀, 죄인을 삶는 가마솥. 또 국방색 담요 위에 널린 알록달록한 화투장, 부서진 문짝을 밀자 코끝에 스치던 폭력의 냄새…… 정아는 이불을 덮어쓰고 옆으로 웅크려 치를 떨었다. 머릿속이 더럽고 끔찍한 것들로 가득 차 있었다. 가장 끔찍한 것은 쿰쿰한 도랑가에서 목매달려 죽어가는 개를 호기심으로 지켜보던 자신이었다. 올가미를 걸기 위해 문틀에 못을 박는 데 썼을 망치로 아저씨가 개의 머리를 톡 치면, 올가미로 목매달린 개는 네 발을 발발 떨며 왼쪽으로 돌았다. 다시 톡 치면 오른쪽으로 돌았다. 왼쪽으로, 오른쪽으로.

판자촌 사람들은 이사 가면서 개를 버리고 가든지 이사 가기 전에 잡아먹고 갔다. 주인에게 버려져 넝마를 뒤집어쓴 듯한 꼴로 쓰레기를 뒤지는 것도 괴롭겠지만, 아직은 깨끗한 상태로 주인에게 죽는 것 또한 결코 나아 보이지 않았다. 왼쪽으로, 오른쪽으로.

뺨이 허옇게 튼 꼬마들 틈에서, 입술을 불퉁하게 내민 은희 옆에서, 자신은 인상을 잔뜩 쓰고 있었다. 여자애가 그런 걸 구경한다고 누가 욕할까 봐 차마 못 보겠는데 어쩔 수 없이 본다는 표시를 잔뜩 내면서, 하얀 개의 떨리는 눈꺼풀과 이빨 새로 비어져 나온 혀에서 끝끝내 눈을 떼지 않았다. 발랑 까지고 피도 눈물도 없고, 비뚤어질 대로 비뚤어진 계집애! 미친년!

휴전선을 지키는 국군 아저씨들 중에 하나가 깜빡 조는데 그 옆의 아저씨도 우연히 같이 깜빡하고, 그 옆의 아저씨도, 또 그 옆의 아저씨도…… 휴전선의 모든 국군 아저씨들이 동시에, 일제히 깜빡 졸 가능성은 없을까? 담임 선생님은 어떤 사고이건 확률이 제로인 법은 없다고 했다. 호시탐탐 노리던 북괴는 그 1초를 놓치지 않고 쳐들어올 것이다. 북괴는 총화단결의 안보 전선에서 단 한 명이 잠깐 딴생각할지라도 그 생각을 파고들어 사주하고 조종하여, 국론을 분열시키고 경제 성장을 좌초시킨다.

월남이 패망하고 캄보디아가 크메르 루즈한테 점령당하고, 라오스도 적화되었다. 아시아 대륙의 지도가 시뻘겋게 물들고 있다. 한반도의 전쟁 발발 가능성이 가장 높은 해는 바로 내년이다. 『뉴욕타임스』가 대통령의 말씀을 전 세계에 보도했다. 북괴가 부화뇌동하여 선제공격할 것이다. 5년 안에 대한민국의 자주 국방이 달성되겠으나, 안타깝게도 내년은 한 달밖에 남지 않았다. 전쟁은 내년, 또는 그 전에라도 국토방위에 물 샐 틈만 한 균열이 생기는 찰나에 터진다. 휴전선을 지키는 국군 아저씨들이 한꺼번에 깜빡 졸지도 모를 1초를, 정아는 깨어 지켰다. 북괴의 첩보대는 감지할 것이다. 저기 잠들지 않은 대한민국의 국민이 하나 있다!

후욱, 두꺼운 이불 속에서 내뿜는 제 숨결이 탁했다. 방바닥이 절절 끓어 내복이 땀에 젖었다. 복통은 아랫배로 몰려가고 잠은 위로부터 밀려 내려왔다. 그런데 국군 아저씨들이 깜빡 졸지도 모를 그 1초는 방금 지나간 1초가 아니라 지금의 1초일 수 있었다. 정아는 다시 지금의 1초를 지켰다. 또 지금의 1초, 1초, 1초…… 옆에 잠든 어머니와 시내 어딘가에서 잠들어 있을 언니, 오빠를, 은희네 집에 다닌 뒤로 한 번도 가보지 못한 쎈을, 술에 취해 읽지도 못할 일본어 책을 머리맡에 두었을 아버지도 살리기 위해 정아는 지금의 이 1초를 홀로 지켰다. 범국민의 정신 혁명에서 탈락했을지라도, 아니 그러므로 더욱더 이 1초만은 지켰다. 또 1초, 1초, 1초……

교실이 잠잠해졌다. 아이들이 몇몇씩 둘러서거나 모여 앉아 빈자리가 많아 보였다. 유경이네 4인조 전원이 책상에 엎어져 있었다. 파리하게 질린 은희가 고개를 숙였다. 정아는 문 닫고 뻣뻣하게 제자리로 걸어갔다. 침묵 속에 수많은 시선이 따라왔다. 정아는 걸상을 조용히 빼내 책가방 걸어놓고, 앉아서 앞으로 조금 당겼다. 수군거림이 차차 높아졌다. 수진이는 연필 세워 자습 중이었다.

담임 선생님은 아침부터 4인조가 울고 짜도 또 사소한 다툼이려니 하는 듯했다. 어쨌거나 우울해 보였다. 오늘따라 말이 느리고 말끝을 거의 삼켰으며, 다음 말을 시작하기 전에 칠판을 오래 닦았다. 여섯이나 된다는 동생들한테 또 돈 들 일이 생겼는지도 몰랐다.

수진이로부터 쪽지가, 보란듯이 여러 손을 휜 공처럼 통통 거쳐 왔다.

"미안해. 그런데 나는 경순이한테만 얘기했어. 딴 애들한테는 내가 말한 거 아냐. 너도 은희한테 얘기했잖아. 하여튼 미안해."

점심시간에 화장실 뒤에서 만나도 수진이는 덤덤했다.

"경순이 개도 짝한테만 얘기했대. 네가 은희한테……"

"은희는 은희고, 너랑 나랑 한 맹세는 맹세지!"

"그러니까 미안하다잖아! 도대체 몇 번이나 사과해야 돼?"

수진이는 제가 오히려 검은 테 안경을 통해 노려보다 가버렸다. 혼자 남겨진 정아는 점심시간이 끝날 때까지 그 자리에 서 있었다.

목요일마다 으슥한 시간에 집 근처에 나타나는 담임을 정아는 저번 주에도 보았다. 담임은 유경이네 4인조의 멤버인 혜린이의 집으로, 대문의 일부만 열리는 낮은 쪽문에 머리 높이도 맞출 겸, 안에서 문을 열어준 이에게 굽신 절하며 들어갔다. 집장사가 한꺼번에 지은 이 동네 집들은 자로 대고 죽죽 그은 듯 다 똑같이 생겼고 구조도 같아서, 담에 붙어 서니 자기에게는 셋방인 혜린이의 공부방에서 주고받는 말소리가 알아먹고도 남을 만치 들렸다.

"자, 오늘은 우리 혜린이부터 읽어볼까?"

선생님은 교실에서와 영판 달랐다.

"그런데, 학교에는 가끔 러시아 감독관이 감독을 하러 왔다. 만일 틀리기라도 하…… 교장 선생님과 폴란드말을, 왜 이래애? 포올란드말을 가르치는 선생님들은 시이베리아로 귀향을…… 했, 기, 때문에 다시는 코, 코국에……"

쌍꺼풀 수술이 풀려 눈꺼풀에 콕 집힌 자국만 있는 혜린이는 뭐가 우스운지 키득거리느라 국어 책을 읽어나가지 못했다. 유경이를 비롯한 다른 아이들도 어떻게 좀 웃겨볼까만 하지, 선생님은 껄껄대지, 과외는 개판이었다.

수진이는 아무한테도 말 안 하기로 목숨 걸고 맹세했다. 정아는 제가 알아낸 비밀을 은희에게 속닥이기도 전의 순수한 상태로 그 애한테 먼저 갖다 바쳤다. '카펜터스' 같은 미국 가수도 아는 그 애하고 친해지고 싶었다. 4인조에게 억울하게 밀리는 비슷한 처지라고도 생각했다. 하지만 아니었다. 1등부터 4등까지 줄줄이 4인조, 다음이 수진이거나 경순이, 그리고 자기가 따라붙든지 처지든지 했다. 수진이가 항상 앞이었다.

5교시, 선생님은 수업을 하면서도 주로 천장을 쳐다보았다. 비로소 사태를 파악하고 밀고자가 보기 싫어서 그런 건지, 또는 그저 수업하기 싫어서 그런 건지 아리송했다. 책상에 엎어져 있기 지겨워 고개 든 4인조가 점심시간에 선생님께 이르지 않았다면, 방과 후에 자세히 이르려고 벼르고 있을 거였다. 교실 한가운데 조개탄 난로가 뒤늦게 달아오르건만 정아에게는 북극이었다. 가슴속에 눈보라 치고 손이 벌벌 떨렸다. 천연덕스럽게 꼿꼿한 수진이의 뒤통수에 대고 교통사고나나라교통사고나나라.

"얘들이 벌써 다 알고 있었어. 나는 그냥…… 나도 너한테 들었다고 그랬어. 네가 수진이한테 얘기했다던데?"

은희는 단둘만의 비밀이 아니었음에 대한 불만으로 눈길을 들었다가 갈팡질팡하며 우물댔다.

"수진이가 너한테 들었으니까 나도 들었다고, 나도 너한테……"

"걔만 그런 얘기 하는 거하고 너까지 나서는 거하고 같아? 너는 제2의 증인이야!"

정아 자신도 내뱉고 보니 그럴싸한 '제2의 증인'에 은희의 눈이 동그래졌다. 수진이에게 속닥인 비밀의 재탕을 듣고 했던 말을 은희가 또 할까 봐 겁났다. 와, 넌 정말 탐정 같아!

등장했다, '찍'이. 찍소리 하지 말라는 선생님한테 "찍" 했을 때 은희의 두 눈동자에서 튀어나왔던 빛의 못이. 자신이 속사포로 쏘아댄 말 중 어떤 말 때문인지도 모르면서 정아는 반격했다.

"너 사상 들었니?"

사상, 뇌를 파고들어가 숙주를 미쳐 날뛰게 하는 기생충, 한 번 들리면 죽어도 빠지지 않는 맹독 중의 맹독.

말문이 막힌 채 잿빛으로 질려버린 은희의 심장에 정아는 말뚝을 박았다.

"이간질에 고자질, 네가 한 짓이 딱 그렇잖아!"

빛의 못은 녹아버렸다. 또, 또 은희의 눈에서 눈물이 흘러내렸다.

정아는 들었다. 먼 산꼭대기에서 누군가 야호! 하지 않고 아니야!라고 외쳤다.

아니야! 이건 아니야!

"아이고, 계집애들이 왜 이렇게 시끄럽냐! 절루 가. 아줌마 아파, 아픈 사람이야."

갑자기 담장 너머에서 어떤 아주머니가 탄식했다. 둘은 후딱 내뺐다.

걸음이 느려지자 은희가 다시 울음을 토해내어 보조를 맞추기가 쉽지 않았다. 정아는 발을 꾹꾹 눌러 걸었다. 한 걸음마다 못다 한 말이 생각났다. 울고, 짜고, 시샘이나 하고, 비겁하게 화풀이를 진실한 친구한테 하고. 비겁하게, 비겁하게. 도저히 내일을 맞을 엄두가 안 났다. 자살을 결심했다.

"난 계집애들이 싫어!"

주먹으로 눈 밑을 문지르고 은희에게 쏘아붙였다.

8

완전군장으로 대기 상태가 48시간을 넘어갔다. 고참들은 워커 신은 채로 고꾸라져 쪽잠이라도 자지 졸병들은 절그럭대며 내무 반을 맴돌았다. 차라리 매복과 순찰이 그리웠다. 의심 선박 출현, 그런 정도가 아니었다. 또 무슨 사태인가 나긴 났다. 무슨 사태인지는 알 수 없었다. 군대가 전선을 지키는 동안 나라 안에서 는 사태, 사태, 이번까지 벌써 세번째였다. 나라를 지켜주니까 이것들이.

산속에서 길 잃고 헤매던 3인의 조난자가 옆 초소에서 발견되 어 물 주니 받아먹고 먹은 만큼 눈에서 눈물이 질질, 형뻘쯤 되 는 초병들에게 뭔 말을 하려는 건지 안 하려는 건지 횡설수설하 다 가버렸다는 것이다. 가지가지 했다.

"너도 내가 졸면 흔들어."

눈꺼풀이 붙어버린 최 이병을 팔꿈치로 건드리고 이 일병은 나직이 일렀다.

"네."

선임의 몸에 손대도 된다는데도 최 이병은 별 감동의 빛이 없었다. 비상 직전에 와준 건 고마우나 겨우 하나 있는 후임이란 것이 눈도 잘 마주치지 않고 안색이 칙칙했다. 민주화, 자율화 좋지! 제대하고 나간 선배들은 더 구르고 깨졌을지언정 후임 복이 이렇게 없지는 않았을 거며, 국가적 난국이 숨 가쁘게 밀려들지도 않았을 거였다. 재수 오지게 없는 이 일병의 동기들은 자기 기수를 민주화, 자율화, 그리고 국난의 기수라 스스로 칭했다.

자대 배치 받고 잠시 동안은 동상만 안 걸리면 군 생활 못하지는 않겠구나 했다. 지나고 보니 용케 그 시기가 민간보다 이른 군대 김장철인 덕분이었고, 김치를 묻자마자 경계 근무 강화 지시가 떨어졌다. 평소 4시간이던 야간 근무가 8시간으로 늘어 밤을 거의 새우고 주간에는 본부 중대로 등대해서 총검술과 태권도 훈련을 받았다. 정훈교육은 딱 1시간이었다.

중대 내무반에서 비디오를 보았다. 아무 해설도 없었다. 그저 대학생들이 데모하는 장면들이 이어졌다. 해설도 필요 없고 1시간 다 볼 필요도 없었다. 대졸이건 중졸이건 학력과 무관하게 침이 허옇게 말라붙은 입에서 절로 씨발놈들! 욕이 튀어나왔다. 하라는 공부는 안 하고 개지랄이야! 대학생들이 데모할수록 북괴가 쳐들어올 가능성이 높아지므로, 군인들은 더 경계하고 대비

해야 했다.

처음으로 비상이 자정을 넘길 때는 북괴군과의 실전을 각오했다. 그게 내부 폭도들의 난동 사태로 인한 계엄령 발동과 연관되었음을 다음날 라디오 뉴스를 듣고 알았다. 그런가 보다 한 거지 묻거나 답하는 입은 군대 안에 있을 리 없었다.

두번째로 비상이 자정을 넘어 새벽까지 이어졌을 때, 이 일병은 탐조실에서 서치라이트를 돌리고 있었다. 습관대로 방송 개시 시각에 튼 라디오에서 나와야 할 애국가와 「새마을의 노래」가 그날은 나오지 않았다. 장송곡처럼 무거운 오케스트라 연주곡이 나왔다. 그런 날은 있은 적 없었으며 있으리라고 상상해본 적도 없었다. 어리둥절하고 어색하고 불안했다. 악몽인가 했다. 자신이 깨닫지도 못하는 사이에 무장공비에게 목 따여 지옥에 와 있는가도 했다.

그 밤, 북괴의 무장공비들은 땅굴을 통해 후방으로 침투하고 있었다. 공비와 폭도들이 규합하여 소요 사태는 내란으로 격화되었다. 아침의 긴급 속보는 간밤에 내각이 새로이 임명한 계엄사령관이 취임 일성으로 계엄령을 전국으로 확대하였음을 전했다. 무능하고 부패하여 내란을 방조한 이전 계엄사령관은 체포되었다.

또 그 밤, 먼저 군대 간 전방에서 분대장으로 있는 동네 친구 서기동은 분대원을 이끌고 트럭 짐칸에 올랐다. 대기하다 내렸던 전과 달리 트럭에 시동이 걸려 정말 이동하나 보다 가슴이 철

렁했다. 구부러진 길에서 앞에 보이는 탱크와 장갑차가 끝도 없었다. 연대 전체가 움직이는 모양이었다. 그런데 대한민국 방어에서 가장 중요한 1번 도로, 통일로를 올라가지 않고 내려갔다. 목적지가 최접경 지역이나 취약 지구가 아니었다. 서울은 냄새부터가 달랐다. 마주앉은 부하들의 자세가 흐트러지고 눈의 흰자위가 번득였다. 벌써 서울이 북괴에 점령당했단 말인가? 트럭은 갑자기 섰으며 어떤 건물을 경비하라는 명령이 떨어졌다. 동틀 무렵 서 분대장은 자신이 분대원들과 총 들고 둘러선 건물의 희미한 윤곽을 알아챘다. 중앙청이었다. 세종로에 탱크가 즐비하고 멀리 이순신 장군 동상은 현대식 장비의 후예들에게 자랑스럽게 둘러싸여 있었다. 출근 시간이 되자 한둘씩 다가온 남자들이 공무원 신분증을 내밀었다. 서 분대장 자기가 일개 분대로 중앙청을 점령해버린 거였다.

훗날 서기동이 외박 나와 술김에 친구들에게 발설해버린 무용담을, 이 일병은 첫 외박 나가 전해 들었다.

"까딱했으면 개도 좆될 뻔했어."

"성공하면 충신, 실패하면 역적이라잖아."

친구 두 녀석은 양철 술상에 수그리고 내내 속닥였다. 누군 피신을 육군본부 벙커로 가지 말고 중앙정보부로 가야 했다는 둥, 또 진압하러 오다 병력을 돌린 누구는 순진해서 속은 거라는 둥, 저마다 제갈공명이었다. 이 일병은 훨씬 더 많은 사실을 알고 있지만 말할 수 없고 말하지도 않으리라는 그윽한 미소를 물고 앉아 있었다.

우리 장군님은 그러실 분이 아니다.

서기동의 뒤늦은 해명을 말투며 표정까지 둘은 흉내 내더니, 고개 번쩍 들어 이 일병에게 물었다.

"너도 그러냐?"

"너도 그래?"

어떤 답변이건 두 녀석의 떨리는 입꼬리를 진정시킬 수는 없었다. 이 일병은 고개를 젓지도 끄덕이지도 않고 사선으로 한 번 그었다. 녀석들은 박수마저 치며 웃어댔다.

우리 장군님은 내란을 방조하실 분이 아니다.

우리 장군님은 하극상을 하실 분이 아니다.

우리 장군님은 내란을 진압하려는 진압군을 진압하려고 병력을 보내다가 순진하게 속아서 되돌리실 분이 아니다.

서기동과 자신인지 군 면제로 동네에 남은 녀석들인지, 어느 쪽이 더 많이 변한 건지 알 수가 없었다. 늙은이들은 넋이 빠졌고 여자들은 독이 올랐고, 어린애들은 뺀질거렸다. 간첩들이 민간에 약이라도 살포했든지, 자기도 평소에 모르고 약을 처먹다가 군 입대로 끊어 금단증상을 겪는지도 몰랐다.

"토해. 부대 들어가기 전에 싹 다 토해서 잊어버려."

어느새 술상이 엎어졌고 두 녀석은 눈 돌아간 군바리로부터 멀찍이 물러나 손을 헐겁게 흔들고 있었다. 하나를 부대로 들여보내면 다른 하나가 기어 나오는 군바리들 술 시중 들기가 신물

나기도 할 터였다. 감당하지도 못할 사제 고민은 사회에 반납하고 군바리는 주취에 떨며 기어 들어가는 게 정석인데, 다음에 외박 나와서도 술 시중 받으리라는 보장은 없었다.

　찬란히 밝아오는 하늘 끝까지 천지를 진동하는 우렁찬 함성
　　필승의 신념과 강철 같은 투지로 젊음을 불태우는 조국의 방패

라디오에서 「새마을의 노래」 대신 클래식이 나왔던 그날부로 이 일병이 나름 군가 중의 명곡으로 꼽은 「유신의 국군」도 내무반 방송에서 퇴출되었다. 하루에도 대여섯 번씩 들었던 그 노래를 다시는 들을 수 없었다.

　10월 유신

　100억불 수출

　1000불 소득

내무반 출입구를 비롯하며 벽이란 벽에는 다 붙어 있던 유신 표어와 포스터들도 떼어졌고 자취마저 대청소 시 수세미로 씻겼다. 별들이 우수수 졌으며 새 별들이 우다다 뜨고, 민주와 자율 타령이 시작되었다. 민주화 군대! 자율적 내무반! 상관과 선임들이 엄마 뱃속에서 그렇게 외치고 나온 듯싶었다. 구타를 금지한다고 중대장이 직접 와서 병사들의 옷을 벗겨보기까지 했다. 군대는 언제 안 그랬던 적 있느냐 싶게 잘만 돌아갔다.

　비상이 72시간을 넘어갔다. 내무반에서 놓여나 경계 근무 서려고 올라가는 길은 풀벌레 울고 공기도 신선했다.

　"최 이병, 기동대에 있다 왔다 그랬지?"

"네."

"밖은 좀 어떠냐?"

"모르겠습니다."

김신조 등 무장공비 일당의 청와대 습격 미수 사건 이후로 창설된 작전전투경찰. 전경은 내무부 소속이지만 군대와 똑같았다. 미국의 눈치 보며 꼼수로 늘린 군대였다. 병역의 의무를 다하러 들어간 논산훈련소에서 무작위로 차출되었으며, 해안 지역의 초소나 검문소에 배치되어 대공방첩 임무에 임했다. 그런데 얼마 전 법에 치안업무보조, 여섯 글자가 추가되었다고 한다. 요즘 신병들은 기동대라는 것으로 편재되어 시내에서 시위 진압을 한다는 것이다.

"너 뭔 사고 쳤어? 솔직히 전출은 이미지가 안 좋잖아."

"아닙니다. 사고 안 쳤습니다."

"그래, 어차피 소문 다 나니까 기다려보지 뭐."

"저…… 얘기하면 죽습니다."

"알았다."

이 일병이 먼저 외면했다. 등줄기로 소름이 타 올라왔다. 더 이상 물어보면 최 이병이 횡설수설할 것 같았다. 눈물을 질질 흘리면서 뭔 말을 하려는 건지 안 하려는 건지 횡설수설.

교대를 얼마 안 남겨 유선 전화가 울렸다.

"오둘, 일병 이형철입니다."

"전통 받으십시오."

"알겠습니다."

"초소에 거수자 접근 시 검문 검색하라. 이에 불응 시 하반신 발포하라."

"알겠습니다."

"초소에 거수자 접근 시 검문 검색하라. 이에 불응 시 하반신 발포하라."

들도 보도 못했던 전통은 유례없이 반복되었다.

"알겠습니다."

전언통신문 일지에 받아 적는 손이 떨렸다. 발포 명령.

인원수 아홉 명의 작은 초소에도 일인당 수류탄 2발, 실탄 60발씩의 개인 화기와 기관총 LMG 30, 신호탄, 조명탄 등의 공용 화기가 쌓여 있었다. 거동이 수상스럽게 접근하여 하반신이 벌집 될 거수자가 북괴군의 군복을 떨쳐입고 있을 것 같지는 않았다. 바깥은 암흑과 침묵 속에서 요동쳤다.

뭐가 어떻게 된 건지 아직도 모르겠습니다, 최 이병은 다시 둘이 한 조가 되자 얼음 밑의 붕어가 뻐끔대듯 스스로 입을 열었다. 발포 명령으로 오뉴월에 중대 전체가 냉동 상태였다.

최 이병이 복무하던 기동대 자체가 해산되어 대원들이 뿔뿔이 흩어졌다. 그때까지 시위 진압에 특별히 문제가 있었던 것 같지는 않았다. 이른바 보호 조치로서 시위대를 격리하고 더 이상의 진출을 차단하며, 차근차근 밀어붙였다. 돌 던지고 파이프를 휘둘러봤자 시위대는 훈련받은 병력의 상대가 되지 않았다.

"인민재판, 공개처형 봤어?"

이 일병은 물었다. 폭도에게 점령된 지역에서 그런 신고와 증언이 있어 당국이 조사에 나섰다는 뉴스도 있었다.

"저희는 그런 거 본 적 없습다."

"하긴 너네들이 보는 데서 했겠냐."

해산 전날, 물론 해산에 대한 일말의 예고도 없이, 그 기동대는 뒤로 빠지고 다른 기동대가 앞에 들어섰다. 복장이 똑같은 녹색 군복이라 그런 줄만 알았다. 척척척, 그들이 군홧발을 몇 번 맞추더니 최루탄이 동시에 수십 발 직사로 날아갔다. 뿌옇게 피어오르는 가스 속에서 최 이병은 영화 같은 장면을 보았다. 흩어지는 시위대를 거대한 녹색의 아가리가 쫓아가서 덥석 물어버리는 것이었다. 그들은 하나마다 이빨이 되어 아가리를 형성했고, 마치 죠스처럼 먹이를 물고 흔들어 찢어발겼다. 그들이 훑고 간 아스팔트는 부상자와 피로 뒤덮였다.

"걔네들 뭔데?"

"어떻게 알겠습니까? 하튼 기동대는 아니었습니다."

비가 쏟아지는데도 식판 들고 차양 밑으로 들어오지 않고 그들은 빗속에 서서 밥을 먹었다. 정렬을 유지한 채로 세찬 빗줄기를 감각도 못하는 듯 기계적으로 입에 밥을 떠 넣는데 그 눈은……

헉, 최 이병이 풀썩 주저앉았다.

"내가 널 밀었냐?"

"아닙니다. 제가 넘어졌습니다."

일어나는 최 이병의 가슴을 이 일병은 방금 자신이 그를 밀쳤던 이유를 되짚느라 재차 밀쳤다. 회상에 젖은 최 이병의 눈에 와 있을 그 정체불명 병사들의 눈, 그 눈을 보고 싶지 않았던 듯했다.

"약속대로 비밀 지킬 거니까 걱정 마라. 그런데 내 생각에는 말이다, 아래 병들은 대가리를 관물대에 관물 시켜야 하는 거다."

"알겠슴다."

땅바닥을 손으로 더듬는 척 기어서 거리를 두고 일어선 최 이병은 목 위가 분노로 파리했다.

"너 아직도 달고 있을까 봐 걱정돼서 그런다."

"알겠슴다."

"가자."

이 일병은 한숨 쉬고 돌아섰다.

"제가 전입 오면서 보니까 시 외곽으로 나오는 도로를 군이 차단하고 민간인들은 통과시키지 않았슴다!"

최 이병의 빠른 말소리가 뒤통수를 때렸다.

"빨갱이 새끼들이 그 속에 있잖아!"

훈련 중에는 시원찮던 돌려차기가 이 일병은 잘만 되었다. 최 이병은 나가떨어졌다.

서치라이트가 수평선과 직각으로 달려갔다. 돌출된 왼쪽 해안에 부딪쳐 튕겨나서 수평선을 직각으로 훑고 오른쪽 방파제에

튕겨났다. 다시 수평선. 고지의 탐조실에서 서치라이트를 내리쏘는 탐조병의 눈에는 부연 불빛만 보이게 된다. 불빛에 드러날지도 모를 바다 위의 의심 물체를 놓치지 않으려면 저지대의 경계호에서 수평으로 관측해야 한다.

써억, 서치라이트가 좌에서 우로 검은 바다를 한 겹 베어냈다. 써억, 아무리 파도쳐봤자 수평선을 벗어나지 못하는 바다를 우에서 좌로 또 한 겹 베어냈다. 써억, 써억, 탐조실의 최 이병은 자신이 그러는 줄도 모른 채 만에 갇힌 바다를 규칙적으로 베어냈다. 저 밑, 머리에 뿔이 달린 수괴가 도사린 맨 밑바닥까지.

경계호의 이 일병에게 의심 물체가 관측되었다. 파도 위에 떠서 흔들리는 폐타이어. 조국은 형에게 징집영장을, 철없는 아우에게는 철거계고장을 보냈다. 아우는 잘난 척은 혼자 하지만 정작 중요한 건 모르고 알려고도 하지 않는 녀석이었다.

중간만 해야 한다는 것.

너무 잘하지도 말고 못하지도 말고, 앞도 말고 뒤도 말고.

중간에 있어야 한다는 것.

이 병신 새꺄!

지붕의 방수포를 폐타이어로 눌러둔 집이 아직도 거기 있을까. 청년들 대부분이 징집된 산동네가 도려내져간다. 거기서 앞으로 나가기는 불가능하고 뒤는 원래 없었다. 이 일병이 총 들고 지키는 나라 안에 동생들은 있을 곳이 없었다. 그리고 도망갈 데도 없었다.

9

비키니 옷장 뒤에서 가볍게 두드리는 소리가 났다. 정아는 옷장 뒤로 비집고 들어가 평소에는 쓰지 않는 방문을 열고 마루로 나갔다.

"아주머니 저녁에나 오셔."

숙이언니는 후련히 어깨를 젖혔다. 주인아주머니가 지시와 주의를 반복하면서 현관을 나서다 새 손수건 달라 하고, 한 번 퇴짜 놓고 장독에 쌓인 먼지를 지적하고, 담 옆으로 또각또각 멀어지기까지 셋방에서 다 들어 알고 있지만, 정아는 덩달아 어깨를 펴 보였다. 바야흐로 결혼 시즌, 주말마다 어른들을 집에서 끌어내는 신랑 신부들은 부조금과 함께 표창장도 받을 만했다.

"빤쓰가 이불 속에서 나온다?"

김 솟는 양은대야에 고무장갑 낀 손을 넣으며 숙이언니가 말했다.

"아주머니 빤쓰하고 아저씨 빤쓰하고, 가끔 이불 속에서 나온다고."

삶은 속옷을 건져 올려 그중 아주머니의 꽃무늬 팬티가 이쪽에서 잘 보이도록 슬쩍 틀면서 찬물에 던졌다. 나머지는 대야째 쏟아부었다. 뿌예진 물에 팬티들이 떠올랐다.

"이상하지?"

유일한 말동무에게 너무나 하고 싶은 말이 숙이언니의 입안에 물려 양 뺨을 차댔다.

"전에도 말했는데?"

욕실 문턱을 타고 앉은 정아는 아주머니의 팬티가 엉덩이 크기의 반쯤밖에 안 된다는 사실만은 매번 신기했다.

"아니, 그게, 그게……"

숙이언니의 낯빛까지 바래면서 두툼한 입술이 달싹였으나, 새하얀 도화지같이 순진무구한 어린애 앞에서 차마 열리지 못했다. 짙은 속눈썹이 내리깔리고 손은 빨래판의 빨래에 꽉 힘을 주었다. 숙이언니가 얘기하고 싶어 하는 방면으로 몇 배나 유식할 정아는 안방에서 낮잠 깨어 마루로 나오는 다섯 살배기 윤애를 맞아 양말을 신겼다.

"이건 너 먹고."

윤애 간식을 맡기면서 숙이언니는 정아 몫으로 찐 감자를 두 알씩 챙겨주었다. 오줌 싸러 갔다 오지 말고 여기 화장실에서 싸도 괜찮아, 안방에 들어가봐도 아무것도 안 만지면 괜찮아, 언니 건 다 만져도 괜찮아. 에구! 아냐, 일없어!

정아는 조그만 포크를 들고 임무에 임했다. 계란이 풍부하게 들어가서 노란 찐빵을 빨간 당근과 검정 건포도가 짝이 맞도록 떼어 윤애의 입에 넣어주었다. 그리고 양키 시장 물건인 찜냄비를 씻는 숙이언니의 등을 쳐다보면서 제 입에 한 포크 넣었다. 숙이언니가 부엌 뒷문을 열어 연탄 화덕에 안쳐놓은 시래기 뒤적이는 사이, 또 한 포크. 주인아주머니가 개발한 영양 찐빵의 진정한 팬은 정아였다.

"난 멀미 나던데, 엘리베이터라는 거. 아파트 사람들이 그걸 어떻게 밤낮으로 타는지 몰라?"

숙이언니가 가스레인지 불을 들여다보며 조절하는 틈에 세번째 포크, 여기까지였다. 전에 찐빵을 다섯 번이나 뜯어먹었더니 윤애가 다 먹고도 빈 접시를 들여다보며 "더 줘!" 해서 큰일날 뻔했다.

"아주머니는 이사 가면 피아노도 살 생각인가 봐. 윤애 가르친다고. 피아노 덩치가 얼마냐고, 응? 식모 방은 없을 거 아냐?"

어떻게든 숙이언니의 얘기는 아파트로 돌아왔다. 이것저것 다 좋지 않은 조짐이었다. 아파트에서는 한겨울에도 반팔을 입는다는 소문이 결정적이었다. 그렇게 생활이 편리하다면 식모가 필요 없을 거였다. 숙이언니의 친구 춘자는 주인집이 아파트로 이사하면서 쫓겨나게 됐다는 편지를 끝으로 소식이 끊겼다고 했다.

"니미! 개명천지에 도라무깡 후라이판이 머시여!"

허투루 쓰는 우묵한 프라이팬에 깨 볶다 급히 내려놓고 숙이 언니는 손을 휘저었다. 자욱한 연기 때문인지 눈시울이 붉었다.

계단 끝 동판을 일일이 약 묻혀 솔로 광낸 다음 난간에 물걸레 질을 했다. 장독대는 포기, 숙이언니는 아저씨의 와이셔츠를 양 팔에 하나씩 들고 다리미가 있는 안방으로 날아 들어갔다. 저녁 도 지어야 했다. 아주머니가 언제 돌아오건 숙이언니는 쫓겼다.

윤애는 정아가 데리고 나왔다. 만원인 놀이터를 천천히 돌다 벤치에 앉았다. 호주머니에는 동전이 있었다. 오빠를 따라 다니 던 만홧가게가 코앞이지만 오빠 없이 갈 자신은 없었다. 만홧가 게는 가게 주인아주머니만 빼놓고 국민학생부터 담배 피우는 양 아치까지 다 남자들뿐이었다. 동생을 데리고 간다 쳐도 한두 살 어린 남동생이지 다섯 살짜리 여동생은 아닐 것 같았다.

윤애가 벤치 아래로 늘어진 발을 덜렁여 구두를 떨궈버렸다. 정아는 벤치에서 내려가 구두를 주워 윤애의 발에 도로 신겼다. 어머니 말대로 윤애가 제 아빠 얼굴을 닮지 말고 엄마 얼굴만 닮 았으면 백 점일 텐데. 성격은 엄마 닮아 차분하고 그래서인지 사 내애처럼 말수가 적었다.

윤애의 까만 눈과 눈 맞추다 정아는 고개를 한쪽으로 까딱 기 울여 윤애의 시선을 벗어났다. 그러고 보면 윤애는 다섯 살이고 만으로 네 살, 자신이 어머니와 손잡고 길 건너다 버스에 치일 뻔했던 때와 같은 나이였다. 검은 아스팔트에 물감 같은 속을 왈칵 쏟아낸 홍시들이 제 기억에 찍혀 있듯, 이 어린아이의 기억에 셋방 살던 언니의 얼굴이 찍힐지도 몰랐다. 그건 너무 심한, 그래서는 정말 안 되는 일이었다. 그 얼굴은 지옥에 떨어질 얼굴이니까.

엄마는 폐병에 죽고,

아부지는 농약 마시고 죽고,

할무니는 맹장이 터져서 죽고,

할아부지는 변소에서 나오다가 문턱에 발이 걸려 고꾸라져서 죽고.

이모네 양딸 춘희가 늘 하던 타령에 한번은 막내가 푸훗 웃었다. 할아버지가 딴 데도 아니고 푸세식 변소에서 나오다가 고꾸라져서 죽는 장면이 우습다고 그전부터 생각해왔다. 그 웃음은 모두에게 전염되더니 춘희 자신마저 예외가 아니었다. 그 후로 춘희의 타령은 으레 웃음이 따라붙는 만담이 되어버렸다. 춘희는 세번째로 가출해서 돌아오지 않았고 이모네가 미국으로 이민을 가버렸기 때문에 돌아오려야 돌아올 수도 없었다.

6학년 담임인 나이 든 여선생님은 환경 미화를 중시해서 날마다 학급 전원 청소에 검사를 받아야 했다. 선생님이 몸소 교무실에서 올라오는데 걸음이 느린 탓인지 다른 반이 다 가고 나서야 오셨다. 매 시간 명필로 칠판에 천천히 쓰고 학생들에게도 필기할 시간을 충분히 주었고, 지우고는 다시 썼다. 잔잔한 억양으로 몇 마디 하면 수업 끝, 진도를 어떻게 맞추려는가 싶지만 학생이 알 바 아니었다. 예쁘고 정갈한 교실에서 정아는 진작 이럴걸, 하며 좋았다. '브라자'를 찬 약국집 딸내미를 따라다니며 등의 끈 튕기기도 하루 이틀이지, 6학년은 시작하자마자 지나간 5학년처럼 희미했다.

갑, 을 두 사람이 각각 6,000,000원과 4,000,000원을 투자하여 1,500,000원의 이익을 얻었다. 이 이익금을 갑, 을이 투자한 금액의 비로……

책상 위 짝과 경계에 가방 세워놓고 받은 산수 시험지는 뜻밖이었다. 지면으로 친숙한 갑과 을은 가위바위보를 하든지 비용을 분담하여 빵 사 먹든지 했지, 이런 복잡한 짓을 하기는 처음이었다. 그 둘은 한 학년을 확실히 진급했다.

원금 150,000원을 연이율 10%로 예금하였더니 195,000원이 되었다. 예금한 기간을 구하여라.

아직 배우지 않은 단원에서 나온 문제 같았다. 선생님은 흰 보로 덮인 교사 책상에 앉아 돋보기 끼고 뭔가를 역시 공들여 쓰고 있었다. 정아는 대충 끄적였다. 진작 이럴걸.

오늘은 숙이언니가 장식장의 우아한 홈세트를 다 끌어내 씻느라고 부엌이 한가득이었다. 유행 독감에 옮을까 봐 주인아주머니가 집에 두고 간 윤애가 비싼 그릇을 건드릴 위험도 있었다. 정아가 데리고 나와 문방구에서 올해 처음으로 아이스케키를 사 먹었다. 나 한 입, 너 한 입, 윤애는 덜 여문 옥수수알 같은 앞니로 잘도 깨물어 먹었다.

날도 좋은데 놀이터를 돌기는 싱거워서 정아는 윤애의 손을 잡고 걸었다. 윤애는 벌어진 짧은 다리로 타박타박 따라왔다.

"다리 아파?"

지난밤 비에 진 개나리꽃이 길가에 노랗게 깔려 있었다. 개나리 늘어진 담 위로 처마가 보이지 않으니 그 너머에 너른 마당이 있을 거였다. 거기서 급작스럽게 휘돌며 쳐들리는 비탈은 정아도 처음 가보는 길이었다.

"다리 안 아파?"

길이 가팔라질수록 담인지 축대인지 모를 자갈 박힌 벽들도 더욱 높아졌다. 외국 병사의 모자처럼 다듬어진 정원수들이 무뚝뚝하게 넘겨다보았다. 집집마다 차고의 철문과 대문 사이가 길고, 같은 집인가 싶을 만큼 길기도 했다.

한 집에서 피아노 치는 소리가 났다. 피아노 연주 기초를 배우다 만 정아로서는 알지 못할 어려운 곡이었다. 윤애와 가만히 서서 들었다.

실은 예전 피아노 선생님 댁에 피아노보다 흥미로운 것이 있었다. 장식장에 꽂혀 있는 압도적인 크기와 두께의 『안데르센 동화 전집』. 교습이 끝나면 한옥집 막내는 넓적한 피아노책 가방을 그 옆구리에 기대놓고 소파에 올라서서, 전집 중에 전에 읽던 것이거나 새로 읽을 차례인 한 권을 두 손으로 어렵사리 빼내 가슴에 안고, 소파에서 내려와 책부터 자신이 앉을 자리 옆에 내려놓았다. 치마 뒤를 쓸어내리고 앉아서 꼿꼿이 허리를 펴고, 책을 들어 무릎 위에 반듯하게 올려놓았으며, 딱딱한 표지를 넘겼다. 그다음 아무것도 씌어져 있지 않은 얇은 속표지를, 펜으로 그린 듯한 장식선이 둘러진 첫 장을, 또 목차를. 손에 침을 묻히지 않았고 책장이 구겨지지 않도록 가장자리를 쓰다듬듯 들어 넘겼다. 동화 한 편당 하나쯤 있는 총천연색 삽화들을 훑어보려고 책을 이리저리 들척이는 짓을 하지 않았으며, 제목에 끌려 뒤의 것을 먼저 읽거나 하지 않고 순서대로 읽었고, 이미 다른 책에서 읽은 『인어공주』 『미운 오리 새끼』 같은 것들도 아주 다른 느낌으로 다시 읽었다. 그만 집에 가보라는 피아노 선생님의 말씀에 고개 들면 압력밥솥의 꼭지가 딸각거리고 밥 익는 냄새가 났다. 골목에 넘실대는 구수하고 짭쪼름한 냄새에 막내는 떠갔다. 하늘로 노을로, 가슴속은 아쉬움으로 붉게 타고, 축대 밑에서부터 어머니의 도마 소리가 들려왔다. 광 위에 올라선 발바리 쎈이 담장 너머로 내려다보고 있었다.

정원수들 틈으로 들려오는 피아노 연주의 다음 곡은 어쩐지 무지 길 듯해서 정아는 윤애에게 다시 손을 내밀었다. 윤애가 제작고 도톰한 손을 겹쳤다. 찹쌀떡을 손바닥에 올려둔 느낌이었다. 윤애가 통통한 것은 주인아주머니가 바라던 정확한 결과는 아니었다. 체중으로 발육 상태를 평가하는 우량아 대회는 무식한 짓이라며, 아주머니는 딸의 저항력 강화에 힘썼다. 그래서 윤애는 통통하고도 내실 있게 튼튼했다. 꽤 걸었건만 고양이 수염처럼 문질러놓은 콧물 말고는 별 티가 안 났다.

까만 자가용이 소리 없이 뒤에서 다가왔다. 정아는 윤애를 가리며 길가로 흐르는 물을 디뎌 비켜섰다. 차는 희게 튀어 오르는 물방울의 띠를 바퀴에 달고 급경사를 부드럽게 올라갔다. 차디찬 물이 신발을 넘어 바짓단을 적셨다. 아이스케키를 먹을 때도 그러지 않았는데 오싹 한기가 들었다. 담 밖으로 뻗어 나온 큰 나무의 그늘이 음침하고 물비린내가 났다.

높은 담 때문에 보이지 않던 집들이 멀리 올려다보니 비로소 보였다. 대체로 흰색의 이층집들인데 저마다 혼자 있는 듯 무심했다. 하늘에서 내려앉은 우주 기지, 원칙 없고 비효율적으로 널널하면서도 통일성이 있었다. 품위.

건축가의 집을 지은 건축가의 진심을 정아는 이제 믿었다. 중간 단계를 성급히 생략해서라도 반드시 도달해야만 할 높은 경지가 있었다. 집이란 저렇게도 될 수 있었다. 집장사 할 능력도 없는 '것들'은 제가끔 콧구멍만 한 땅뙈기로 용을 써야만 했다.

윤애의 리본 달린 빨강 구두를 덮은 물이 흰 스타킹을 타 올라가고 있었다. 가파른 아스팔트에 흩어진 잔가지마다 고운 향나무 이파리가 소복이 걸려, 그 위를 타 넘고 앙증맞은 폭포가 쏟아졌다. 물은 비늘무늬로 밀려 내려와 길가 시멘트 덮개의 좁고 길쭉한 홈으로 흘러들어갔다. 잇대어진 시멘트 덮개 중 하나가 없었다. 밀가루 포대만큼의 면적이 비어 있고, 그 속은 세차게 흐르는 물에 검은 이끼가 하늘거리는 사각의 도랑이었다.

위험하지 않나? 도랑은 폭은 좁아도 깊이는 한 팔가량이나 됐다. 술 취한 어른이나 산만한 아이라면 발이 빠지면서 미끄덩 미끄러져 어딘가 부러질 만했다. 이런 동네에서? 하긴, 이런 동네니까. 애건 어른이건 나다니는 꼴을 볼 수가 없었다.

곰 인형 또는 그보다 좀더 크고 통통한 물체를 사각의 도랑 속에 빠뜨렸더니, 순식간에 시멘트 덮개 밑으로 빨려 들어가는 모습이 관찰되었다. 곰 인형 또는 그보다 좀더 크고 통통한 물체는 도랑을 풀장의 물 미끄럼틀처럼 신속히 타고 내려가서, 어디까지 갈 것인가?

불현듯 정아는 호기심이 일었다. 오랫동안 마비되었던 그 밖의 감각들도 다투어 깨어나 사지 끝 모세혈관으로 치달았다.

곰 인형 또는 그보다 좀더 크고 통통한 물체는 종착지인 한강에 도달하였다. 이동한 거리를 구하여라.

10

폭발의 진동에 이어 최루가스가 몰려왔다. 남녀 공히 방독면 대용으로 입에 차고 있던 생리대를 그들은 벗었다.

동해물과 백두산이 마르고 닳도록

선창도 따로 없고 미리 정한 바도 없이 그들은 합창했다. 곧 맞은편에서 시작했다.

동해물과 백두산이 마르고 닳도록

보다 급하고 컸다. 두 가닥의 애국가는 엇갈리며 뚫였다.

하하, 느님이, 보호보호, 우리, 하사, 나라, 우리, 만세, 나라, 무, 만세, 궁화

갑자기 끊겼다.

옆 사람이 손을 내밀었다. 그는 그 손을 잡았다. 처음 보는 얼

굴의 상대방은 맞잡은 손을 조금 흔들었다.

……합시다?

상대방이 창백한 입술 움직여 하는 말을 그는 잘 알아들을 수 없었다. 지독히 시끄러웠다.

……하자?

……해야만 한다?

……하지 않으면 안 될 것이다?

그들은 분진처럼 낙하했다. 동서남북의 감각은 잃었을지언정 가야 할 방향이 위가 아닌 것만은 확실하기 때문에 아래로, 아래로.

붉고 가느다란 초승달이 떴다. 마지막 헤드랜턴이 켜지자 그 것은 졌다. 낙오자들의 불만스러운 신음에 불빛은 바로 꺼졌고 초승달이 다시 떴다. 거리를 가늠해보려는 손끝에 그것은 지워졌다.

아주 천천히 초승달은 벌어져서 석류가 되었다. 충분히 익어 탐스럽게 갈라진 석류에는 뒤통수까지 빨갛게 익은 사람들의 머리통이 촘촘히 박혀 있었다. 그리고 그 너머에 분주한 활동의 공간이 있어, 빛이 빠르게 일렁였다. 머리카락이 스파크를 일으키며 곤두서고 눈알이 아렸다.

저 밑에 액화 광물질의 바다, 불꽃의 파도가 쳤다. 무수히 많은 기둥이 서 있었다. 원근법에 따라 아래로 갈수록 홀쭉해 보일

뿐더러, 발치가 불꽃에 먹혀 들려 있었다. 기둥들은 서 있지 않고 매달려 있었다. 거칠고 광활한 천장에서 거꾸로 자라난 종유석의 원시림이었다.

한 나무의 꼭대기에 누군가 있었다. 역사의 부름을 받아 선봉에 섰던 김철수와 비슷한 가명일 누군가, 그는 더 이상 갈 데 없는 꼭대기에서 한 발 더 내딛었다.

똑.

거꾸로 자라난 종유석의 끄트머리에서 그는 떨어졌다. 불꽃의 바다에 닿기 전에 퍼덕이는 불꽃이 되었다.

똑.

다른 데서 또 다른 김철수가 떨어졌다.

중력의 중심으로.

불꽃이 되었다.

똑, 똑, 똑.

곳곳에서 또 다른 김철수들이 떨어졌다.

만물의 심장으로.

불꽃이 되었다.

마그마의 바다는 발화점을 넘어 희게 타올랐다. 하얗게 불타는 태양을 향해 그들은 떨어졌다. 지구의 내핵에 하늘이 열렸다. 그들은 날아갔다.

11

처음으로 혼자 한강 다리를 건넜다. 멀미야 했으나 생각보다 멀지 않았다.

학계에 보고합니다!

국군의 날 행진 대열이 지나갈 만큼 넓을 줄만 알았던 대학교 정문은 실제로 보니 시시했다. 그 앞에서 꺾어져 서행하는 택시들을 따라 정아는 걸었다. 활짝 열어젖혀진 세 쌍의 유리문 안에서 사람들이 소용돌이치고 있었다.

별관 1203호.

주인아주머니가 반듯한 글씨체로 버스 번호를 비롯해 자세히 적어준 쪽지는 하도 펼쳐 봐서 풀기가 없었다.

신경정신과.

12층에서 엘리베이터 문이 열리자 보이는 표지판이 역시 생뚱 맞았다. 희한하게 1층 기둥과 엘리베이터 안에도 12층이 신경정신과라고 쓰여 있었다. 하지만 어젯밤 주인아주머니가 언니에게 전화 받아 전해준 어머니의 병명은 위궤양이었다. 정신병이 아니었다.

대학병원 입구에서 별관을 묻는데 경비 아저씨가 엘리베이터를 손짓으로 가리켰을 때부터 믿음이 가지 않았다. 별관이라면 별도로 있어야 했다. 그럼에도 12층 단추를 자신이 눌러놓아 문이 열렸건만 엘리베이터에서 내리지 않으면 정직하지 못한 듯해서, 정아는 과일 바구니며 꽃다발을 든 방문객들을 헤치고 굳이 빠져나왔다.

어머니가 그 안에 없음을 확인하러 병실을 기웃거리다, 침대에 앉아 있는 한 환자의 퀭한 눈과 마주쳤다. 옷이 환자복으로 바뀐 탓인지 어제 아침에도 본 얼굴에 병색이 뚜렷했다.

"엄마아……"

간밤에 혼자 자면서 무섭지 않았다고, 말은 그렇게 하는 거였다. 주인아주머니가 손수 양송이수프까지 갖다줬다고. 어머니는 침대 옆으로 상체를 기울이며 두 팔을 내밀었다.

"왜 그거 입고 왔어? 딴 옷도 많은데, 얼굴이 더 뇌래 보이잖아!"

딸의 왼쪽 귀와 뺨에 환자의 단내 나는 입김을 뿜어대며 어머니가 빠르게 속삭였다. 딸은 제가 모처럼 치마 서랍을 열어 여럿 꺼내보고 선택한 녹색 주름치마를 내려다보았다. 어머니는 홑이

불을 단번에 차버리고 침대에서 내려와 목소리를 조금 키웠다.

"여기 올라가 한잠 자고 있어. 엄마가 하루 없다고 바로 티를 내냐, 내길."

어머니가 어제의 외출복으로 갈아입고 나간 후 환자 없는 빈 침대가 딸은 걱정되었다. 환자 아닌 사람이 거기 있는 것 또한 걱정되나, 예민한 다른 환자 아주머니들이 저 아이가 어머니의 말씀을 잘 듣는지 보는 듯싶었다. 침대에 올라가 누워서 홑이불을 목까지 끌어 올리고 말똥말똥 흰 천장을 바라보았다.

잠들 새 없이 어머니가 돌아왔다. 복도 끝 화장실로 우악스럽게 떠밀며 품에 안기는 백화점 쇼핑백이 불길하게 가벼웠다. 화장실에서 옷을 꺼내 든 딸은 믿기지 않았다. 가을이 머잖았는데 목과 겨드랑이가 휜한 민소매 원피스였다. 테두리마다 레이스가 둘려 꼴불견에, 정식으로 붙어 있는 가격표의 숫자는 황당했다. 어머니는 이런 식으로 허랑하게 옷을 산 적이 없었다. 내복 한 벌을 살지라도 상인들과 말씨름해가며 남대문시장 두 바퀴는 기본이었다. 오늘만 살짝 입히고 무르려는 속셈이라면 수십 번 주의를 줬을 텐데 그런 말도 없었다. 어머니가 신경정신과에 입원해 있는 것이 착오가 아닐 수도 있겠다는 생각이 딸은 비로소 들었다. 이따위를 걸치고 학교 갈 생각은 추호도 없지만 입술을 앙 다물고 가격표를 떼었다.

"어어?"

"어?"

1년 반 만에 상봉한 남매는 낯 붉히며 비슷한 소리를 냈다. 손을 어쩔 줄 몰라 하는 오빠는 키가 굉장히 컸고 얼굴도 기름해졌고, 망토처럼 겉돌던 교복이 오히려 작다 싶게 맞았다. 길에서 우연히 마주쳤다면 막내는 설마 했을지도 몰랐다.

"아아…… 참!"

여동생을 보는 오빠의 눈에 가득한 놀라움은 꼴불견 원피스 탓이 틀림없었다. 여동생은 자세라도 옷과는 반대로 최대한 뻣정하게 서 있었다. 오빠에게 빼앗아 셋방 책장에 꽂아놓고는 한 번도 빼보지도 않은 동물, 식물, 곤충 도감 세트도 켕겼다.

"쯧, 그래, 그래."

어머니가 병원을 뛰쳐나갔다 오면서까지 만들어놓은 '모녀는 잘 먹고 잘살았음' 푯말을 눈앞에 두고도, 아버지는 전혀 알아보지 못한 채 안쓰러운 표정이었다. 그러면서 뭐가 그렇다는 건지 거듭 끄덕였다. 흰머리가 대폭 늘어 반백인데다, 아무리 깡마른 인간이라도 얼마든지 더 마를 수 있음을 몸소 증명하고 있었다. 원래부터 색이 옅어 맥주로 감을 필요도 없는 머리카락을 풍성하게 기른 언니가 막내한테 '울지도 말고, 웃지도 말라'는 눈짓을 했다.

돌아누운 환자의 등에 쉼표 없이 연달아 찍힌 병원 이름을 일동은 곰곰이 읽었다. 온통 쏠린 눈과 귀를 의식하여 아버지는 불편한 기색이었으나, 맏딸의 번뜩이는 눈빛에 할 수 없이 중얼거렸다.

"허, 참!"

땅! 병실의 얼음이 풀렸다. 다른 환자 아주머니들의 입과 뺨이 되살아났다. 언니는 성모 마리아처럼 서글프고도 자애로운 미소를 지었다.

"엄마, 우리 가요. 난 내일 또 올게요. 병원비는 걱정 말고 이참에 푹 쉬세요, 네?"

미동도 않는 유일한 환자의 등에 대고 언니가 말했다. 아버지의 어깨가 축 처졌다.

병원 근처 식당에서 불고기가 익기를 기다리는 동안 오빠가 사진을 찍었다. 한때 교회 행사에서 잦은 '후랏쉬'로 어머니가 최첨단 현대 여성임을 간증하던 사진기가 이제 아들의 손에 들려 있었다. 젓가락을 반찬에 대고 머리를 모으면서 얼굴은 돌리라는 깐깐한 명령에 아버지와 딸들은 기꺼이 복종했다. 고기를 집적대기 시작해도 오빠는 전문가답게 흔들림 없이 그 모습을 촬영했고, 사진기를 고이 챙겨놓고서야 펄쩍 다가앉았다.

불고기판 위로 넘나드는 말들을 막내가 조합해보건대, 어머니는 어제 사무실에서 피를 토하고 쓰러져 병원에 실려 왔다. 의사의 진단은 웬 우울증이었다. 위궤양도 그로 인해 생겼으며, 퇴원하고 나서도 장기간 약을 복용해야 한다는 것이다. 의사는 환자를 더 이상 혼자 두지 말라는 경고도 했다. 혼자 있으면 하지 말아야 할 짓을 저지를 수도 있다고.

"혼자 있다는 말까지 의사한테 했어?"

아버지의 젓가락 끝을 잡고 일어나려던 콩나물무침 한 가닥이 허탈하게 누웠다.

"환자 상황을 묻는데 어떻게 해요? 의사 선생님이 가족분 면 담하자는데, 그럼 가지 마요? 지금 엄마가 자살할 수도 있다는 데 아버지는 체면이 문제예요?"

언니는 서슬 푸른 논개로 돌변했다.

"난 무슨 죄냐구요!"

여기까지. 맏딸의 성질머리를 아는 아버지는 이만 설득당하기로 하고, 외면하며 담뱃불을 붙였다.

맏딸이 여자대학 합격 소식을 알리자 아버지는 비통하게 내 뱉기를, 어쩌자구? 그리고 미안해서 체육 교수가 학생들에게 다 있는 걸로 안다는 테니스 라켓과 라켓 가방을 맏딸에게 사주었다. 막내가 말로만 듣다가 오늘에야 보는 라켓 가방은 빨간색 바탕에 흰색 한 줄, 그간의 상상 이상으로 근사했다. 아버지의 반대가 통한 적은 한 번도 없었다.

"밥 더 시켜. 시키라구. 어이, 여봐요."

밥 두 공기를 추가해놓고 아버지는 구부정하게 줄담배를 피우면서 월급 가불할 걱정에 빠졌다. 언니는 막내에게 이번에는 '울어라. 정 못 울겠거든 웃어라'는 눈짓을 보냈다.

와 몬하노? 다 큰 가시나가 할랑할랑 대핵교 다니면서 살림을 와 몬하노?

아들 손자 밥해주러 서울 올라와 감옥살이하던 할머니가 시골집으로 내려가버리신 탓에 본인이 당장 힘들어 죽겠다는 말은 하지 않았다.

아들의 명령에 따라 불고깃집 간판 아래 아버지가 자매를 양 옆에 거느리고 섰다. 언니가 아버지의 작대기 같은 팔에 제 팔을 거는데도 막내는 뻣정하게 그냥 서 있었다.

"이대로 누르시기만 하면 돼요."

지나가던 아저씨에게 카메라를 부탁하고 뛰어와 오빠도 옆에 섰다.

"김치! 아, 상갓집 갔다 오셨나, 원투쓰리!"

사위어가는 빛을 아껴 오빠는 누나의 독사진을 찍었다. 한사 코 빼려는 여동생의 독사진도 기어이 찍었고, 마지막으로 자매 를 나란히 세웠다. 학생모를 돌려 쓰고 노출이 어쩌고 혼잣말하 면서, 렌즈를 통해 자신의 모든 것으로 자매를 끌어안았다.

막내는 졸지 말라는 경고를 단단히 받았으나 퇴근 시간의 만 원버스는 졸 형편이 아니었다. 창밖이 보일 만하니 어느덧 시가 지를 벗어나 상점의 불빛들이 빠르게 줄어들었다. 곧 완전히 없 어졌다. 가끔 나타나는 한두 점은 답답하게 작았다. 캄캄했다. 여고생이던 언니가 밤중에 버스 타고 하교하다 죽을 것 같았다 는 지점이 이쯤일 것 같았다.

눈의 초점을 바꾸면 버스 천장의 불빛이 수은처럼 발린 유리 창에 낯선 모습이 비쳤다. 원피스의 목둘레 레이스가 곱창처럼 보였다. 잿빛 곱창을 목에 건 잿빛 얼굴, 눈 밑에 삼각 그늘이 달려 있었다. 다시 초점을 바꾸면 검은 바탕에 불빛 한두 점 가물대다 꺼졌다. 검은 바탕은 길었다.

주유소 앞에서 승객들을 거의 다 쏟아낸 버스는 덜컹거리며 달렸다. 선선한 바람이 들이쳐서 맨 팔뚝에 소름이 돋았다.

저 안쪽 깊숙이, 겨우 한 움큼의 불빛. 이 거리에서 보일 리 없어도 보였다. 초록색 비대칭 지붕, 동그란 채광창, 처마에서 늘어진 용도 모를 쇠사슬…… 저마다 용을 쓴 어설픈 모조품들이 어둠속에 한 움큼 내던져져 있었다.

여고생 언니가 파리한 얼굴로 버스에서 내리던 정류장이 다가왔다. 이 버스도 승객 두엇 내려놓고 다시 출발했다. 차창에 아이 하나 스쳐갔다. 아이는 아직까지 오지 않은 누군가를 기다리느라고 목을 꼬아 뒤편을 바라보고 있었다. 손에 든 손전등이 너무 커서 무거워 보였고, 종아리 옆에는 흰 개 한 마리가 얌전히 앉아 있었다.

상관없어.

돌아보기에는 늦었으므로, 정아는 돌아보지 않았다. 오늘 정신없었던 일들의 의미가 문득 명확해졌다. 이사. 이사는 이렇게도 가게 되는 거였다. 안팎이 손발이 맞지 않더라도, 둘 다 대책이 없어서. 아버지는 주변머리가 없고 어머니는 혼자 있을 수가 없었다.

아무도 오지 않아.

다시 빚에 동동 떠서 일가족은 어디론가 흘러갈 거였다. 몇 년

쯤 지나면, 어쩌면 몇 달 안에라도 어머니는 다시 입을 쩟 다시
고 큰소리칠 거였다. 아무리 쪼들려도 자식들 주눅들까 봐 셋방
살이는 안 했다!

네 정류장 더 가서 정아는 일어나 차장 언니 옆에 섰다. 문이
열리자 문틀 안에 눈에 익은 약국과 양장점이 담겼다. 길만 건너
면 셋방이었다. 별로 들어가고 싶지 않고, 들어가기 싫은 것도
딱히 아니었다. 상관없었다. 그 셋방에서 어머니와 함께 있던 자
신은 소용이 없었다. 어머니는 혼자였고, 자신은 제로였다. 그
제로가 마음에 들었다.

끝.

정아는 인도로 내려섰다. 버스는 문 닫고 갔다.

그날 비가 뿌렸다. 통학 길에 오가는 다리는 저만치 있었다.
아이는 눈 좁히고 쳐다보다 시선을 돌렸다. 개천에 옆구리 잇대
고 누워 있는 있는 직경 1미터쯤의 시멘트 하수관들을 비가 온다
고 해서 건너지 않는다면, 겁이 나서 다시는 혼자서 건널 수 없
을 것만 같았다. 그것들은 금세 비에 젖어 번들거렸다.

가랑이 벌려 뛰는 순간 아이는 깨달았다. 뒤축이 덜렁 처진 슬
리퍼를. 첫번째 하수관을 디디는 순간 발이 미끄러져 슬리퍼 앞
으로 발가락이 튀어나왔다. 두번째로는 발이 다 튀어나가 플라
스틱 슬리퍼가 발목에 걸렸다. 아이는 슬리퍼를 고쳐 신었다. 돌
아서면 다시는 건널 수 없었다.

네번째 하수관은 절반 이상이 깨져 철근 골조에 시멘트 덩이들이 꼬치처럼 꿰여 있었다. 그 밑으로 콸콸 빠져나가는 흙탕물이 보였다. 몸이 떨렸다. 이제는 되돌아가나 마저 가나 마찬가지였다. 슬리퍼를 망가뜨려 혼나는 건 이미 어쩔 수 없고, 슬리퍼를 버릴 각오까지 섰으나 맨발이 더 미끄러울 듯도 했다. 그렇다고 하수관에서 내려가 걸어서 개천을 건너자니 흙탕물 속에 뭐가 있을지 알 수 없었다. 남은 넓이뛰기 세 번, 머릿속에 교과서 활자로 지나갔다. 미끄러지면 다리가 부러지든지 머리가 깨진다.

　개천 한가운데 서서 아이는 보았다. 하늘이 노랗게 변했다. 필터를 갈아 끼운 듯 산등성이도 노랑이 추가되어 국방색 되고, 그 밑의 집들은 발치에 피어난 주황 곰팡이였다. 그리고 필터가 다시 진분홍으로 바뀌었다. 신축 중이거나 철거 중인 휑한 건물들 사이에 벌겋게 찍힌 논밭을 바람이 우우 외치며 달려왔다. 굵고 미지근한 핏방울이 철떡철떡 떨어졌다.

　"육 여사가 총 맞았어!"

　어머니는 포기했다. 더 이상 공사를 할 수 없었다.

12

내 사진을 보려고 멀리 대구까지 가줘서 고마워. 그것도 오래된 일이다만 더는 마음에 두지 마. 대구역에서 내가 기차에 오르기 직전에 세워놓고 사진을 찍었던 영숙은 네가 그 사진을 보려고 찾아갔을 때 실종된 게 아니었으니까. 아직도 어딘가에 살아 있기만 하다면 사진을 간직하고 있겠지만, 그렇지가 않으니까. 네가 가끔 먼 하늘 쳐다보며 생각해봤자 소용없으니까.

영숙은 네게 내 소식을 전해줄 때마다 네가 똑바로 쳐다보지 않더라고 하더라. 영숙이 간만에 고향 집에 왔다는 말 듣고 네가 대문 앞까지 찾아와서는 들어오래도 들어오지 않고, 영숙이 문밖으로 나가면 물러나서 고역을 각오하듯 고개 숙이는 모습이 눈에 선하다. 영숙의 애기가 끝나도록 너한테는 냉기만 쌩쌩 돌지.

언니는 우리한테 왜 이럴까요?

그런데 너의 그 왕방울 눈이 사고 치지. 빨개지며 눈물을 쏟지.

하루짱, 아네가 고멘나사이!

언니가 미안해요! 해방 전에 학교에서 일본말로 배우고 일본말만 써야 했던 너와 나는 둘만 있게 되면 그 말이 튀어나왔잖아.

일본인 와다나베 선생은 너를 총애해서 매주 토요일 행군에 윗학년들을 제치고 기수로 앞장세웠지. 선배들보다 키는 작아도 깃대를 든 채로 너만큼 무릎을 높이 들어 올리고 고개를 절도 있게 돌리는 학생은 없었어. 실외 활동에서 열외라 늘 계단에 앉아 참관했던 내가 보증할 수 있어.

맨 앞에서 선생님은 북 치고 너는 깃발 들고 보조 맞추어 전교생을 이끌고 오는데,

괜찮아. 내가 하는 건 별거 아니야. 언니는 아파서 거기 앉아 있는 거니까 부끄러워할 필요 없어.

내 앞을 지나가면서 네가 매번 상기된 얼굴에 순간적으로 띄운 위로를 너 자신은 알았는지? 실은 나는 부끄럽지 않았거든. 그래도 그러는 게 너라서 놔두었다.

너의 미래가 활짝 열려 있었다. 너는 쭉 그렇게 남보다 앞서 나아갈 것이었다. 학교에서 날리는 하루짱! 공부면 공부, 체육이면 체육, 성악 말고는 못하는 게 없는데다 인정도 많아 인기 만점이었지. 집안에서도 어른 알고 경우를 알아 극성스런 고모들도 함부로 못하는 하루짱! 남편 잡아먹은 죄인이던 어머니의 방

패는 둘째 너였다. 나는 첫째이지만 학교에서처럼 집안에서도 열외였으므로.

한밤중에 일본 관사에서 공습경보를 울려 동네 사람들이 자다 뛰쳐나와 도망칠 때, 너는 "기석아! 기석아!", 색소폰을 배우겠다고 악사 선생 댁에 몰래 가 있던 남동생을 부르면서 관사 쪽으로 달려가더라. 관사를 지나 악사 선생 댁에 가서 기석이를 데려오려고 말이야. 순사들마저 공포에 질려 머리 감싸고 뛰어오는 통에 너만이 거꾸로 가더라. 어디서 그런 용기가 났을까?

내가 광주를 떠난 뒤에 네가 와서 허탕 치고 간 적 있지. 허울 뿐인 언니라도 거기까지 찾아올 만큼 네가 내심 의지했구나, 전해 듣고 나는 가슴이 아팠다. 그런데 너는 대구에 내가 이미 없는 줄 알면서 그깟 사진 한 장 보려고 거길 또 가더라. 가봤자 보지도 못할 거면서. 그러면 하행선 밤 기차를 혼자 탄 너는, 우리 왕고모가 아들의 도장을 찾던, 그런 심정이었니?

좀 쳐다봐줄 수 없어? 도라꾸 얻어 타고 먼지 뒤집어쓰면서 한 시간을 달려왔어.

그럴 필요 없다고 했잖아.

언니가 휴일에도 집에 안 오니까 나만 고생이야.

갖고 가서 동생들 먹으라고 해. 난 여기서 잘 먹고 있으니까.

뭐? 요시코상와 지분시카 시라나이!

우리가 단둘이 있었던 마지막 장소는 아마 도립병원 기숙사의 강당이었을 거야. 나는 풍금 앞에 앉아서, 너는 어머니가 싸 보내신 도시락 들고 내 등뒤에 서서.

요시코상은 자기밖에 몰라!

네가 그 말 했을 때 뒤돌아볼걸. 고개 돌려 너를 쳐다봐줄걸.

미안해.

기차 타고 이 강을 남쪽에서 북쪽으로 건너가면서 도로 건너 오리란 확신은 내게 없었어. 너희를 다시 볼 수 있으리란 확신도 물론 없었어. 다음날도 기약할 수 없는 시절이었다. 그래도 나는 갔어.

너랑 나랑 두 살 차이, 해방 후 혼란기에 너는 아직 여학생이 었고 나는 통신 강좌로 자격증을 갓 따낸 간호원이었어. 그건 큰 차이였어. 왜냐하면 성인은 손가락이 가리킬 대상이 될 수 있었 거든. 경찰서 천장에 처녀들이 팔을 뒤로 해서 알몸으로 매달려 생리혈을 흘렸어.

우리가 왕고모라고 불렀던 먼 친척 아주머니가 어떻게 아들을 찾아왔는지, 너도 기억할 거야. 잊을 수가 없었겠지. 과부로 시 장에서 장사해 기른 삼대 독자를 잃고도 왕고모는 눈물 한 방울 흘리지 않았잖아. 빨갱이의 가족들은 울 수조차 없었어. 군인들 에게 끌려가 죽은 사람들은 다 빨갱이였어. 그렇게 죽었기 때문 에 빨갱이여야만 했어. 오륙십 명이 몰살당해 버려진 구덩이를 뻔히 알면서도 피붙이의 시신을 감히 거두러 가는 이 없었다지.

그믐밤 왕고모는 딸들조차 모르게 혼자 가서, 썩어 뭉그러져 내 살 네 살 따로 없고 얼굴도 없는 시체들의 곤죽에 들어앉아, 달빛마저 없어 시체에 얼굴이 남았다 해도 별 도움은 안 됐겠지만, 해골 하나 끌어안고 "하나" 세고, 뼈다귀에 얽힌 바지의 호주머니 뒤지고, 그다음 해골 끌어안고 "둘" 세고, 바지 뒤지고, "셋", "넷"…… "마흔둘", "마흔셋", 숫자를 잊어버리면 처음부터 다시 세고. 그렇게 왕고모는 아들을 찾아내 보자기에 싸서 가슴에 안고 돌아왔다고 하지. 아들이 늘 바지 호주머니에 도장을 넣고 다닌 덕분에.

나의 청춘은 핏구덩이 속에 있었다. 내과 강 선생에게 내가 너무했다고, 너는 나더러 독하다고 했지. 그래, 다른 의사들도 경찰이 요구하는 대로 사망진단서를 써주긴 했어. 하지만 강 선생처럼 그 손으로 리르케의 『마르테노슈키』*에 헌사를 써서 내 비품함에 갖다놓지는 않았잖아. 그 두 가지가 겹치면 도무지 구역질을 참을 수가 없어지는 거야.

어릴 적부터 몸이 약해 책을 벗했던 나는 은밀히 도는 책자에서 찾아냈어. 그 상황에서 유일하게 말이 되는 말을.

만일 당신들이 미국인의 사냥개이며 우리 민족의 영원한 원수인 매국노 이승만, 김성수 도당의 학살적 독재의 멍에 밑에서 야만적 폭압적 테러와 기아의 지옥에서 신음하기를 거부한다면……

---

* 릴케, 『말테의 수기』.

거부한다면.

처음으로 나는 열외를 그만두고 한반도의 이천오백만 명에 의식적으로 끼었다. 간호원 하면서도 골골해서 어머니가 도립병원 기숙사로 도시락을 네게 들려 보내야 했던 내가, 공순이가 되더라. 어머니가 오냐오냐 해서 단추 하나 제 손으로 달아보지 않은 주제에 광주라는 낯선 도시에서 방적공장의 여공이 되고, 대구에서는 작업반장씩이나 되더라.

어머니와 동생들을 위해서는 써본 적 없는 힘이 내게 있더라. 어머니가 급기야 집안에서 쫓겨나신 뒤로도 나는 그 힘을 완고한 조부모님 밑에 천덕꾸러기로 남겨진 동생들을 위해서 조금도 쓰지 않았다.

결정적인 시기였다. 이를테면 네가 조금 더 자라 자격증을 딸 나이에 이르기 전에 상황은 바뀔 것이고, 바뀌어야만 했어. 바뀌어야만 했어. 상황이 바뀌면 이천오백만 명의 일부로서 너희도 구해질 것이었다. 나는 상황을 바꾸는 데 총력을 다함으로써만이 너희를 도울 수 있었다. 날마다 결정적인 날이고, 매 순간 결정적인 순간이었어. 이 강을 건너가면서 나도 눈물 한 방울 흘리지 않았다.

이 강을 건너서 나는 어디로도 가지 않았어. 북에 속하지 않았고, 남에도 속하지 않았어. 피아의 구분에서 어느 경우에도 나는 안쪽에 속해진 적이 없어. 어느 안에 들어가기에도 나는 너무 커.

나는 무한히 연장된 결정적 순간에 있어.

네가 아는 요시코, 그녀의 종적이 끊긴 철교가 전쟁으로 폭파될 때 나는 잔해와 함께 추락하여, 강바닥이 비좁도록 깔린 해골들을 하나, 둘 세고 있어. 느릿느릿 더듬고 안팎으로 드나들고 톡톡 쪼기도 하면서, 하나, 둘, 세고 있어.

듣고 있니?

내가 기어서 강바닥에, 헤엄쳐서 물에, 날아올라 하늘에 새기는 말들을?

하루짱, 이찌방!

너를 지켜주어 고마워!

기화되지 않고, 녹아버리지 않고, 뒤죽박죽이 되지 않아줘서 고마워.

너의 경계는 얼마나 단단하고, 그 안의 응집력은 얼마나 강한지!

날마다 싸워줘서 고마워, 매 순간 이겨줘서 고마워.

너는 결코 포기하지 않지. 네 손에 매달린 연약한 손을 놓지 않지. 한 번 잡으면 놓는 법 없지.

너는 대단해!

13

한 반의 미애는 집에서 마루에 엎드려 숙제를 하고 있었다. 옆집 아주머니가 부르는 소리에 창으로 내다본 어머니가 꼼짝도 안 하기에 자기도 일어나 가보니, 담 너머에서 손짓하는 그 아주머니의 얼굴이 섬뜩하도록 희었다.

이리 와보세요. 경찰 좀 불러주세요.

무슨 일인데?

저도 잘 모르겠어요.

창에서 물러서는 어머니의 입이 반쯤 벌어져 있었다. 미애는 언니 오빠들이 아직 하교하지 않은 집에 혼자 남아 있기가 무서워졌다.

대문을 열어놓고 기다리는 옆집 아주머니는 외출에서 방금 돌아온 듯 투피스 차림이었다. 그런 옷을 입은 채로 현관 계단을 걸어 오르지 않고 엎드려 네 발로 기어 올라가는데도, 조금도 우습지 않았다.

욕실의 타일 바닥에 옆집 아이들이 나란히 누워 있었다. 네 살, 세 살, 두 살, 연년생 세 아이가 다 흠뻑 젖은 채 살이 푸르스름했다.

글쎄 애들이 이 안에 있어서 내가 내놨어요. 근데 숨을 안 쉬는 것 같잖아요?

물이 반쯤 찬 욕조를 가리키면서 아주머니는 아이들이 숨을 안 쉰다는 자신의 착각이 어이없다는 듯 벙긋 웃으려 했다. 미애 어머니의 아연한 표정을 보고는 외면하며 쭈그려 앉았고, 이미 해봤을 텐데도 엉덩이 쳐들어 아이들에게 차례로 귀를 갖다 댔다. 그 아이들의 머리맡, 세면대 밑에 철에 안 맞는 성인용 겨울 내복이 뭉쳐져 있고, 빨간 바탕에 검붉은 핏자국이 마치 붓을 닦은 듯 거칠게 그어져 있었다.

얘는 아직 숨이 붙어 있어요. 빨리 병원에 데려다주세요!

갑자기 아주머니가 가장 작은 아이를 들어 미애 어머니에게 내밀었다. 그런데 그 아기는 숨을 쉬기는커녕 푸르스름했다니까!

미애는 얼굴을 가리고 책상에 엎드려버렸다. 그게 엊저녁에 직접 본 장면이라는 거였다. 미애를 둥그렇게 둘러싼 아이들은 침묵 속에 기다렸다. 아아, 내가 거기 있어야 했는데⋯⋯ 이내 미애의 고개가 들리고 목격담은 이어졌다.

영심아! 암만 벨을 눌러도 대문을 안 열어서 쓰레기통 딛고 담

넘어 들어왔다고요. 영심아! 영심아아!

식모언니를 부르는 옆집 아주머니의 목소리는 점점 더 그악스러워졌다.

지짐, 짐 싸서……

미애 어머니는 말소리가 제대로 나오지 않자 손으로 보따리 묶는 시늉을 했다. 아주머니는 입을 꾹 다물고 짜증스럽게, 미애 어머니는 눈을 빠르게 깜박이면서 현관을 쳐다보았다. 식모가 귀중품을 싸 들고 나갔을 현관은 휑하게 열려 모기가 날아들고 있었다. 안방의 장롱, 화장대, 건넌방의 삼단장, 마루의 장식장까지 문이란 문, 서랍이란 서랍은 다 열려 있고 내용물이 쏟아져 나와 있었다. 모든 가구가 토한 것 같았다.

아주머니는 마루를 쿵쿵 울리며 부엌으로 걸어갔다. 창문이 없어 이르게 어둠에 잠긴 부엌 곁방의 불을 켜고 비키니 옷장을 갈라버리듯 지퍼를 위에서 아래로 단번에 내렸으며, 밑받침인 나무판자 밑에 손을 깊숙이 넣었다 뺐다. 손끝에 식모의 것일 예금통장이 딸려 나왔다. 비닐 커버가 불룩하게 목도장도 함께 담겨 있었다. 아주머니는 눈으로는 미애 어머니를 올려다보면서 손으로는 예금통장을 방바닥에 세게 내팽개쳤다. 눈동자가 크게 확대되어 흰자위가 거의 없었다.

흐느적거리는 다리로 싱크대에 매달리다시피 하여 아주머니는 부엌을 가로질렀다. 부엌 뒷문은 잠겨 있지 않아 문고리를 돌려 미는 것만으로 한가롭게 젖혀졌다.

영심아, 영심아아!.

아주머니는 뒤켠의 지하실 계단을 내려다보면서 아주 부드럽게 불렀다. 대답은 들려오지 않았다.

너 어여 파출소로 뛰어가서 경찰 아저씨들 오시라고 해.

미애 어머니가 딸에게 말했다. 침착하려고 지나치게 애를 써서 밝기까지 한 어머니의 표정을 보고 미애는 뭔 일인가 더 있다는 것을 알아챘고, 거기 더 있기로 했다.

피 냄새는 생선 비린내와 비슷했다. 식모언니는 지하실 바닥에 흥건한 피를 요처럼 깔고 엎어져 있었다. 뒤통수가 깨져 허연 것이 보였다. 시멘트 바닥에 댄 뺨 쪽의 눈알이 구멍에서 빠져나와, 구멍에서 눈알까지 끈 같은 것이 늘어져 있었다.

미애는 한 손을 헐겁게 쥐어 제 왼쪽 눈에 댔다가 적당히 뗐다.

"죽은 애들은 어떻게 하고 죽었어?"

한 아이가 물었다.

"이렇게."

미애는 두 주먹을 꽉 쥐고 눈을 질끈 감았다.

"또 이렇게."

이번에는 주먹을 풀고 눈을 반쯤 떴다. 아이들의 얼굴에는 감탄이 가득했다. 아아, 내가……

"몰라, 몰라! 우리 이제 어떻게 살아! 울 엄마가 그러는데 집이 안 팔려서 이사 갈 수도 없대."

미애는 도리질하며 울먹였다.

3. 민족중흥

2) 민족중흥의 때

(5) 민족중흥을 위한 우리의 자세

잘살 길은 있다.

약진의

　여선생님은 서예 하듯 팔을 크게 움직여 명필로 칠판에 써 내려갔다. 전학이 예정된 뒤로 으레 그래 왔듯 정아는 연필 쥔 시늉만 했다. 한쪽 어깨를 기울이고 필기하는 미애는 6학년이라도 국민학생이었다. 국민학생이 살인 현장을 봐도 되나? 나중에 정신병 걸리지 않을까? 칠판을 향해 얼굴을 들었다 내렸다 하는 다른 아이들도 국민학생이었다. 그런 얘기를 들어도 되나? 자신은 그들과 함께 앉아 있기만 하지만 마음은 이미 이 학교 학생이 아니므로 그 살인 사건의 영향권 밖으로 여겨졌다.

　미애네 동네는 학교에서 건축가의 집과 반대 방향이었다. 그런데 살인 사건이 났다는 미애네 옆집이 꼭 건축가의 집 같았다. 전화선이 연결되지 않아 경찰을 부르려면 파출소로 뛰어가야 한다는 것이 우선 그랬다. 그 너머로 이웃에게 손짓할 수 있으며 쓰레기통을 디디고 타 넘을 수도 있을 만큼 담장이 낮다는 것도 그랬다. 담 안팎을 관통하여 두 개의 시멘트 상자를 맞붙여놓은 형태로, 담 안쪽 마당에서 양철 뚜껑 열고 쏟은 쓰레기를 담 밖에서 청소부 아저씨가 가져갈 수 있는 쓰레기통이 눈에 선했다. 청소부 아저씨가 갈퀴를 집어넣는 바깥 상자의 아래쪽 구멍으로 눈이 벌건 산개가 들락거려, 마당의 발바리 쎈이 안쪽 상자를 긁으며 난리 치곤 했다. 그리고 집 뒤꼍의 계단으로 깊숙이 내려가는 지하실.

학교 이쪽에 건축가의 집이, 일직선으로 반대쪽에 미애네 옆집이 그려졌다. 건축가의 집과 똑같은 모습이었다. 그리고 90도 각도로 아래와 위에 그런 집이 두 개 더 늘어났고, 45도 각도로 네 개가, 22.5도 각도로 여덟 개가…… 집과 집을 잇는 선이 바퀏살처럼 촘촘해졌다. 바퀴의 둘레는 그 선의 3.14배이며, 제 자신은 바퀴 바깥에 있었다.

쉬는 시간에 미애는 형사 '콜롬보' 역할까지 해야 했다. 그 집은 원한을 산 거다. 단순한 도둑이라면 아직 말도 잘 못하는 네 살, 세 살, 두 살 아기들을 모조리 죽이지는 않았을 테니까.

연탄을 때기에는 이른 초가을에 왜 식모는 지하실에 내려가서 쓰러져 있었나? 이 점에서 콜롬보는 오락가락했다. 살인자에게 끌려서 지하실로 내려갔다면, 시신의 두 발에 플라스틱 슬리퍼가 걸쳐져 있는 게 이상하지 않나? 억지로 끌려서 계단을 내려가면서 슬리퍼를 한 짝도 흘리지 않았다고?

아니 그러면, 식모가 살인자를 피해 스스로 지하실로 도망쳤다면, 그 와중에 슬리퍼를 챙겨 신었다는 것도 이상한데?

하여간에—아마도 미애네 동네 어른들의 추리가 갈렸다가 다시 의견이 모아지기로―식모는 차라리 죽기가 다행이다! 주인 집 애들이 다 죽었는데 자기만 살아봤자 남은 평생 그 의심과 비난을 어찌 견디겠느냐?

그러나 연탄을 때지 않는 계절에 지하실로 내려가는 게 특별한 일은 아니었다. 정아는 그런 적이 수도 없었다. 끌려가든지 도망쳐 가지 않더라도 지하실로 내려갈 일은 많았다. 삽, 톱, 접이식 사다리, 철사, 호스 같은 연장과 김치 담글 때 쓰이는 커다란 다라이와 채반들, 감자 같은 저장 식품도 쥐가 타지 않도록 고무 통에 담겨 서늘한 지하실에 있었다. 가져오고 또 갖다 두어야 했다. 지하실은 누전, 누수 등등 갖가지 문제에서 지상의 건물과 연관되어, 무엇을 수리하러 온 인부이건 안내해서 보여줘야 하는 곳이기도 했다.

범인이 식모언니만은 집 안에서 죽이지 않고 굳이 지하실로 끌고 내려가서 죽여야 할 이유는? 식모언니가 스스로 도망친 경우라 해도, 장독 디디고 뒷담을 얼마든지 넘을 수 있건만 계단을 내려가서 막다른 지하실에 숨을 이유는?

둘 다 그럴 이유가 없을 듯싶었다.

지하실에 숨을 사람은 따로 있었다. 그 집의 구조를 잘 알아 일찍이 지하실에 숨어들어서 집 안의 동태를 살피던 범인!

수업 시간에 속으로 추리를 이어가다 정아는 머리카락이 쭈뼛섰다.

범인은 지하실에서 문을 등지고 창문에 붙어 서 있다. 환기구를 겸한 창문은 높직이 가로로 길게 뚫려 있으며, 범인의 머리에 걸려 둘로 나누어진 희미한 빛줄기 속에 먼지가 떠돈다. 창문 너머는 원래 베란다 밑의 빈 공간이었지만 유리로 틀어막혀 온실로 개조되었고, 줄줄이 늘어선 선인장 화분이 말라죽어가고 있다.

투피스를 차려 입고 원목 대문을 나서는 아주머니가 흐릿한 유리를 통해 보인다. 한쪽 다리를 내밀고 몸을 기웃해서 아주머니를 배웅한 식모는 뒷걸음쳐 대문을 맞물려 닫고, 슬리퍼를 끌며 수돗가를 지나 시야에서 사라진다. 잠시 뒤에 슬리퍼 뒤축이 발뒤꿈치를 규칙적으로 치는 소리가 난다. 식모가 뒤꼍을 돌아 지하실 계단을 내려오고 있다.

고개를 돌리려는 범인의 뒤통수를 정아는 본다. 정아 자신이 범인 뒤에 서 있었던 것만 같다. 건축가의 집 지하실에서.

눅눅한 공기 속에 감도는 곰팡이 냄새를 다른 강렬한 냄새가 압도한다.

폭력의 냄새.

사거리에 멍하니 서 있다가 신호등이 바뀌기 직전에 길을 건넜다. 길가에 고인 물웅덩이에서 장구벌레들이 경쟁적으로 빠끔거리고 있었다. 이제 와서 모기가 돼봤자 찬바람 불면 입이 비뚤어져서 피를 빨지도 못할 텐데.

제 속에서 빠끔거리는 많은 생각들 중에 하나를 골랐다.

쎈에게 작별 인사를 해야 해.

옛 주인을 기억할지는 몰라도. 정아는 가끔 훌쩍이며 걸었다. 발바리 쎈 때문에, 그리고 은희 때문에.

은희에게도 작별 인사를 해야 했다. 6학년만 해도 한 반에 70명씩 12반 840명, 더구나 앞뒤 반으로 갈려 쓰는 계단이 달라서 그간 마주칠 일이 없었다. 점심시간이나 조회 시간에 운동장에서 은희를 먼발치로 봐도 못 본 척했으며, 은희도 못 본 척 얼굴을 돌렸다. 그러나 은희는 상대가 알아채지 못한 것 같으면 계속 쳐다보았기 때문에, 자기는 일부러 돌아보지 않고 시선을 오래 느끼기도 했다.

길을 잘못 든 모양이었다. 그런데 어디서? 그림으로만 봤던 자연현상이 눈앞에 있었다. 대륙판의 충돌로 인한 지반의 융기.

지반은 『소년과학』 잡지의 삽화와 똑같이 독자들이 이해하기 좋게끔 시대별 지층을 층층으로 드러내며 융기해 있는데, 자연히 그렇게 될 리는 없었다. 그것은 세로로 쩍 잘린 산이었다. 발치에서 뿌연 먼지와 함께 암석을 뚫는 굴착기의 소음이 울려 나왔다.

벌겋게 흙이 뒤집힌 벌판 저쪽에 조개껍데기처럼 이지러진 작은 언덕이 보였다. 조개껍데기의 납작한 쪽으로 하늘 아래 눈에 익은 윤곽이 이어졌다. 그러나 볼록하게 부푼 쪽에서는 딱 끊겼다. 다시 시선을 옆으로 당겼다가 눈에 익은 윤곽들을 거슬러 오면, 조개껍데기의 납작한 끄트머리 부근에 약수터가 있을 거였다. 조개껍데기는 건축가의 집 마당에서 올려다보이던 나지막한 언덕이 맞았다. 그렇다면 반대편으로 또 하나의 조개껍데기 같은 비탈이 있어야 했다. 없었다.

수년 전부터 1, 2년 안에 난다, 난다 하던 도로가 드디어 나고 있었다. 그런데 도로는 동네 앞으로 개천을 따라 나지 않고, 동네 뒷산을 관통하여 산줄기를 깎아내고 동네 앞을 비껴가려는 것이었다. 개천에 새로 놓인 다리로 커다란 공사 트럭들이 줄지어 오가고 있었다.

산줄기의 반쪽 면이 깨끗이 잘려나갔다. 그리고 그것과 함께 판자촌이 사라졌다. 이끼 낀 돌로 동그랗게 둘러싸인 샘도, 집 뒤에서 혼자 투덜대며 부스러져 내리던 흙벽도, 미끄럼틀처럼 매끄럽게 다져진 흙길도 사라졌다. 거긴 허공이었다.

거긴 허공이었다. 누군가 거기 있었다는 흔적조차 없고, 앞으로도 영원히 거기에는 그 누구도 있을 수가 없었다. 은희는 전학 가면서 아무에게도 인사조차 하지 못했다.

저 아래 건축가의 집이 있다. 새로 올린 이층이 아래층보다 넓어서 벽과 담장 사이의 간격을 덮었고, 담은 또 이층에 닿도록 높아져 있었다. 전쟁터의 요새 같았다. 마당이었던 자리에는 또 한 채의 작은 건물이 우격다짐으로 들어서서, 개집이 있을 자리는커녕 사람이 다니기조차 힘들어 보였다.

저 집에 사는 동안 내내 빌었다. 제발 도로가 나게 해주세요!

창밖에서 빗방울만 떨어지면 마루 천장의 아치형 이음매가 누수로 얼룩질까 올려다보며 빌었다. 제발 도로가 나게 해주세요!

아지랑이가 피어오르는 흙길로 어머니가 양손에 든 짐의 무게를 못 이겨 로봇처럼 걸어올 때, 빌었다. 제발 도로가 나게 해주세요!

태풍에 건축 자재가 날아가고 산에서는 사람 소리도 짐승 소리도 아닌 깨애애애 비명이 밤새 날 때, 빌었다. 제발 도로가 나게 해주세요!

빚 때문에 싸우다 아버지가 어머니를 후려치자 오빠가 울면서 건넌방으로 뛰어가 야구방망이를 들고 올 때, 빌었다. 제발 도로가 나게 해주세요!

한 이불 속에 자던 어머니가 어둠 속에 혼자 일어나 앉아 엄마, 엄마, 왜 우리를 버렸어요, 오래전에 자식들 두고 일본 가버리셨다는 외할머니를 원망하면서 울 때, 자는 척하면서 빌었다. 제발 도로가 나게 해주세요!

수풀을 헤치며 발바리 쎈이 왔다. 집을 잃고 산을 떠도는 쎈이 옛 주인의 냄새를 잊지 않고 찾아왔다. 그러나 쎈은 멈추었다. 핏발 선 눈에 적의가 타올랐다.

정아는 돌아보지 않았다. 돌아보면 달려들 것 같았다. 쎈이 아니었다. 쎈보다 훨씬 큰 덩치가 느껴졌다. 정아는 무릎을 끌어안고 앉은 자세 그대로 온 신경을 그쪽에 보내면서 제 발등을 내려다보았다. 철 지난 샌들의 흙먼지 낀 가장자리가 가여웠다.

옷자락이 풀잎에 스치는 소리가 서서히 멀어져갔다. 돌처럼 굳었던 몸이 풀리면서 정아는 무릎에 얼굴을 묻고 눈을 감았다.

푸르스름한 아기가 한강에 둥둥 떠갔다. 식모 숙이언니는 건

축가의 집 지하실로 내려갔다. 차라리 다행스럽게, 머리에서 피
를 뿜으며 쓰러졌다.

제비가 강물에
배를 씻듯

"온다!"

베란다로 동생이 달렸다. 왼쪽 창문을 닫고 미끄러지면서 김 칫독 위로 팔 뻗어 오른쪽 창문도 닫는 순간, 작은방에서 오빠가 베란다로 면한 창문을 닫았다. 유리를 사이에 두고 마주볼 새도 없이 오빠는 뒤통수를 보이며 방에서 뛰어나갔고, 동생은 발에 꿰인 슬리퍼를 뒷발질로 날려버리고 마루로 뛰어들었다. 드르륵, 탕, 마루문과 부엌 창문이 동시에 닫혔다.

남매는 나란히 마루 유리문에 붙어 서서 기다렸다. 그것은 왔다. 산천의 굴곡으로 인한 자연스러운 윤곽을 간직한 채 지도에서 쑥 빠져나와 푸르른 강물에 얹힌 고동색 지형, 물살에 앞머리가 한가히 들리는 떠다니는 섬, 서해 바다로 보내는 대지의 장문의 편지! 똥의 땅, 똥의 섬, 한강에 내지른 서울시의 설사!

인간에게는 보이지 않는 모든 틈으로 구린내가 침투해왔다. 남매는 숨을 참고 지켜보았다. 실내 온도와 함께 급상승하는 악취의 농도가 피부와 눈알로 감지되었다. 강물 위의 그것은 당당하게 시야를 점령해갔다. 그리고 지나가도, 지나가도 끝이 나오지 않았다. 표면이 꾸덕꾸덕 말라 충분히 단단해 보였다. 여의도의 자전거 군단이여, 오라! 어머니가 새벽에 자식들 깨워 돗자리와 도시락 싸 들고 달려갔던 '빌리 그레이엄' 목사의 전도집회도 저 위에서 다시 한 번!

상류의 어딘가 오물 처리장에서 비로 불어난 물에 똥을 몇십 톤씩 몰래 방류한다는 것이다. 거기서는 비가 올 때 방류했을 테지만 여기에는 이렇게 맑은 하늘 아래 보란듯이 당도하기도 하고, 반대로 여기는 비가 억수로 내려 이때다 싶은데 거기는 비가 안 왔는지 소식이 없기도 했다. 주로 동트기 전, 어둠이 가장 짙은 시각에 그것이 지나가는 걸 보면 비하고는 관계없을지도 몰랐다.

잠결에도 그것의 접근이 감지되었다. 창문을 닫으러 몸이 일어나지지는 않아서 납작하게 찌브러져 있을 뿐이었다. 잠과 꿈과 어둠을 압도하며 다가오는 그것은 죽음의 선단이었다. 악취로 주조된 사신의 낫이 깔딱대는 숨통을 스쳐 지나갔다. 가위눌림보다 덜하지 않았다.

오빠의 짧은 머리 밑에 맺힌 땀방울의 대열이 걷잡을 수 없이 무너져 귀밑으로 흘러내렸다. 숨을 참을수록 커지던 심장의 박동이 정수리에 다다르자 파아, 동생의 입이 열리고 탁한 숨이 빠져나갔다. 이어서 입과 콧구멍은 물론 귓구멍으로까지 액체처럼 진한 구린내가 빨려 들어왔다. 혀에서 찝찔한 맛마저 났다.

오빠는 침착하게 마루문을 열고 나가 베란다 창문도 열었으나, 미처 다 못 열고 반쯤 열린 틈으로 고개를 내밀고 파아, 마저 열어젖히며 길게 들이마셨다. 동생은 더러운 느낌에 입에 물고 있던 침을 자기도 모르게 삼켜버리고 부엌 창문을 열러 뛰어갔다. 탕, 탕, 탕. 좀 전에 잠시라도 늦게 창문들을 닫으면 큰일날 것 같았듯이, 지금은 잠시라도 늦게 열면 큰일날 것 같았다.

갇혀 있던 공기보다는 덜 독한, 하지만 아무런 차단 없이 직접 코에 와 닿자 생생하게 구린, 그래도 시원해서 좋은 공기가 마루를 관통했다. 묶인 커튼이 낙하산처럼 부풀고 건들대는 스탠드 옷걸이에서 옷가지가 우수수 져 서로 얽어매며 밀려갔다.

그것은 한강 철교의 교각에 걸려 미적거리고 있었다. 철교로 화물열차가 달려왔다. 오만상을 쓰고 숨 참는 기관사 아저씨가 이기느냐, 일정한 간격의 교각에 성긴 빗처럼 끼어 옆으로 벌어지면서 빗살을 늘려가는 그것이 이기느냐? 전속력으로 도망쳐 오는 기차의 요동에 아파트 창문이 각기 문틀을 부수고 튀어나올 듯 몸부림쳤다.

"스물일곱!"
"스물일곱!"
간발의 차로 오빠가 먼저 외쳐 화물열차의 차량 대수를 자신이 센 것으로 선점했다. 그래봤자 기록에 변동은 없으므로 남매는 미련 없이 돌아섰다. 이사 온 지 보름 만에 기차의 소음에 묻혀 뻐끔거리는 상대의 입술에서 말소리를 알아듣게 된 것은 인체의 신비였다.

이번 열차에는 석탄이 실려 있어서 애초부터 별 기대는 없었다. 화물이 가벼워야 기관차에 연결된 화물칸의 숫자가 늘어났다. 남매의 경쟁에서 최고 기록은 오빠가 보유한 38대였다. 동생은 텅텅 빈 화물칸으로다만 42대가 매달린 것을 센 적이 있건만, 하필 그때 오빠가 없어서 비공식 기록이었다.

전철은 기차보다 두 배 이상 박자가 빨랐다. 아파트에서 기찻길까지 걸어서 15분 정도의 거리와 그 사이 상가의 존재가 믿기지 않을 만큼 그 소리는 크고 거칠었다. 전철이 후딱후딱 상가를 걷어치우며 가버린 듯싶기도 했다. 베란다에서 내다보면 방금 일대를 뒤흔들고 간 전철이 한강 철교에 나타났다. 들이받은 건물들의 잔해마저 그새 떨쳐버린 멀끔한 자태였다.

베란다에서 왼쪽으로는 제1한강교가 보였다. 교과서에 망가진 성냥개비 공작품 같은 사진이 실려 있는 한강 인도교가 바로 그 다리였다. 6·25 때 예고도 없이 다리가 끊겨 그 위를 꽉 메운 피난 차량들이 강물로 떨어지고, 뒤차들은 드디어 길이 트여 앞차들이 전진한 줄 알고 따라가서 떨어지고, 그 뒤차들도 따라가서…… 사진 속 강물에 닿을 듯 말 듯 늘어진 철제 골조에 피난민들이 개미떼처럼 새까맣게 매달려 있었다.

나는 빨갱이들로부터 나라를 지켰습니다.

혼자서 모든 책임을 지고 다리를 폭파한 육군 대령이 사형당하기 직전에 했다는 말을, 어머니는 마치 자신이 어릴 적에 한 것처럼 슬프도록 해맑은 표정으로 읊곤 했다. 본인의 파란만장했던 유년 시절을 자식들에게 전하면서 어머니가 짓는 그 표정은 착하지만 불행한 사람들 얘기를 할 때도 공용이었다. 얘기 끝에 어른으로 돌아온 어머니는 어린 자기와 그들 모두에 대한 연민으로 눈물을 찍어냈다.

애국자야, 애국자! 그 사람 가족은 어찌됐는지!

야간 통행금지 시간에도 다리의 조명은 꺼지지 않았다. 검은 강에 드리워 물살에 부서지는 불빛은 열렬히 흔들리는 응원 수술 같았다. 경제 발전을 위해 밤 열두 시까지 일한 사람들과 새벽 네 시부터 일할 사람들을 밤새 응원했다.

제1한강교와 한강철교 사이, 뒤로는 철길로 잘린 사각의 공간에 시영아파트와 시민아파트가 늘어서 있었다. 남매의 집은 시영아파트였다. 시영과 시민은 복도식 5층짜리 아파트로 겉으로는 유사하지만 실내 구조가 달라서 시영은 방 두 개, 시민은 마루는 좀더 넓더라도 방이 한 개뿐이었다. 시영의 최초 입주자들은 그냥 서민이었는데 시민의 경우에는 철거민이었다고 한다. 서민과 철거민은 엄연히 달랐다. 그 증거로 주황색 비닐 장막을 빨랫줄로 감아놓은 포장마차 장사용 리어카들이 시민 아파트 쪽에 훨씬 많았다.

실은 또 하나의 아파트가 있으니, 2차선 도로로 시영과 구분되는 시범아파트였다. 주변에 가본 이가 없어 실내 구조에 대한 정보는 없었다. 무엇보다 그 아파트는 일반 건축업자가 지어 분양한 것이라서 주민들 또한 일반인이었다. 서민이나 철거민이 아니었다. 시범이라는 이름의 첫 글자 '시'도 시영, 시민의 첫 글자와 한글로만 같지 한자로는 달랐다.

시영, 시민의 시는 서울시가 가난한 사람들을 위해 지어줬다는 뜻의 시(市).

시범의 시는 내가 아파트의 모범을 보여주겠다는 뜻의 시(示).

시범 아파트 입구의 벽돌 기둥에는 한자로 '示範', 한글로 '아파아트'라고 새겨진 동판이 적당한 깊이로 박혀 은은히 빛났다. 한적한 주차장에 승용차도 한두 대 서 있었다. 시영과 시민의 명판은 쇠파이프에 매달려 있으며, 크기와 색깔, 글자체 말고도 바람에 우그러진 하단에 먼지가 쌓여 글자를 알아보기 힘들다는 공통점이 있었다.

주말에 가끔 오빠는 강으로 내려갔다. 철망 울타리에 올라타서 동생을 끌어 올려놓고 자기부터 밖으로 뛰어내리느라 손을 잠깐 놓았다. 꿀렁대는 울타리 위에서 혼자 힘으로 버티는 동안 동생은 매번 그 국면에서 느꼈던 고독을 상기했으나, 밑에서 오빠가 손을 다시 잡아주면 매번 그랬듯이 잊었다.

다음으로 신호등도 건널목도 없는 왕복 8차선 강변도로를 불법으로 건너야 했다. 육상 선수의 출발 자세로 좌우를 살피던 오빠가 오른손을 채는 것을 신호로 동생은 뺨이 홀쭉해지도록 뛰었다. 차들이 경적 소리를 폭발음처럼 터뜨리며 지나갔다.

건너편에 다다라 철삿줄 넘어 숨 돌린 후, 풀줄기 잡고 풀뿌리를 디디며 모래언덕을 타 내려갔다. 발밑 모래땅이 습기를 먹어 차차 거무스레해지고, 돌아보면 어느새 이렇게 멀리 왔나 싶게 아파트가 작게 보였다. 돌아가는 길에 강변도로를 다시 건널 걱정도 둔해졌다. 아파트의 동과 동 사이에서 바글댈 아이들이 불쌍하긴 해도, 그들이 강가의 두 탐험가를 보고 용기 내어 몰려오기를 바라지는 않았다.

방음 장치가 된 듯 고요했다. 물수제비뜨기가 진력나면 남매는 강물에 떠내려온 빛바랜 나뭇가지 주워들고 쓰레기를 쑤석거렸다. 강물도 바닷물처럼 밀물과 썰물이 있어, 밤새 불었다 빠져나가면서 물가에 그물 모양의 자취와 함께 온갖 것들을 남겼다. 물에 오래 씻겨 유리병은 말갛고 비닐은 깨끗하고, 플라스틱도 나뭇가지 자체도 맥없이 잘 부스러졌다. 반쯤 백골이 된 고양이 시체는 강물로 되돌려 보내졌다.

"채병덕이야."

저기 앙증맞은 차들이 줄지은 제1한강교를 나뭇가지로 가리키며 동생은 트릿하게 내뱉었다. 다리를 힐끗 보고 마는 오빠의 얼굴에 체념과 냉소가 뒤엉겨 지나갔다. 동생이 방금 짓고자 했던 그 표정이었다. 자기는 도무지 제대로 되는 것 같지가 않았다.

6·25 당시 한강 다리 폭파 명령을 내린 범인은 육군 참모총장

채병덕이었다고 했다. 육군 대령은 명령을 받아 단추를 누를 수밖에 없었는데 덤터기 쓰고 사형 당했다고, 오빠가 그런 얘기를 어머니 앞에서는 하지 않아 동생도 하지 않았다.

작년 가을 어머니의 여학교 동창 둘이 오빠의 학교로 찾아왔던 일은 나중에 그 동창들한테 들었을 텐데도, 어머니 또한 들은 티를 내지 않았다.

수업 중에 오빠가 상담실로 호출 받아 갔더니 상담교사 없이 두 분만 앉아 있었다. 재권이 아줌마 또 경식이 아줌마, 그들은 자식들의 이름으로 자기소개를 하며 친구의 아들이 모를 수도 있으리라는 미소를 지었지만, 혹시라도 친구 아들이 정말 자기들을 몰라볼까 봐, 아니 그보다는 친구가 아들에게 자기들 얘기를 하지 않았다는 사실을 자기들이 알게 될까 봐 불안한 기색이었다. 오빠는 귀까지 뜨겁게 달아올랐다. 고맙게도 어머니에게 돈을 꾸어주는 몇 안 되는 인물들 중에 재권이 아줌마와 경식이 아줌마를 모를 수가 없고, 재권이와 경식이는 언젠가 만나게 되면 한 수 접어줘야 하기 때문에 몰라서도 안 되는 이름이었다. 아주머니들은 상대가 자기들을 알아본 줄을 알겠다는 뜻으로 기쁜 빛을 반짝 보이고, 이어서 한숨을 길게 내쉬었다.

너네 엄마를 저렇게 두면 안 된다.

그 '저렇게'라는 것이 어떤 상태를 의미하는지 아주머니들이 설명하지 않고 조금씩 다른 식으로 같은 말만 반복해서, 차마 설명할 수 없을 정도로 어머니가 나쁜 상태라는 뜻으로 들렸다. 오빠는 그때 어머니와 단둘이 따로 살던 여동생의 전쟁 고아처럼 처량한 몰골을 떠올렸고, 아주머니들은 눈물을 닦을 손수건을 꺼내느라 악어가죽 핸드백을 차례로 딸깍딸깍 열었다. 다른 친구도 아니고 학창 시절에 명성이 자자했던 모범생을 인생의 위기에서 구출하기 위해 그들이 선정한 친구 인생의 핵심, 중1 외아들은 헐렁한 교복과 무력감에 싸여 손가락 하나 까딱할 수 없었다.

어떤 기미가 있었다. 나뭇가지를 던져버리고 남매는 강변도로를 향해 뛰었다. 기미는 방귀 냄새로, 생똥 냄새로 또 독가스 같은 구린내로 급격히 강해졌다. 그것이 오고 있었다. 남매는 모래밭에서 허우적거렸다. 숨은 적게 들이마시면서 뛰기는 빨리 뛰려는 불가능한 노력을 하는 중이었다.

큰 인물 못 되겠구나.

중학교 입학 전날 미장원 거울 앞에서 정아는 낙담했다. 제 귀가 그렇게 올라붙어 있는 줄 처음으로 알았다. 귀밑 1센티로 자른 단발이 길쭉한 얼굴의 반밖에 안 왔다. 자고로 큰 인물은 귀가 내려 붙어야 하며, 대통령은 매우 그런 편이라서 귀가 눈꼬리보다도 낮다고 하지 않나.

학교 어디선가 소프라노의 고음이 치솟았다. 바로 합창으로, 또 응원의 함성으로 발전했고 머리 위가 쿵쾅거렸다.

쥐! 쥐! 쥐! 교실에서 여럿이 부르짖고 나머지는 복창하면서

의자로 튀어 올라갔다. 중학교 36학급과 고등학교 36학급, 수천 명의 여학생들이 의자 위에 서서 머리카락을 움켜쥐고 비명을 질러댔다. 으아아아아아으으으아아아아아…… 민방공훈련의 사이렌처럼 고저가 있으며 소리가 낮아질 때 불안감은 오히려 올라간다는 점도 같았다. 숨을 가다듬고 다시, 으으아아아아아……

아무리 무서운 선생님도 막을 수 없었다. 무슨 짓을 해도 소용없었다. 선생님들은 찌뿌듯이 교탁을 내려다보거나 창밖을 쳐다보면서 기다려야만 했다. 잦아들던 비명이 꽥! 하는 익명의 도발과 즉각적인 동참으로 되살아나기를 여러 차례, 횟수가 거듭될수록 다시 살아날지 아니면 꺾일지 아슬아슬해서 살아나면 더 짜릿했다. 한 번 기세가 꺾이면 급전직하, 선생님들이 마비에서 풀려났다. 눈치 없이 또 꽥! 했다가는 되게 맞았다.

가정 시간에 학급 전원이 의자를 뒤로 밀어 허벅지 위로 치마를 걷어 올리고, 속치마를 그 위에 접어 올렸다. 책상 사이를 지나가면서 양쪽을 살피느라 고개 운동 하던 선생님이 지휘봉으로 도경이의 책상을 짚었다. 짝인 정아가 보기에도 도경이가 한껏 끌어 올린 속치마 아래 속옷은 미키마우스 무늬가 있다지만 짤막하고 살을 조였다. 미키마우스 팬티.

"속바지예요."

도경이는 미키마우스 밑에서 분홍색 천을 끄집어내 보였다. 안에 분홍 팬티가 있으니 미키마우스는 속바지라는 거였다. 선생님은 책상 위에 세운 굵직한 지휘봉을 기울여 아래꼭지를 중심축으로 위꼭지를 한 바퀴 빙그르 돌렸다.

"다음에는 긴 걸로, 보통 속바지로 입고 오도록."

TV 드라마 속에만 있겠거니 했던 사람들이 TV 밖에도 실제로 존재했다. 아역 탤런트처럼 아버지를 '아빠'라고 부르는 도경이, 졸업식날도 아닌데 외식하러 그것도 워커힐호텔 레스토랑에 가는 도경이네 가족. 아버지까지 함께 갔으니까 그렇게 비싼 데 갔겠지만, 졸업식날도 아닌데 가족을 외식에 데려가는 아버지라고 해서 다 그런 데 갈 수 있으리란 법은 없었다. 도경이가 책갈피에서 꺼내 보여준 호텔 냅킨을 정아는 잠자코 돌려주었다.

집에 오자마자 몇 겹의 치마를 한꺼번에 벗어 그대로 걸어두고, 치마 밑단이 뜯겨졌을지라도 다음날 아침 해결하기로 했다. 교복 상의도 칼라에 낀 때가 까맣지 않은 한 그냥 걸어두었다. 추리닝을 꿰어 입고 바퀴 큰 오빠의 자전거를 연습했다. 오빠가 자전거 탈 때 뒤에 앉았고, 오빠가 속도를 내면서 괜찮겠느냐고 물은 날에는 괜찮다고 답하고 떨어져 턱을 갈았다.

어머니가 동생들을 데리고 놀라고 하면 맏딸은 둘을 대문간에 세워놓고 도망쳐버린 반면—본인의 말로는 부모가 허구한 날 싸우는 통에 머리가 아파서—아들은 여동생의 손을 꼭 잡고 다녔다던데, 호랑이 담배 피우던 시절의 얘기였다. 여동생이 기억할 수 있는 한 자기가 오빠를 그악스럽게 쫓아다녔다.

건축가의 집에서 만홧가게까지 쫓고 쫓기던 추격전! 오빠는 혹을 달고 가지 않으려고 갖은 수를 썼다. 혼자 가면 그냥 넘겨 질 일을 동생이 함께 사라지면 어머니의 주의를 끌기 때문이기 도 했다. 그래봤자 뒤통수에 꽂히는 예리한 눈길, 소리 죽인 움 직임으로 인한 공기의 미묘한 떨림은 동생의 육감을 일깨우고야 말았다.

오빠는 빠르게 걷다 혹시 동생이 따라오는지 휙 돌아보았다. 그럴 줄 알고 동생은 담장 뒤에 숨어 있었고, 오빠가 시선을 앞 으로 되돌리면 조르르 뛰어가서 다음 담장 뒤에 숨었다. 휙 돌아 보고, 조르르 뛰어가고, 휙 휙 돌아보고, 조르르 조르르 뛰어가 고. 사냥감의 뒤를 밟는 인디언의 경건한 희열마저 동생은 느꼈 다. 그래도 오빠가 한 수 위라 동생은 대개 적발되었다. 오빠는 동생을 집에 보내려고 고함지르고 발을 굴렀으며, 두 주먹 쥐고 달려와서 역추격전이 벌어지기도 했다.

오빠는 돌멩이까지 던졌다. 손톱만 한 걸 동생을 피해 멀찍이 던진다 해도 동생은 지독한 배신감을 느꼈다. 어깨를 들썩이며 돌아서지만, 얼마 못 가 다시 돌아섰다. 이후로는 비밀 작전을 수행하는 첩보원의 기분으로 민첩하게 움직여, 만홧가게 앞에서 미동 없이 대기했다.

타이밍이 중요했다. 너무 이르게 들어서면 오빠는 만화책을 고르다 동생의 손목을 끌고 나와버렸고, 너무 늦으면 오빠가 반 넘어 본 만화책을 급히 넘기고 일어섰다. 이르지도 늦지도 않게 조용히 문을 밀어 연 동생은 가게 안에서 만화책에 코 박은 손님들 중에 오빠를 단번에 짚어냈다. 문은 열려 있고 들어서는 기척은 없으니 얼굴들이 젖혀지고, 오빠도 짚이는 바 있어 화들짝 고개 들고 얼굴을 일그러뜨렸다. 누이는 문간에 선 채로, 오라비는 만화책을 가슴 앞에 든 채로, 얼음이 된 상태에서 남매간에 긴박하게 오가는 눈빛.

주인아주머니만 빼고 전원이 남자인 손님들의 눈길을 모으고 있는 여동생을 오빠는 챙겨야 하는데, 한창 흥미가 가속되는 만화책을 포기할 수도 없었다. 오빠가 씁쓸히 옆으로 조금 옮겨 앉기 직전, 오빠의 심중을 본인보다 더 잘 아는 동생이 먼저 문턱을 살짝 넘었다. 여기가 감히 어떤 덴 줄 모르고 오빠를 찾으러 온 순진한 여동생은, 겁에 질려 오빠 옆에 꼭 붙어 앉을 도리밖에! 동생이 볼 만화비와 귀가 이후를 달굴 어머니의 지청구도 오빠의 몫이었다.

중학교 3학년이 되어 오빠는 주말에도 남산도서관에 다니느라 바빴다.

"새벽 네 시야. 시험 보면서 졸지 않으려면 이제 자야겠지. 나는 스물아홉 살까지만 살 거지만, 그때까지는 너무 추레해지지 않으려고 해. 내가 택하지도 않은 인생에 치르는 최소한의 대가라고 할까. 때로는 그것마저 회의가 드는 것은……"

남산도서관에 함께 다니는 친구에게 온 연애편지를 빌려다가 오빠는 한밤에 팝송을 들으면서 읽고 또 읽었다. 동생이 보자 하면 아깝다는 듯이 건네주고, 동생이 읽는 동안 옆에서 눈을 가늘게 뜨고 감동의 여진을 음미했다.

　동생은 2년 뒤라고 그런 명문을 써낼 가능성이 없었다. 특히 그 예쁜 글씨는 죽었다 깨나도 불가능했다. 편지의 필자는 손수건을 책가방 속에 처박아두고 검사받을 때만 꺼내 보이지 않고 실제로 사용할 것 같고, 게다가 전교 1등에 학생회장이라 했다. 조회 시간에 전교생 앞에서 교장 선생님께 경례를 붙일 거였다. 감성과 절도, 길 잃은 작은 새의 비장미와 철새 우두머리의 지도력을 겸비한 재원. 오빠의 학교와 가까운 여학교의 학생회장이 그 연애의 여자 주인공이며, 남자 주인공은 오빠네 학교의 학생회장이었다.

　영훈이.

　남자 주인공은 여자 친구와 달리 여유로운 인상으로 동생의 머릿속에 그려졌다. 제 여자 친구의 연애편지를 제3자에게 빌려주는 무정한 면도 있었다. 공부로는 오빠와 수위를 다툰다지만 명문대를 다니는 형들 덕분인지 아는 게 많고 어른스러워서, 형제 없는 오빠에게 친구 이상인 듯했다. 영훈이가, 영훈이는, 영훈이하고…… 오빠가 그 이름을 들먹일 때 그의 광휘가 오빠의 얼굴을 통해 비쳐 나왔다. 아직은 덜 큰 미래의 주역들, 냉소적으로 체념해야 한다면 그럴 각오가 된 10년 이내의 입영 대기자들, 중3 까까머리들의 중심에 그가 있었다.

　방학에 맞춰 시립 과학관에 머리가 둘인 쌍두사가 특별히 전시된다고 신문에 나자 오빠는 눈이 반짝했다. 신문을 턱밑에 갖다 바치며 안달하는 동생을 무시하고 마루를 오락가락하더니 전화기 앞에 앉아 말할 내용을 다시 한 번 속으로 정리해본 후, 숫자 하나씩 다이얼을 정확히 돌렸다.

"여보세요? 저, 영훈이네 집이죠? 안녕하세요? 저는……"

오빠는 수화기를 귀에 댄 채 저도 모르게 머리 숙여 인사했다. 수화기에서 울려 나오는 부드러운 어조며 오빠 입가의 단정한 미소로 보아 영훈이의 어머니는 대단히 교양 있는 분이었다.

오늘따라 영훈이는 늦잠을 오래 자는 모양이었다. 전화기 옆에 엎드려 신문을 들척이면서 답 전화를 기다리던 오빠는 일어나 방에 들어가고 나서도 자주 마루를 들락거렸다.

느지막이 일어나 아침 겸 점심을 먹고, 화장실에도 다녀와야 하고, 막 소파에 앉았는데 형이 맞은편에 앉으며,

지미 카아터가 주한미군 철수를 실행할 수 없는 전략적 이유에 대해 우리 토론해볼까?

영훈이의 거동을 동생은 다각도로 떠올려보았다. 영훈이의 어머니가 외출하면서 친구로부터 전화 왔다는 사실을 아들에게 전하라고 식모에게 부탁했으나 식모가 깜빡해서…… 그건 아니었다. 영훈이의 어머니는 교양인답게 메모를 남겨두겠다고 했으므로.

오후가 되자 오빠는 방에서 나오지 않았다. 동생은 수화기가 잘못 놓였나 싶어 들어서 뚜우— 하는 신호음을 확인하고 놓기를 몇 번이나 했다. 속이 타들어 매연 같은 한숨이 나왔다.

해 질 녘 오빠는 모처럼 베란다에 서서 한강을 오래 바라보았다. 그 뒷모습은 친구에게 전화 걸던 아침과 다른 사람이었다. 정아는 깨달았다. 더 이상 오빠를 따라갈 수 없었다. 오빠는 남자가 되었다.

갈근탕을 몇 달이나 달여 먹고 자라 생피까지 마셔도 감기가 떨어지지 않던 할머니는, 서울에 올라와 병원에서 정식으로 폐암 진단을 받았다. 말기였다. 손자들이 코빼기도 안 비친다는 욕을 들어먹지 않을 만큼만 어머니는 제 자식들을 동원했다. 아들이야 고교 평준화에서 제외되어 수재들만 간다는 학교를 목표로 입시 공부 중이니 막판에 등장시키기로 하고, 큰딸은 이따금씩 작은딸은 그보다 뜸하게 할머니 병실에 꽃같이 앉혀놓았다. 그 전에 할머니의 가래를 뺀다든가 하는 궂은일은 미리 해놓았으며, 그동안에 집에 달려가 느슨해진 살림을 조여놓고 왔다. 막아야 할 일이 생길 때마다 그랬듯 어머니는 자신을 던져 막았다.

서울 드나들며 몇 달씩 이 집에 머무는 신세를 할머니께 드리는 담배 보루로 가름하던 친척들은 과일 통조림으로 바꿔 들고 문병 와서, 미나리즙이 특효라는 둥 굴 껍질 가루가 좋다는 둥 훈수나 두지 않으면 다행이었다. 침상 곁을 지켜야 할 밤 술냄새와 코 고는 소리로 병실을 진동케 하여 다른 환자들한테 미안하고 창피한 할머니가 차라리 오지 말라고 빈다는 아버지도 아니고, 유일한 조력자는 교회 여전도회였다. 깊은 밤과 새벽, 은사

받은 권사님들의 기도를 어머니는 느꼈다. 시어머니와 자신을 위해 기도하신다는 느낌이 온다고 했다. 집사님들이 저마다 김치 한 통씩 어머니 없는 아파트 문 앞에 갖다놓아 때 아닌 김치 풍년이었다.

주일 예배 후 여전도회 회원들은 교회에 올 수 없는 환자와 보호자를 위해 버스 타고 교회를 옮겨왔다. 병실이 찬송가로 우렁우렁하고 병상은 눈물에 젖었다.

"자, 어머님, 이제 아멘 하세요."

"아아멘, 하세요."

"아아멘! 한마디만 하시면 되는데, 그게 안 되세요?"

그들이 바라는 것이 있다면 할머니의 단 한마디였다.

감마가라안샤안마안마가시란다마알아마라간시안나마라마라알함마……

총무님의 방언을 부회장님이 해석해주기를,

"사랑하는 딸아, 돌아오라. 내가 날마다 문 앞에 서서 기다리노라. 어느 때까지이냐, 어느 때까지이냐, 내가 육십구 년을 기다렸건만 더 기다려야 하느냐. 헛되고 헛되며 헛되고 헛되니 해 아래 있을 날이 천년만년 가겠느냐. 네 정녕 뜨겁지도 아니하고 차지도 아니하면 내 입에서 너를 토하여 버리리라!"

그러나 할머니는 뜨겁지도 아니하고 차지도 아니한 게 아니라, 명백히 찼다. 벽을 향해 등돌려 누운 채 꿈쩍하지 않았다.

"며느님께서 이렇게 고생하시는데……"

여전도회 회원들은 이번에는 섭섭해서 눈가를 다시 촉촉이 적시며 병실을 나가, 엘리베이터 앞에서 어머니의 손을 굳게 잡았다.

"문 집사님, 꼭 승리하실 거예요!"

전 교인 총력 기도 목록에 이 안건이 올라 있었다.

"저 구신 따까리 같은 것들 때메 내사 몬살아."

며느리가 등뒤에 없음을 확인하고 비로소 벽에서 돌아누우면서 할머니는 탄식했다.

매년 겨울은 서울 아들 집에 와서 나시던 시절의 어느 겨울날, 할머니는 꿈을 꾸었다. 꿈에서 할머니는 비워둔 시골집에 돌아가 혼자 끼니를 때우려고 양푼에 찬밥과 나물을 쓸어 넣어 비비고 있었다. 반닫이 뒤에서 뱀 한 마리 기어 나와 머리 쳐들고 꺼떡거렸다. 눈도 없이 입만 커다란 뱀이었다. 할머니가 양푼을 밀어주니 뱀은 답삭 한 입씩 비빔밥을 물어 삼켰다.

용서하이소.

할머니는 그 앞에서 빌었다.

화 푸이소.

할머니는 자꾸 빌었다.

잘못했심더. 아아들이 무신 철이 있십니꺼.

뜨개질하던 손자의 스웨터를 왼손에 몰아 잡고 빈 오른손을 마주대어 엇갈려 돌려, 할머니는 꿈속에서 뱀에게 빌던 시늉을 몸소 해 보였다. 머리도 연신 조아렸다.

조상님께서 어쩌나 배를 곯으싰든동 그기라도 마카 드시는
기라.

할머니는 돋보기 벗고 짓무른 눈가를 문질렀다.

담배 한 모금, 재떨이에 걸쳐놓고 뜨개질 몇 코, 또 한 모금.
아들 잘못 기른 죄로 며느리에게 감히 대놓고 못할 얘기들도 모
락모락 피어오르고. 며느리가 마당의 개한테 새끼 낳았다고 계
란프라이를 해 먹인 데 대한 할머니의 분노는 뜨거웠다. 쇠꼬챙
이 같은 제 남편은 술 마신다고 구박만 해대면서! 개소주가 남자
한테 그리 좋다는데.

갸가 술을 퍼묵어도 날이면 날마다 인사불성토록 인력으로
우찌 그리 퍼묵겠노. 갸 몸이 허해갖고 그기 술구신이 하는 짓
이래이.

라디오에서 배호의 노래가 나오면 할머니는 소리를 키웠다.
명동에 비 내리고, 왕십리에 비 내리고, 인천 부두와 경부선 고
속도로에도 비가 내렸다. 사람들은 장춘단 공원에 남은 글씨를
어루만지면서 떠나고, 말없이 떠나고, 울면서 떠났다.

붉은 노을은 달빛을 가리고

제일 멋진 가사는 실상 「다뉴브강」이라는 노래 제목과 아무
관계가 없었다.

담배꽁초는 물 담긴 깡통에 떨어져 피식 꺼졌으며, 손자들의
대표로 건넌방에 파견되어 할머니와 한 이불 속에 자는 막내를
위해 창문이 반 뼘 열려 있었다. 그러나 아랫목을 차지하고도 담

요까지 뒤집어쓴 메주의 쿰쿰한 냄새와 매캐한 담배 연기는 궁합이 잘 맞아서 둘 다 나가려 하지 않았다. 겨울밤은 깊고 그 방의 냄새는 백 년쯤 묵은 듯 심오했다.

"기석이?"

"기석이가 뭐니? 외삼촌이지."

언니는 눈을 부라려서 일단 동생의 입을 막아놓고 할머니의 병실로 전화를 걸었다. 보호자인 어머니를 찾으면서 당장이라도 어머니랑 교대하러 달려갈 기세였다.

일본의 외할머니가 돌아가시기 전에 딸을 꼭 보고자 하신다. 외삼촌이 비행기표를 끊어줄 테니 속히 일본으로 오라고 한다. 진작 연락하려고 했으나 친척 중에 누이의 전화번호를 아는 이가 거의 없어 애를 먹었단다. 시간이 많지 않으니 하루라도 빨리 서둘러달라고 신신당부하더라.

하지만 어머니는 외삼촌이 국제전화로 알린 급보를 전해 듣고도 알겠다고만 답하고 별다른 지시가 없었다.

"기석이 멀쩡하던데. 신사적이고 목소리도 좋고. 발음은 좀 이상하지만."

떨떠름하게 수화기를 놓은 언니는 자기도 무심결에 외삼촌을 이름으로 지칭했다. 어머니가 이모랑 주고받던 얘기 속에서 그 사람은 늘 '기석이'였다. 종종 '기석이, 그 도깨비 같은 놈.' 그 집안의 외아들이 제일 먼저 일본으로 불려가 혼란의 한국 땅을 떠난 데 대한 안도감과, 지지부진하다 그 혼란 속에 주저앉고 만

딸들로서의 회한이 어려 있었다.

열흘도 안 돼 외할머니가 돌아가셨다는 소식이 왔다. 어머니를 자극하지 말라고 언니가 동생들한테 따로 주의를 줄 필요는 없었다.

"하루짱, 내가 하루짱은 봐야 한다. 그 애한테 미안한 게 너무 많다. 하루짱, 하루짱!"

외할머니 임종 시의 장면을 팔로 공중을 휘저으며 극히 자극적으로 재연한 이는 그 자리에 있지도 않았던 하루짱, 어머니 자신이었다. 지나가는 사람들이 힐끔거렸다.

"일본에 왜 안 갔어요?"

정아는 물었다. 모녀는 할머니의 병실 밖 복도에 서 있었다.

"내가 어떻게 갈 수 있었겠니!"

어머니는 으르렁대듯 내뱉고 그 이유가 거기 있다는 듯 흰 벽을 노려보았다. 정아는 이해가 될 듯싶었다.

"엄마, 요시코상이 이북에 있었어요?"

촌수로는 큰이모일 그 사람도 요시코상이라는 이름으로만 들어 그렇게 부르게 되었다. 미국으로 이민 간 이모에게 직접 전화하겠다며 전화번호를 묻고, 외삼촌이 전한 또 하나의 소식이 있었다.

요시코상은 못 찾겠다, 외할머니가 만경봉호 타고 간 사람들 통해 아무리 찾아도 못 찾았으니 그만 포기해야 할 것 같다.

만경봉호, TV 반공 드라마에도 자주 나오는, 조총련계 재일교

포들을 속여서 북괴로 나르는 지옥의 북송선. 세 남매는 요시코 상이 어머니의 말대로 해방 직후에 죽은 게 아니라 월북한 거라고 쑥덕거렸다.

"하여튼 그건!"

어머니는 눈에 띄게 움찔했다. '그것'은 외삼촌으로 짐작되었다.

"이북에 있었으면 찾았을 텐데 없었으니까 못 찾았지. 외할머니가 돈만 처들이고. 몰라, 요시코상이 어디로 가버렸는지 아무도 몰라. 너 어디 가서 그딴 소리 할래? 나는 정정당당하다, 눈 하나 깜빡 안 하고 할 거야?"

두 눈동자를 천천히 옮기면서 어머니가 짜낸 변명은 으레 비난으로 뒤바뀌기 마련이었다.

"난 말야, 파충류처럼 눈물 없는 족속한테 질릴 대로 질린 사람이라구!"

마침 문 열린 엘리베이터에 정아는 얼른 올라탔다. 충혈된 어머니의 눈에 불만 붙이면 붙을 유기용제가 고이고 있었다.

파충류처럼 눈물 없는 족속, 어머니가 명명한 그 족속의 인원은 이제껏 두 명, 아버지와 막내였다. 그런데 알고 보니 실은 세명, 한 명이 더 있었던 것이다. 요시코상.

"여남평등인 줄 알아? 어디까지나 남녀평등이야!"

몸을 둘로 쪼개도 모자랄 판국에 어머니는 틈틈이 딸 교육에 공을 들였다. 여남평등, 딸 속에 자라날지도 모를 무엇인가, 요시코상과 비슷한 어떤 면을 스스로 창작한 희한한 이름을 붙여서 부췄다. 딸의 기억 속에 있을 코딱지만 한 셋방도 부췄다. 자신의 과거에서 가족의 이산을 초래했던 참담한 실패도 부췄다. 요시코상은 탈선이고 불행이었다. 요시코상은 건축가의 집이었다. 요시코상은 여남평등이었다.

"아이구, 아멘."

결국 할머니는 힘없이 뇌까리고 천국에 가셨다. 기독교식으로 장례가 치러졌고 '성도 장영순'이라고 새겨진 비석이 섰다. 아버지는 이 방식이 훨씬 비용이 덜하므로 전혀 반대하지 않았다. 조상 제사의 생략을 반대하지 않는 것과 같은 이유였다.

어머니는 영적 전쟁에서 승리했다. 고스란히 빚으로 남은 할머니의 병원비가 육박해왔다.

소원대로 절에 들어가지는 못하고 아버지는 직장 근처 하숙집으로 옮겨갔다. 하숙집까지 찾아간 맏딸이 문간의 하숙방이며 후줄근한 이부자리를 목격하고 울음을 터뜨리자, 데리고 나와 저녁을 사 먹이면서 다독여 아파트 앞까지 바래다주었다. 머리를 산발한 수양버들에 기대어, 보라! 그가 눈물을 흘렸다.

아버지는 월급날부터 그날만 기다리던 지인들에게 내리 술을 사지 않을 수가 없었다. 월급봉투를 뺏길까 봐 그동안에는 귀가할 수가 없고, 며칠 만에 귀가하여 납작해진 월급봉투를 안방 문턱에 슬그머니 올려놓지 않을 수가 없었다. 안방에서 날아온 월급봉투를 집어 안방으로 다시 던지지 않을 수가 없고, 그것마저 더 이상 할 수 없었다.

아버지는 빠끔히 불 켜진 제 가정을 올려다보면서, 보라! 눈물을 흘렸다. 아버지의 능력은 거기까지, 아파트 앞까지였다. 직장 생활과 교우 관계만으로도 벅차서 그 이상은 무리였다. 아버지에게 집은 언제나 너무 멀고 가족은 과도한 부담이었다.

반년 만에 아버지는 폐병에 걸려 돌아왔다.

중간고사가 끝난 날이라 도서관은 텅 비어 있었다. 칸칸이 유리문으로 굳게 잠긴 책장 앞에서 도경이의 얼굴이 어두워졌다. 도서관에서 대출 카드를 쓰고 책을 빌릴 수 있다는 국어 선생님 말씀을 믿고, 정아는 사무실 문을 조심스레 두드렸다. 문틈으로 내다보는 도서 담당 선생님의 무뚝뚝한 얼굴에 믿음은 졸아들었다.

"아암! 학생이 책을 읽어야지!"

도서 담당 선생님은 사무실 벽에서 책장 열쇠 꾸러미를 내려 기꺼이 앞장섰다.

"몇 학년?"

"일 학년이에요."

선생님이 정아의 가슴팍에 달린 명찰을 슬쩍 보자 도경이도 가슴을 폈다. 시선을 회수하는 선생님의 뺨에 아쉬움이 차올랐다. 내 자식들도 이러면 얼마나 좋을까……

"무슨 책 빌리려고?"

책장 앞에서 선생님은 기특한 학생들의 눈높이로 머리 숙이고 열쇠는 들어 보이며 자상하게 물었다. 대출 카드도 필요 없이 어떤 책이든 꺼내줄 게 틀림없었다.

마음먹은 책의 제목이 정아는 입에서 나오지 않았다. 사무실 벽에 포도송이처럼 달린 많은 열쇠 꾸러미들로 학교 전체의 문단속을 하는 그분은 정식 선생님은 아닌 듯하고, 국어 시험에도 나온 우리나라 3대 고전소설에 『춘향전』이 들어감을 모를 가능성이 컸다. 그 책을 빌려달라는 학생은 TV에 할머니들이 나와 쑤욱때머리이…… 먹따는 소리를 하는 니나노를 좋아하는 줄로 오해할 우려가 있었다.

"너는?"

선생님이 도경이에게 묻자 도경이는 자신 없이 친구를 돌아보았다.

"『춘향전』이요."

이미 읽은 『제인 에어』를 댈까 하다 생각이 너무 복잡해져서 정아는 답했다.

"뭐어?"

선생님은 대번에 상체를 세우고도 남아 15도쯤이나 뒤로 젖혔다. 니나노에 대한 경멸이 척추를 뒤로 휘게 할 만큼 강했다. 도경이가 친구를 다시 돌아보았다.

올해 2학년이 되고 나서 도경이는 수첩에 적은 게 거의 없었다. "지수 50원." 학기 초에 같은 반 지수에게 50원을 꾸었다고 적어놓고 갔았다는 뜻으로 지웠다. 나머지는 백지, 3월 28일 열두 시부터 한 시 칸도 다른 칸들처럼 빈칸이었다.

"있잖아, 내일 볼래?"

그 전날 27일, 한 학년 오르면서 반이 갈린 도경이가 복도에서 북적대는 아이들 틈으로 다가와 정아에게 물었다.

"언제? 너 집에 빨리 가야 되잖아."

"점심시간에."

수업만 끝나면 집으로 직행하는 집순이 도경이는 도톰한 입술을 모아 호호호 웃었다. 이마 한가운데 오종종 모인 여드름이 발갛게 성나 있었다.

내일 약속이라 잊을 리가 없으니까 수첩에 적지 않았겠지.

약속 날짜인 28일 수요일, 그날은 4일 전이었다. 그날 정아는 2교시 후 쉬는 시간에 도시락 까먹고 점심시간에 책상에 엎드려 잤다. 30분만 자고 일어나 약속 장소인 운동장 스탠드로 나가려 했으나 나가야지, 나가야지 하면서 잠도 안 오는데 점심시간이 끝나도록 엎드려 있었다.

학생 구두 왼짝 밑창에 압정이 박혀 왼발을 디딜 때마다 발바닥을 찌르는데도 빼야지, 빼야지 하면서 구두만 벗으면 다음에 빼지 했던 것처럼. 스타킹마다 그 부위에 구멍이 뚫리고 발바닥 그 자리에 굳은살이 박이도록 그랬던 것처럼. 녹슨 압정의 대가리가 저절로 떨어져 나간 뒤에는 밑창에 꽂혀 있는 촉을 빼기가 더 어려울 것 같아 아직도 빼야지, 빼야지 하고 있는 것처럼. 파상풍, 파상풍 생각하면서도 허리가 안 굽혀지고 손이 안 가는 것처럼. 뜯어진 치마 밑단에 아직도 녹슨 옷핀이 꽂혀 있는 것처럼.

오늘 4월 1일은 일요일이고 만우절, 신문도 만우절에 거짓말을 한다는 사실을 도경이한테 알려주러 정아는 교회를 빠지고 "서울 龍山區 普光洞 ×××-××"로 갔다. 예전에 들은 우체국이 지척에 있어 도경이네가 이사한 것 같지도 않건만 뜻밖에 지붕이 납작한 집의 한 칸뿐인 철문 앞에서 가슴이 답답해졌고, 철문을 열어준 아주머니의 애틋한 응대에 심장이 굳었다. 좁은 방 안에서 사람들에 둘러싸여 노란 물을 토하는 아저씨의 뭉툭한 코, 도경이의 코는 그 코에서 온 거였다.

"우리 도경이 친구니?"

그가 정아에게 웃음 지으려 했다. 事業 失敗로 가출했다 돌아와 부인 柳英蘭 씨(39)와 딸 挑敬 양(14), 아들 挑元 군(12) 등 家族 3명이 안방에 연탄불을 피워놓은 채 숨져 있는 것을 발견하여 경찰에 신고한, 그 집의 家長 李仁燦 씨(42). 정아는 도경이의 책상에서 수첩을 집어 들고 그 아저씨를 가장 멀리 돌아서 나왔다.

오직 하나님만이 피조물의 생사를 결정하시거늘, 제 자신을 살인한 죄를 저지른 죄인의 유품을 어머니는 집 안에 허락하지 않았다. 그럼 그것을 어찌 처리해야 하는지는 말하지 않았다. 정아는 아파트 현관에서 돌아 나와 온종일 그랬듯이 무작정 걸었다.

도경이의 수첩을 한강에 던졌다. 그런 물건은 돌멩이와 달라

곧바로 강으로 떨어지는 게 아니었다. 강바람에 펼쳐지고 낱낱이 뜯겨, 지나가는 차들의 불빛 속에 수십 장이 춤추었다. 한 장은 다리 난간에 휘감겨 끈질기게 파닥이다가, 정아가 잡아야 하나 생각하자 알아차린 듯 난간을 놓고 회오리바람에 빨려 들어갔다.

멀리 한강철교로 칸칸이 불을 환히 밝힌 전철이 지나갔다. 야광주 목걸이가 검은 강물 위를 날았다. 이쪽에서 누군가가 저쪽의 누군가 받으라고 야광주 목걸이를 적당히 힘주어 던졌다. 저쪽의 누군가는 이쪽으로 다시 던졌다.

어머니? 우리 짜장면 먹으러 가는 거예요?

막내는 업고 위로 둘은 걸려서 다 함께 강에 빠져 죽으려고 이 다리로 향하던 이머니를 돌려세운 것은, 목욕탕에서는 국민학생이 틀림없으니 돈을 내라 하지만 맹세코 입학 전이었던 아들의 천진한 그 말이었다.

도경이의 남동생 도원이는 生活苦를 비관하여 두 子女와 同伴 自殺하려는 母親에게 무슨 말을 했을까?

강물에 제 얼굴이 비치면 물귀신에게 초대받지 않은 것이라 자살할 수 없고, 비치지 않으면 초대받은 것이라서 자살할 수 있다고 했다. 정아는 난간에 다가가 고개 내밀고 강물을 내려다보았다. 그런 말을 한 사람들은 제1한강교처럼 높은 다리에는 서 본 적이 없는 거였다. 수면은 얼굴이 비치기에는 턱없이 멀었다.

앞으로 특별히 더 나빠질 것도 없겠지만, 약간의 당황과 원망과 짜증이 섞인 얼굴로 주위 사람들이 나를 돌아보게 되겠지. 학교 도서관 담당 선생님 앞에서 난처해지자 도경이가 돌아보았을 때처럼. 그리고 사람들의 얼굴에서 당황과 원망과 짜증이 약간씩 더 짙어지겠지. 약간씩, 약간씩.

달려오는 차의 불빛이 옆구리를 벌겋게 달구고 목덜미를 깊이 파고들었다. 그리고 밀쳐내고 가버렸다. 다음 차의 불빛이 옆구리를 달구고 목덜미로 파고들었다. 그리고 밀쳐내고 가버렸다. 그다음 차의 불빛이 달려들어 밀쳐내고 갔다. 불빛들이 끊임없이 달려들었다.

도경아.

잘 가고 있니? 어딘지는 몰라도, 네가 편히 있을 수 있는 데로. 어머니의 두 손을 동생이랑 하나씩 잡고, 잘 가고 있니?

검은 수면에 교각의 조명이 드리워 물살에 부서지고 있었다. 화사한 응원 수술들이 열렬히 흔들렸다.

만약에, 정말 만약에 그게 아니라면 말이야, 내게로 와.

어둠 속에서 하얀 것이 날아왔다.

내게로 와.

아주 기다란 흰 천이 붉은 달을 향해 휘리릭 솟구쳐 올라, 검은 강물 위를 반원형으로 가로지르며 펼쳐졌다.

"한강이 막혔어요. 군인들이 한강 다리를 막았답니다. 버스가 노선에도 없는 길로 이리저리 돌아다니다 아무데나 승객들을 내려줘갖고, 승객들끼리 전화번호를 적어서 먼저 집에 도착하는 대로 다 전화해주기로 했거든요. 그래서 전화드린 겁니다. 너무 걱정하지 마세요. 전 또 다른 데 전화해야 합니다."

전화는 끊겼다. 제과점 문을 닫고서 미리 사둔 김치거리 배추 네 통을 들고 귀가하던 어머니가, 한강 다리가 막혀 강 건너에서 헤매고 있었다.

청년은 짝사랑하는 처자가 제 짝사랑에 시달려 몸져누웠다니 걱정이 된 나머지, 그러고 보면 짝사랑이 아니고 둘이 사귀다 헤어졌는지 어쨌는지, 처자네 담장을 넘어 부엌 뒷문을 살그머니 밀었다. 뒷문에 기대져 있던 교자상이 부엌 바닥에 엎어져 쾅! 처자의 어머니가 외쳤다.

도둑이야!

설 쇠느라 한복을 꺼낸 김에 한복 입고 떡국 파티를 하던 여인 들이 뛰쳐나갔다. 오래전 48채의 사택으로 이루어진 단지에서 일어난 일로, 처자의 어머니인 14호와 청년의 어머니인 45호를 빼고 파티 인원은 46명이었다.

도둑 잡아라!

한복을 떨쳐입은 46명의 여인들이 도둑을 쫓아 달렸다. 제일 선두에서 달린 이는 물론 27호, 큰맘 먹고 산 기계 편물 속치마 가 상품은 못 되고 중품이라 무거워서 다리에 감기는 속사정이 있었다. 하루짱, 문 여사, 문 이사, 문 집사. 어머니. 대단해!

작가의 말

이 씨앗은 오래전에 심어졌다.

이런 생각을 하게 된 지도 오래되었다. 내가 도달할 수 있는 가장 깊은 지층으로 파내려가보고자 했다. 눈부시고도 무자비했던 시대, 이 나라의 경제 성장기는 나의 성장기이기도 했다.

적극적인 참여자 혹은 공모자였던, 한편으로는 가해자이면서 다른 한편으로는 피해자였던, 그러나 어느 쪽도 다 무리였던 탓에 이제 6개 진료과목의 처방약을 조석으로 한 움큼씩 드셔야 하는 어머니, 그리고 평생 바라던 휴식을 비로소 얻었건만 누리지도 못하고 돌아가신 아버지께 이 책을 바친다.

언니와 형부, 오빠와 새언니께 감사드린다. 조카 지원, 기욱, 현욱, 그리고 사랑하는 아들 경민에게 감사한다. 전주에 뜬금없이 날아든 외지인을 따뜻하게 감싸주신 느티 선생님, 원추리 반장님, 숲향님, 지평선님, 상승기류님, 80년대 전투경찰 경험을 이야기해주신 후박나무님께 감사드린다.

이 책 2장 '건축가의 집' 여섯번째 단원 146~152쪽의 일부 내용은 『80년대 학생운동사』(강신철 외 지음, 형성사, 1988)에서 발췌하여 인용한 것이다. 이 자리를 빌어 저자께 감사드린다.

2019년 겨울

오수연

건축가의 집

© 오수연

1판 1쇄 발행 | 2019년 12월 30일

지은이 | 오수연
펴낸이 | 정홍수
편집 | 김현숙 이진선
펴낸곳 | (주)도서출판 강
출판등록 | 2000년 8월 9일(제2000-185호)

주소 | 서울시 마포구 동교로 17안길 21(우 04002)
전화 | 02-325-9566
팩시밀리 | 02-325-8486
전자우편 | gangpub@hanmail.net

값 14,000원
ISBN 978-89-8218-248-8   03810

이 도서의 국립중앙도서관 출판예정도서목록(CIP)은 서지정보유통지원시스템 홈페이지 (http://seoji.nl.go.kr)와 국가자료종합목록 구축시스템(http://kolis-net.nl.go.kr)에서 이용하실 수 있습니다. (CIP제어번호 : CIP2019051943)

* 이 책은 서울문화재단 '2017년 문학창작집 발간지원사업'의 지원을 받아 발간되었습니다.
* 잘못 만들어진 책은 구입처에서 교환해드립니다.